19—20世纪
自然主义对英国作家的影响

宋虎堂 著

中国社会科学出版社

图书在版编目（CIP）数据

19—20世纪自然主义对英国作家的影响／宋虎堂著.
北京：中国社会科学出版社，2025.6. -- ISBN 978-7
-5227-4876-4

Ⅰ.I561.065

中国国家版本馆CIP数据核字第20252QA142号

出 版 人	赵剑英
责任编辑	石志杭
责任校对	罗婉珑
责任印制	李寡寡

出　　版	中国社会科学出版社
社　　址	北京鼓楼西大街甲158号
邮　　编	100720
网　　址	http：//www.csspw.cn
发 行 部	010-84083685
门 市 部	010-84029450
经　　销	新华书店及其他书店

印　　刷	北京明恒达印务有限公司
装　　订	廊坊市广阳区广增装订厂
版　　次	2025年6月第1版
印　　次	2025年6月第1次印刷

开　　本	710×1000　1/16
印　　张	15.5
插　　页	2
字　　数	211千字
定　　价	85.00元

凡购买中国社会科学出版社图书，如有质量问题请与本社营销中心联系调换
电话：010-84083683
版权所有　侵权必究

目　录

绪　论 …………………………………………………………（1）

第一章　自然主义对英国作家产生的影响问题 …………（16）
　第一节　自然主义"影响"的存在形态 ………………（17）
　第二节　自然主义"影响"的考察误区 ………………（27）
　第三节　自然主义"影响"的范畴厘定 ………………（33）
　第四节　自然主义"影响"的研究理路 ………………（35）

第二章　自然主义对英国作家产生影响的渊源 …………（43）
　第一节　莫尔与自然主义的文学因缘 …………………（44）
　第二节　毛姆与自然主义的不解情缘 …………………（52）
　第三节　吉辛与自然主义的精神渊源 …………………（58）
　第四节　贝内特的自然主义文学情怀 …………………（62）
　第五节　哈代与自然主义的关系探源 …………………（65）
　第六节　劳伦斯的自然主义源由追溯 …………………（77）

第三章　自然主义对英国作家思想观念的影响 …………（83）
　第一节　贝内特文学理念与自然主义 …………………（83）
　第二节　毛姆的文艺思想与自然主义 …………………（92）
　第三节　吉辛的创作观点与自然主义 …………………（96）
　第四节　莫尔的艺术观念与自然主义 …………………（101）

第五节　哈代的文学主张与自然主义 …………………… （105）
第六节　劳伦斯的文学观与自然主义 …………………… （113）

第四章　自然主义对英国作家文本实践的影响 …………… （121）
第一节　吉辛小说的自然主义风格 ……………………… （121）
第二节　莫尔小说的自然主义特色 ……………………… （131）
第三节　毛姆小说中的自然主义倾向 …………………… （139）
第四节　贝内特小说的自然主义书写 …………………… （147）
第五节　哈代小说中的自然主义因素 …………………… （156）
第六节　劳伦斯小说的自然主义效果 …………………… （164）

第五章　英国作家受自然主义影响的艺术特征 …………… （170）
第一节　文本叙述方面的美学向度 ……………………… （170）
第二节　主题表达方面的审美倾向 ……………………… （178）
第三节　诗学范式方面的形态呈现 ……………………… （185）

第六章　英国自然主义的时空坐标与价值重估 …………… （193）
第一节　英国自然主义与前自然主义的关系 …………… （193）
第二节　英国自然主义与现代主义的关系 ……………… （202）
第三节　英国自然主义的文学史反思与重构 …………… （210）

结　语 ……………………………………………………………… （218）

参考文献 …………………………………………………………… （223）

绪　　论

纵览世界文学史，自然主义是继古典主义、启蒙主义、浪漫主义、现实主义之后最具影响力的文学思潮之一。自然主义之所以具有持久而广泛的影响，一方面源于在文学变革的年代，自然主义形成了一套相对完整的诗学体系，谁也无法否认其存在的重要性。另一方面在于自然主义在推动法国文学发展的同时，积极地参与或介入世界诸多国家文学的发展，谁也无法抹杀其影响的广泛性。在文学交流日益频繁的今天，如何认识和把握自然主义对世界诸多国家文学的影响，既关乎着自然主义的发展演变，也涉及自然主义的价值重估，其现实意义不言而明。

一　自然主义文学的生成内涵

19 世纪是欧洲社会大变革、经济大发展、文艺大繁荣的一个时代。兴起于 19 世纪 30 年代的工业革命，使得欧美各国的工业取得了迅猛发展，改变了社会的物质现状和阶级秩序。由工业革命产生的重视物质利益和务实的唯物主义倾向，引起了当时社会价值标准和思想观念的变化。同时，欧洲自然科学的发展突飞猛进，细胞学说、能量守恒定律等科学现象的发现，将科学的探究范围从自然科学延展到人类学、社会学等社会科学领域，在促进社会意识发生巨变的同时，还改变了人们的思维方式。孔德的实证主义哲学、达尔文的进化论等思想的盛行，对传统的思想观念产生了很大的冲击。

面对社会历史、科学发展、思想观念的巨大变革，文学领域的变革也在悄然进行。彼时的欧洲文坛上，福楼拜解剖式的冷静观察和细致描写人物的方法、巴尔扎克注重完整性及受益于当代生物学和动物学成就的创作风格、巴那斯派（又叫"高蹈派"）宣扬艺术至上的观念方法对传统写实手法的深化等，为自然主义的出现起到了示范和推动作用。龚古尔兄弟合写的小说《热米妮·拉赛朵》（1865）及其具有宣言性质的序言，标志着自然主义文学的初步形成。

在19世纪60—80年代，左拉积极回应时代话题，主动借鉴孔德实证主义、达尔文进化论等思想，积极汲取传统文学养分，先后撰写了《我的仇恨》（1866）、《〈黛莱丝·拉甘〉序言》（1868）、《实验小说论》（1880）、《戏剧中的自然主义》（1881）、《自然主义小说家》（1881）等一系列著述，逐步地使自然主义的文学主张理论化和系统化，确立了自然主义的文坛地位。作为不同于浪漫主义和现实主义的文学范式，自然主义为文学的言说提供了一种新的世界观和方法论。

19世纪70年代末80年代初，自然主义传播到德国、意大利、英国、美国、日本等世界各国，并对这些国家的文学产生了不同程度的影响。然而，自然主义虽对诸多国家的文学有所影响，但学术界对其内涵和外延的界定与阐释一直处在争议之中，直到现在也未停止。这一方面说明"自然主义"术语内涵的丰富性，另一方面也说明"自然主义"概念界定的复杂性。时至今日，"自然主义"这一术语除了在哲学、绘画、文学领域内使用外，还广泛应用于语言学、心理学、影视学、广告学等多个领域。因而对文学领域中"自然主义"这一重要术语的再认识，既可以使我们重新审视"自然主义"的文学内涵，也可以进一步发掘当下世界文学语境和跨文化研究中"自然主义"的意义变迁。

作为自然主义的倡导者和代表人物，左拉对"自然主义"的界定①，时常被人们当作谈论自然主义的出发点。令人困惑的是，为了辩论和论争的需要，左拉时常将"自然主义"一词顺手拈来，不断赋予其新义，正如左拉所言，"我对'自然主义'这个词其实并不比你更在意，不过我还是一遍又一遍地重复它，因为事物需要命名，公众才会认为是新的"②。因此，"自然主义"在进入文学领域后，其含义的模糊性其实要比在哲学和绘画领域复杂得多。尤其是，自然主义在许多国家的传播与接受过程中，其内涵和外延都不可避免地发生了不同程度的变化，甚至是很大的变异。尽管如此，依据存在形态，结合以往界定，我们可以将"自然主义"划分为四种类型，即作为文学思潮（流派）、文学理论（诗学）、创作方法（叙事）、批评实践的"自然主义"。在这四种形态中，当自然主义作为一种批评实践时，往往又以自然主义的其他三种形态内涵为基础。

作为一种文学思潮，在时间层面上，自然主义肇始于19世纪60年代的法国，在19世纪七八十年代达到兴盛，在19世纪90年代至20世纪初逐渐衰落。在空间层面上，自然主义在19世纪七八十年代在世界许多国家得到传播，并产生了不同程度的影响，如德国等出现了自然主义性质的团体，英国、日本、中国等则出现了具有自然主义倾向的作家。

作为一种诗学理论，自然主义提出了"真实""气质""屏幕""实验""实验小说"等范畴，主张"真实性""客观性""科学性"的诗学原则。③深究其范畴和原则的内在逻辑，"自然""真实"和

---

① 左拉关于"自然主义"的表述为："自然主义意味着回到自然；科学家们决定从物体和现象出发，以实验为工作的基础，通过分析进行工作，这时候他们的手法便意味着自然主义。相应地在文学方面，自然主义就是回到自然和人；它是直接的观察、精确的剖析、对存在事物的接受和描写。"参见［法］左拉《戏剧中的自然主义》，载伍蠡甫编《西方文论选》（下），上海译文出版社1979年版，第246—247页。

② ［法］左拉：《给安托尼·瓦拉布雷格的信》，郑克鲁译，载朱雯等编选《文学中的自然主义》，上海文艺出版社1992年版，第263页。

③ 参见高建为《自然主义诗学及其在世界各国的传播与影响》，江西教育出版社2004年版，第45—84页。

"实验"代表了自然主义理论的逻辑起点,"客观性""真实感"和"实验小说"则表明了自然主义小说理论的追求目标,从"自然—客观性"到"真实—真实感"再到"实验—实验小说"的内在关系显示了自然主义理论形成的逻辑过程。

作为一种创作方法,自然主义以底层社会生活为主要题材,借鉴遗传学、生理学等方法分析和书写人的生物性,在叙述中大量使用"自由间接引语",以达到"非个人化"的艺术效果。如龚古尔兄弟的《热米妮·拉赛朵》、左拉的《卢贡—马卡尔家族》系列小说中的许多作品都是自然主义创作方法的具体体现。

当"自然主义"作为一种批评术语时,要较为准确合理地运用"自然主义"一词,就需要追根溯源,明确"自然主义"的存在形态及其内涵指向:一是"自然主义"术语的共时性与历时性,即"自然主义"这一术语在不同时代不同领域的指向差别;二是"自然主义"术语的空间性与时间性,即"自然主义"这一术语在不同时代不同国家的内涵差异;三是"自然主义"术语的动态性与异质性,即"自然主义"术语在不同语境和语言转化中的变异。因而,在具体研究中,我们需要避免"自然主义"评价标准单一化的问题,克服"自然主义"运用的主观随意化倾向,应将"自然主义"看作一个动态变化而非静态固定的术语来理解,尤其要避免先入为主的偏见,在特定的语言形态和批评语境中去理解和运用"自然主义"。

二 自然主义的英国传播概览

若从 1879 年《小酒店》进入英国到 1902 年左拉去世来算,自然主义在英国维多利亚晚期的传播接受时长跨越 20 余年。英国批评界关于自然主义的评价阐释一直贯穿于其传播接受的不同阶段,而批评者对待自然主义的态度则集中体现了批评主张的变化趋向,成为考察自然主义在英国传播接受脉络的重点内容。同时,左拉及其作品在英国引起的反响最为强烈,也最能彰显英国对待自然主义的态度倾向,以此作为论述的个案,对问题的阐析会更具有说服力。

以时间为经、内容为纬，英国批评界关于自然主义的批评脉络大致分为开启阶段（1879—1885）、高涨阶段（1886—1889）、转向阶段（1890—1902）。

（一）开启阶段：《小酒店》演出的冲击反应

1879年，经由左拉小说《小酒店》改编的同名戏剧在伦敦公主剧院上演。初次接触左拉作品，英国普通观众或许不知自然主义为何物，但《小酒店》故事情节的粗俗，尤其是酗酒行为、身体本能的舞台展示，却引起了英国批评界的强烈反应，关于自然主义的批评接踵而来。

针对《小酒店》粗俗的故事情节，英国批评家斯温伯恩（Charles Swinburne）尖锐地指出，英国没人会不顾道德印刷那些"恶心玩意儿"，斥责左拉应"赶着他的猪到其他市场上去"[1]。圣茨伯里（George Saintsbury）认为，左拉的自然主义是"粗俗的标签"[2]。市面上的嘲讽漫画甚至将左拉与猪猡、厕所等并置呈现。[3] 在传播初期，英国批评界基本从社会道德出发，对自然主义的"粗俗"进行贬斥。盖其因，既离不开"维多利亚主义"道德风尚的推行，也与英国文学批评对"崇高的道德理想"的重视有关。

在众多评论中，英国批评家李利（W. S. Lily）于1885年发表的《新自然主义》（*New Naturalism*）一文，重点阐析了"旧自然主义"（传统现实主义）和"新自然主义"（左拉倡导的自然主义）的联系与区别，是此时期关于自然主义最具代表性的评论。[4] 在李利看来，较之旧自然主义，新自然主义一方面代表着新的文学样式，其记录事实的方式是为了探求和分析物质世界；另一方面，其对小说题材

---

[1] Charles Swinburne, "Note on a Question of the Hour", *The Athenaeum*, Vol. 16, 1879, pp. 767 – 768.

[2] George Saintsbury, *Collected Papers and Essays of George Saintsbury IV*, London: Percival & Co., 1924, p. 25.

[3] Norman L. Kleeblatt, "MERDE! The Caricatural Attack against Emile Zola", *Art Journal*, Vol. 52, No. 3, Autumn 1993, pp. 54 – 58.

[4] W. S. Lilly, "New Naturalism", *Quarterly Review*, Vol. 38, 1885, pp. 240 – 256.

的拓展及其真实书写，又会在读者中产生价值背离的后果。很明显，李利在对自然主义艺术形式肯定的同时，又对其社会功能保持质疑。此种矛盾态度在起初的自然主义评论中较为普遍。

与贬斥同步，偶尔出现的对自然主义的肯定评价被忽视，致使一些批评者对自然主义在英国的前景表示担忧。这方面的代表如安德鲁·朗格（Andrew Lang），他认为，左拉冷静客观的非个人化叙述立场，使他的文学态度缺乏幽默感，未来十年英国将不会怀着愉悦的心情去对待左拉。[①] 事实证明，此类预见颇具前瞻性。

大致来看，自然主义在这一阶段频频遭到英国批评界的指责。背后的原因在于，英国批评界将自然主义置于占据主流的英国现实主义话语系统中，将自然主义的"写实"视为现实主义的"写实"进行评判，遮蔽了二者在写实观念上的差异。这使绝大多数英国评论者将自然主义视为"邪恶"的代名词而贬斥它。这就意味着，自然主义作为一种新的文学形态，英国批评界对其审美认知尚处于初识阶段。

（二）高涨阶段：《土地》引发的抗议风暴

1886—1889年，左拉的《卢贡家的发迹》《土地》等多部小说的翻译出版，引发了诸多评论者对自然主义的攻击。特别是1888年左拉小说《土地》在伦敦的出版，引发了英国批评界的一阵抗议风暴，对自然主义的抨击也因此达到高潮。

《土地》为何会引起轩然大波？就其情节而言，《土地》讲述了一位名叫弗安的老农因年老体衰，便将自己的土地分给几个孩子，然而孩子们却为占有他人土地而引发了一系列恶性事件的故事。平心而论，《土地》中离奇古怪的暴虐行为在法国农村地区时有发生，确实令人恐怖，但是，小说中的一些情节叙述，如弗安老农的一个儿子将所分土地卖了并酗酒成瘾，另一个儿子在兽性大发时将小姨

---

① Andrew Lang, "Emile Zola", *Contemporary Review*, Vol. 37, April 1882, pp. 439 – 452.

强奸致死，并将其土地据为己有等细节的生动展示，却在不经意间触犯了资产阶级的道德尊严。

《土地》甫一出版，来自四面八方的谴责汹涌而至。英国批评者斯泰德（W. T. Stead）率先对左拉发起诘难，抨击自然主义会影响家庭生活的纯洁。① 《环球》（*The Globe*）杂志指责左拉的小说破坏了人性的天真，腐蚀了道德的本性。② 而《现代评论》（*Contemporary Review*）总结了那时关于自然主义的普遍看法："我们期望年轻人能逃离那些恶习的摧残……以防被淫荡好色的文学挫败。"③ 概言之，自然主义的"污秽""淫荡"会对英国人的思想产生严重的不良影响。

在此阶段，英国批评界对左拉自然主义以强烈的批判为主，言辞也颇为激烈。在英国现实主义和道德文化的话语系统中，一是《土地》所展现的道德取向使英国批评者感到情绪沮丧，不能提升民智和鼓舞民心；二是英国批评者聚焦于社会影响，认为自然主义小说的写作方法低俗下流，会影响到家庭、人性等。尽管如此，英国批评界对自然主义的围攻，实际上扩大了自然主义的影响，反而为评判自然主义观念的转变提供了契机。

（三）转向阶段：左拉创作艺术的肯定认可

自19世纪90年代以来，随着左拉作品翻译质量的提升和出版数量的增加，英国批评界开始深入了解自然主义的美学特质，重审左拉小说的艺术特性，对自然主义的态度也逐渐发生了转变。

1890年可以视为自然主义在英国接受发生转向的分水岭。以此为始，英国诸多评论对自然主义给予了冷静的艺术评判，代替了先

---

① W. T. Stead, "The Modern French Drama", *Pall Mall Gazette*, Vol. 10, No. 3, 1888, p. 6.

② William C. Frierson, "The English controversy over Realism in fiction 1885–1895", *PMLA*, Vol. 43, No. 2, June 1928, p. 540.

③ Clarence R. Decker, "Zola's literary reputation in England", *PMLA*, Vol. 49, No. 4, December 1934, p. 1148.

前一味地攻击否定。如曾严厉批评左拉的圣茨伯里指出，左拉是"最强有力的艺术家，打破了艺术的相关规则"①。就连左拉小说备受谴责的道德问题，此时也被评论者认为，"有充分的证据证明左拉在文学中为他的道德力量赢得了一个位置"②。此类评论表明，英国批评界对自然主义的认同度在不断增加，同时也意味着新的批评观念的形成。

1902年足以视为英国批评界对自然主义评价发生实质性转向的一年。这是因为，左拉不幸离世，评论者发表的大量悼念文章，给予了左拉高度的评价。如英国学者格里布尔（Francis Gribble）认为，左拉是创作小说的哲学家，其小说的精神实质不是知识而是智慧，有着广泛的影响力。③罗德（Edvard Roede）指出，左拉的影响几乎可以在那个时代诸多的小说家身上找到。④左拉在英国的声誉逐步得到了确立，自然主义的艺术魅力获得了认可。

值得一提的是，英国一些评论者还将左拉在德雷福斯事件中的抗议行为与自然主义的艺术相联系。如有评论指出，"左拉的任何一部作品，没有可抵得上为控诉暴力而作的《我控诉》一半的影响"⑤。实际上，德雷福斯事件对英国看待左拉的态度不是没有影响，至少引起了对于左拉的身份——从作家到政治家的短暂误解，但也不是主导性的，毕竟以政治立场遮蔽文学审美的做法失之偏颇。至于由此引发的对自然主义的零星攻击，或在重复前一阶段的陈词话语，或出自批评界内部宿敌之间的相互攻讦，早已成为强弩之末

---

① Geroge Saintsbury, *The Present State of the French Novel. Essay on French Novels*, London: Percival & Co., 1891, p. 5.

② Alma W. Byrd, *The First Generation Reception of the Novels of Emile Zola in Britain and America*, Lewiston, New York: Edwin Mellen Press Ltd., 2006, p. 14.

③ Francis Gribble, "The Art of Emile Zola", *Fortnightly Review*, Vol. 72, December 1902, pp. 786 – 795.

④ Eward Rod, "The Place of Emile Zola in Literature", *Contemporary Review*, Vol. 82, November 1902, pp. 617 – 631.

⑤ John Wilson, "Zola's Lyrical Temprament", *Blackwood's Edinburgh Magazine*, Vol. 172, July 1902, p. 706.

而不值一提。

1902年之后，英国批评界对自然主义的肯定评价已成主流。这一方面源自19世纪90年代初期英国社会的文化转型和文学诉求，使19世纪80年代激进的批评话语遭到了抑制，自然主义与英国现实主义形成了博弈态势。另一方面，自然主义与英国现实主义话语之间的碰撞融合，通过评论阐释改变了批评话语的独断形态，促使英国文学批评观念发生了转变。

整体来看，自然主义在英国的传播并非一帆风顺，而是屡屡受到阻遏。除了受到反对者的谴责批判，还受到英国一些部门机构的合力抵制，如英国出版家亨利·维泽特勒（Henry Vizetelly）因出版自然主义作品而受到审判、英国国家治安协会（National Vigilance Association）因担心自然主义产生社会危害而发行《有害的文学》（*Pernicious Literature*，1885），以及流动图书馆对自然主义小说进行的严格审查等，这在很大程度上阻碍了自然主义在英国的传播进程，制约了英国文学对新的艺术形式的吸收。然而，自然主义在英国的传播受阻，非但没有妨碍英国一些作家对自然主义的认同接受，反而通过阻力的折射扩大了自然主义在英国的影响。

三　研究现状述评与框架设计

自然主义在英国传播产生的最明显的影响，就是许多英国作家和作品被冠以"自然主义"之名。这使我们难以辨别，19—20世纪英国文学中与自然主义有关的创作实践，到底是受法国自然主义影响所致，还是英国本土文学发展的产物，抑或仅与法国自然主义表面相似而已。由此，如何客观和正确地认识自然主义对英国文学产生的影响，便成为探究英国自然主义历史构成与存在形态的重要问题。

（一）现状述评

综观相关研究，所涉之论大致可分为两个方面：第一，归属定位研究，主要研究英国哪些作家作品属于自然主义；第二，作家作品研究，主要研究英国作家作品所具有的自然主义倾向和风格。

1. 归属定位研究

在国外，学术界对英国自然主义作家的界定各不相同。比如，英国学者弗斯特指出，英国可称为自然主义作家的主要有吉辛（Gissing）、莫尔①、莫里森（Morrison）、怀亭（Whiteing）等，并且英国许多所谓的自然主义作品只有二流水平，早已被人遗忘。② 弗斯特对英国自然主义作家及作品的评价显然不高。美国学者考德威尔在《浪漫主义与现实主义》一书中认为，英国小说家阿诺德·贝内特（Arnold Bennett）是英国最后一位现实主义者，但其创作"按照龚古尔方式，超然物外、不露声色，忙着把自己的'印象'记录下来"③。即使同一作家归属也各不相同。如苏联学者卡塔尔斯基把吉辛归为自然主义作家，而约翰·古德（John Good）认为，吉辛是现代城市小说家，阿诺德·贝内特则将吉辛界定为现实主义作家。此外，不同学者将具有自然主义倾向的英国作家划归在不同的文学流派中，如英国学者迈克尔·亚历山大（Michael Alexander）指出，莫尔是以自然主义的方式创作的，却将其归入现实主义流派，而美国学者韦勒克则将莫尔划归英国象征主义一派。

在国内，不同学者对英国自然主义的界定也不一样。如侯维瑞主编的《英国文学通史》认为，乔治·吉辛（George Gissing，1857—1903）、乔治·莫尔（George Moore，1852—1933）、托马斯·哈代（Thomas Hardy，1840—1928）、阿诺德·贝内特（1867—1931）、萨默塞特·毛姆（William Somerset Maugham，1874—1965）、戴维·劳伦斯（David Herbert Lawrence，1885—1930）在创作方法上表现出

---

① 即乔治·莫尔，也译为乔治·摩尔或乔治·穆尔，除译文引文出处外，本书使用乔治·莫尔。

② Lilian R. Furst & Peter N. Skrine, *Naturalism*, London: Methuen & Co. Ltd., 1978, p. 32.

③ ［美］克里斯托弗·考德威尔：《浪漫主义与现实主义》，薛鸿时译，生活·读书·新知三联书店1988年版，第105页。

不同程度的自然主义倾向，而王守仁、方杰主编的《英国文学简史》认为，英国具有自然主义倾向的作家是吉辛和莫尔。国内学者也对同一作家有不同归属。如李公昭、胡海等认为，贝内特是自然主义小说家；刘文珍等将贝内特定位为城镇小说家；而一部分学者认为，贝内特是现实主义作家。大部分文学史（包括英国文学史）作品都将英国具有自然主义创作倾向的作家归入现实主义作家群，只有小部分才将英国具有自然主义创作倾向的作家归入自然主义文学。如蒋承勇等著的《英国小说史》、刘文荣所著的《19世纪英国小说史》，前者将莫尔界定为现实主义，而后者将莫尔归入自然主义。高继海编著的《英国小说史》设专节论述了以自然主义方式进行创作的查尔斯·里德（Charles Reade）和吉辛及其小说创作。

2. 作家作品研究

国外学者主要侧重于对吉辛、莫尔、贝内特等人与自然主义关系的研究。吉辛在去世后才受到研究者的关注，但研究者对他的文学创作与地位评价各异，现有成果如刘易斯·莫尔（Lewis D. Moore）的《乔治·吉辛的小说：批判性分析》（*The Fiction of George Gissing: A Critical Analysis*，2008）、保罗·德兰尼（Paul Delany）的《乔治·吉辛的一生》（*George Gissing: A Life*，2008）、约翰·霍尔佩林（John Halperin）的《吉辛：书中的生活》（*Geroge Gissing: A Life in Books*，1982）、雅格布·克格（Korg Jacob）的《乔治·吉辛：批判性传记》（*George Gissing: A Critical Biography*，1963）等对吉辛作品中的自然主义特征提及很少。与莫尔生前的孤寂相比，近年来莫尔正逐渐受到国外学者的重视，但现有研究对莫尔的自然主义创作却论述不多，代表性成果有约瑟夫·霍恩（Joseph Hone）的《乔治·莫尔的一生》（*The Life of George Moore*，2011）、理查德·艾伦·加夫（Richard Allen Gave）的《乔治·莫尔小说研究》（*A Study of the Novels of George Moore*，1979）、埃德温·戈尔彻（Edwin Golcher）的《乔治·莫尔参考文献》（*A Bibliography of George Moore*，1970）、罗伯特·尼丝（Robert J. Niess）的《莫尔与左拉新论》

（*Gerorge Moore and Emile Zola Again*，1966）等。国外学者对贝内特的创作褒贬不一，现有成果如玛格丽特·德拉布尔（Margaret Drabble）的《阿诺德·贝内特的传记》（*Arnold Bennett：A Biography*，2009）、《阿诺德·贝内特》（*Arnold Bennett*，1974），詹姆斯·赫浦伯恩（James G. Hepburn）的《阿诺德·贝内特的艺术》（*The Art of Arnold Bennett*，1966）等对贝内特创作的自然主义倾向有所提及，但不够深入。此外，也有论者提及毛姆、莫里森等作家及其创作所具有的自然主义倾向。

在国内，学术界主要侧重于对吉辛、莫尔、贝内特、毛姆、劳伦斯、哈代等人与自然主义关系的研究。吉辛和莫尔是国内大多数评论者公认的自然主义倾向最为浓厚的作家，但现有成果如薛鸿时的《论吉辛的〈文苑外史〉》、应璎的《乔治·吉辛对待穷人的态度》、张介明的《现代视野中的乔治·莫尔——解读〈伊丝特·沃特斯〉》等论文的阐析主题都与自然主义关联不大。贝内特及其作品的自然主义倾向只有在少数文学史中有所涉及。如李维屏、王守成等主编的《英国文学史》认为，贝内特的《老妇谭》《五镇的安娜》遵循了自然主义创作原则。与国外相比，国内对毛姆、劳伦斯、哈代与自然主义的关系论述较多。如申利锋的《论毛姆小说创作的自然主义倾向》、杜隽的《自然主义在 D. H. 劳伦斯小说中的流变》、唐丽伟的《典型的自然主义者托马斯·哈代》等文论述了他们与自然主义的渊源关系。此外，项晓敏、许庆红等人的文章对英国现代派文学中的自然主义倾向有所论述，还有个别论者对詹姆斯·乔伊斯（James Joyce，1882—1941）、V. S. 奈保尔（Vidiadhar Surajprasad Naipaul，1932—2018）等作家具有的自然主义倾向也有所提及。

关于自然主义对英国作家产生的影响的研究，学术界虽然取得了一些初步成果，其中也不乏真知灼见，但仍存在一些问题和不足之处。

第一，由于英国很少有作家自称为自然主义，一些作家作品被随意贴上自然主义的标签，再加上归属标准的不确定性及影响程度无法量化等因素,大多数论者虽然找出了英国一些作家作品与自然主义的具体联系,但归属标准并不明确,影响缘由则语焉不详,这主要与对英国作家作品所受自然主义的具体影响的研究不够深入有关。

第二,现有论述大多倾向于"法国影响"一说,言及"本土生成"者寥寥无几,主张"相似巧合"者则浅尝辄止。问题在于,英国自然主义若是受法国影响所致,那么,为何会受到影响,所受影响有何体现?若为本土所生,其产生基础和发展又如何?若与法国自然主义存在相似之处,二者在文本层面有何差异?学界对以上问题并未进行深入探究和清晰阐述,因而难以深刻理解自然主义在英国的跨文化知识生产机制及自然主义"英国化"的历程。

不可否认的是,受到法国自然主义的影响,英国确实出现了几位具有自然主义倾向的作家,创作了富有自然主义特色且极具时代意义的作品。对于这一事实所涉的诸多问题,如自然主义为何会进入英国作家的创作视野?自然主义对英国作家产生的具体影响有哪些?英国作家面对异质的法国自然主义,有何复杂的接受心理与态度?英国一些作家又是如何汲取法国自然主义的营养并展开本土化创作的?深入探究这些问题,显然对系统认识和理解自然主义对英国文学的影响状况有所帮助,深化其研究对于正确认识和处理外来文学与本土文学及文化建设之间的关系、促进文学文化的交流融合、凸显本民族的特色具有重要的借鉴意义。

(二)框架设计

依据选题,本书主要以"自然主义"为中心,聚焦于"影响"。因而,本书在研究内容对象的设定、思路方法的设计、研究目标的实现皆围绕"自然主义""影响"两个关键词及其相互关系展开。

1. 研究的对象内容

第一,客观认识英国作家受到的自然主义影响问题。

从比较文学的角度入手,展开对于法国自然主义与英国文学这两种异质文学之间影响关系的探究,具体分为两个方面:一是深入辨析自然主义在英国的"本土始源"与法国"外来影响"之间的内在关系,探究英国作家接受自然主义的历史必然性,进而区分英国自然主义形成的"本土性"和"外来性"。二是在概念界定、方法整合和视域融合的基础上,剖析自然主义对英国文学产生影响的考察误区,分析英国自然主义的历史场域与范畴界定,探索英国作家接受自然主义影响的逻辑理路和研究方法。

第二,探究自然主义对英国作家产生的具体影响。

一是结合作家生平经历与创作历程,探究吉辛、莫尔、贝内特、哈代、劳伦斯、毛姆与自然主义之间的影响渊源,阐述作家艺术选择与文学影响之间的逻辑关系。

二是在作家思想观念层面上,辨析吉辛、莫尔、贝内特、哈代、劳伦斯、毛姆的理论观念与自然主义诗学之间的具体关系,辨别作家的艺术探索与借鉴影响之间的相互联系。

三是围绕作家的创作实践和具体作品,甄别英国作家作品与自然主义的事实材料联系和审美价值关系,同时基于历史语境寻找影响线索与探索文学创作的契合点和影响规律。

四是从文本建构、主题呈现与诗学形态方面,论述英国作家的自然主义实践所呈现出的美学特质与总体特征。

第三,评估自然主义对英国作家产生影响的文学史意义。

客观地评价自然主义对英国作家产生影响的文学史意义,重点在于考察自然主义在英国文学的文化逻辑上的动态性和互动性,修复和重构"断裂"的英国自然主义文学史脉络,以建构起19世纪末20世纪初英国文学与自然主义关系的整体视域。具体内容包括两个方面:一是将英国自然主义置于英国文学的发展变迁中,探究英国自然主义与英国现实主义文学、现代主义文学的内在关系,考察英国自然主义在话语转型、小说理念与文本实践等方面的传承与革新,重新审视英国文学与自然主义的双边关系;二是考察自然主义对英国文学影响的深层逻辑与纵深关系,认识和把握英国自然主义的历史存在和艺术价值,探寻英国自然主义的文学史书写标准与路径。

2. 研究的思路方法

由研究的对象内容就可看出,自然主义与英国作家之间的"影响"关系探究无疑是本书研究的重点。基于此,本书拟在对第一手资料和现有成果爬梳、剖析与借鉴的基础上,秉持着"立足文献资料,拓展研究视域"的研究理念,坚持"论从史出、以史证论"的原则,遵循"围绕一个核心问题(自然主义对英国作家产生了怎样的影响),聚焦两个基本研究点(影响论证与特征提炼)、沿着三条研究路径(微观探究、个案分析、诗学建构),形成一个研究体系"的研究思路,在引入、挖掘新材料的基础上,采用逐层深入的论证结构,并站在学术史的高度,通过对具体问题的研究,拓展自然主义对英国作家产生影响问题的研究深度,深化对于文学影响关系及其规律的认识。

在具体研究方法上,本书总体采用辩证唯物主义和历史唯物主义的研究方法,一方面,运用实证批评与审美批评等方法,对英国作家作品与自然主义的具体影响关系进行深度辨析。另一方面,基于文本细读,采用比较视野分析具体作品,同时借鉴叙事学、主题学等方法,将个案分析与诗学建构相结合,探究英国作家所受自然主义影响的美学倾向和诗学特征,以重构英国自然主义文学的历史图景。

第一章　自然主义对英国作家产生的影响问题

　　如果说，自然主义在英国传播的效应意义突出了自然主义对英国文学的宏观影响，那么，英国作家及其作品所受的自然主义"影响"则凸显了自然主义对英国文学的微观影响。故而，如何客观认识和有效探究这种微观影响，就成为考察自然主义对英国文学产生影响需要解决的重点问题，不仅关系到对英国一些作家作品的归属定位，而且牵涉到英国自然主义的文学史书写。应该承认，自然主义在英国的传播虽为英国一些作家的文学创作提供了新的艺术营养和审美选择，但与法国自然主义相比，英国本土的自然主义只是萌发却没有形成气候，并且由于自然主义对英国作家产生影响方式的特殊性，以及由此引致的微观影响的复杂性，确实也给文学史研究者带来了影响焦虑与阐释难题。这种情形一方面源于英国作家所受自然主义"影响"的范畴界定问题，即英国哪些作家作品在哪些层面或多大程度上受到了自然主义的影响；另一方面源于对英国作家作品所受自然主义"影响"的方法探索，即用何种方法才能有效合理地辨析自然主义影响的具体形态。对上述问题进行探究，就有必要剖析自然主义在英国"本土发生"与"外来影响"之间的内在关系，探究英国接受自然主义影响的历史必然性，检视以往对英国作家所受自然主义影响的考察误区，重审英国作家所受自然主义影响的类型范畴，进而找到切实可行的探究方法。

第一节 自然主义"影响"的存在形态

就英国维多利亚时代的历史而言，英国繁荣稳定的社会物质、丰富多彩的思想文化、良好的文学生态氛围，以及印刷技术的发展、教育的推广、小说创作的繁荣、文学阅读的普及等为自然主义在英国的传播提供契机的同时，实际也为自然主义在英国本土的出场准备了条件。尤其是，与自然主义在法国产生的相类似的实证哲学思想、进化论科学观念和现实主义的发展等，无论在哪一个层面上追溯，都能找到英国自然主义文学生成的起源或者动因。更为重要的是，从文学发展的演变来看，自然主义是资本主义发展到一定历史阶段的必然产物，作为世界上最早完成工业革命的老牌资本主义国家，英国比同时代法国的资本主义发展更为发达，英国本土发生文学自然主义的可能性理应更大。但令人困惑的是，自然主义为何没有在英国本土形成一股思潮，而是在受到法国自然主义影响后，才出现了一些具有自然主义倾向的作品？该如何认识这一问题呢？

一般情况下，受到外来因素的刺激影响而出现一种文学现象实属正常，相应地，一种文学现象的出现又往往有其内在必然性。在资本主义时代的世界性语境下，若自然主义能够在英国本土萌发并发展壮大，那么有四个方面的问题值得探讨。第一，维多利亚中后期的社会文化语境与英国自然主义本土始源有何内在关联？第二，法国自然主义进入英国之前，英国现实主义文学中是否已经出现了与自然主义有关的因子？若有主要表现在哪些方面？第三，英国本土萌芽的自然主义因子为何没有发展壮大并形成规模？第四，英国本土已经有了自然主义的萌芽，为何英国作家还会受到法国自然主义的影响呢？

先看第一个问题，就维多利亚时代的社会文化语境来说，当时的英国盛行着诸多文化潮流或思想，其中与自然主义联系最为紧密的是斯宾塞的实证主义和达尔文的进化论。英国学者斯宾塞受到孔德实证主义的影响，继承并发扬了实证主义，将实证主义哲学观念应用于生物学、社会学等领域，把科学方法引进人文社科，构筑了一个以实证主义观念为基础的庞大的思想体系，在英国引起了强烈的反响。另外，就达尔文《物种起源》产生的效应而言，不管是对维多利亚时代彬彬有礼风尚的冒犯，还是对英国上流社会道德观及宗教教义的冲击，进化论在英国引起的文化震惊可谓哗然。恶意攻击者有之，理解赞同者有之，争论交锋者有之，这些情形无不扩大了进化论的影响，进化论的影响遍及当时人文社科的诸多领域，文学领域也不例外。

在19世纪中后期，欧洲其实已经有很多学者，如德国的斯坦特尔、法国的丹纳和布吕纳季耶、英国的西蒙斯、俄国的维谢洛夫斯基等把文学进化论运用到文学研究中。[①] 不难推论，在此文化氛围中，一些作家的作品中存在进化论思想实属合情合理，这既有时代文化的熏陶和影响，也与作家实践中的自觉采纳有关。正如法国学者谢弗勒尔在谈到自然主义时所说的那样："在其他地方，我们还发现一些与左拉的某些观点相近的人士：如西班牙的帕尔多·巴桑和克拉林、葡萄牙的埃萨·德·克罗兹、意大利的维尔加、挪威的易卜生、瑞典的斯特林堡，甚至还有俄国的托尔斯泰……有时，事情以另外的一些名义出现而得以顺利进行：意大利的真实主义、荷兰的'80年代派'、斯堪的纳维亚作家们的'突破的年代'、波兰的实证主义。左拉还远远不是上述作家的先驱者，何况，其中有些人是他的前辈，列举的那些文学运动也远远不是德国和法国的文学运动的移印。"[②] 谢弗勒尔的表述说明，自然主义是时代发展的必然结果，其中的必然性就在于，当一种流行思想、文学思潮、创作手法

[①] 郑祥琥：《文学进化论新探》，知识产权出版社2019年版，第14页。
[②] ［法］伊夫·谢弗勒尔：《左拉和自然主义》，谭立德译，载谭立德编选《法国作家、批评家论左拉》，安徽文艺出版社1994年版，第426—427页。

在不同国家民族的文学中都有所存在时,说明存在作为共性的文化语境（如实证哲学和自然科学）,也存在不同程度的文学共振现象,只不过"文学共振"的振幅大小有别,产生的结果迥异有别。因而,探讨英国自然主义的本土发生和外来影响,有必要论述基于文化共振的相同文化语境。那么,作为推动自然主义产生的共性文化,进化论对英国作家是如何产生影响的？或者说在哪些方面产生了影响？

历史表明,进化论在对传统宗教观念提出挑战和对英国人思想产生冲击的同时,不单单是一种思想文化,实际上是作为一种意识形态积极地参与了英国文化的建构,且转化为英国社会发展的文化动因。这突出地表现在斯宾塞将达尔文进化论从生物领域延展到了社会发展领域,由"生物进化论"衍变为"社会进化论"。对于维多利亚中后期的英国文坛而言,进化论为英国文学提供了新的社会观和历史观,就作家创作本体而言,进化论又为英国作家提供了一种认识世界的视角方法,或者说提供了一个文本实践的思想视域。正因为如此,维多利亚中后期的一些英国作家不再侧重于用人的精神来解释社会发展和历史变迁,而是转向用人的物质形态和存在环境来解释社会和历史问题,或将人的遗传性与人的性格相联系,或将工业社会的变迁与生物进化历程相比对,或将具体的科学观念与客观现实生活相融合,或将人类的丑恶与人的生物性相结合等,这些从表面上看与法国自然主义并无二致,但从深层来看却意味着,即使没有法国自然主义的影响,进化论也会作为英国维多利亚时代中后期文学的重要因素而普遍存在,或者说作为英国本土自然主义的文学基因而存在,当然,是否发生裂变重组还需要综合考察其他因素的作用,但这一事实至少说明,英国具备了产生自然主义的重要文化基础,至于是否能够发展壮大或形成气候又是另外一个问题。

对于第二个问题,可以参照法国自然主义的生成来进行回答。自然主义在法国正式出场之前,实际上,在诸多现实主义作家创作中已经有了不同程度的显现，如巴尔扎克、福楼拜的作品中就包含自然主义的因子，只不过左拉等人在倡导的基础上对自然主义进行了理论化建构。与法国相类似的地方是，自然主义在进入英国之前，英国现实主义文学中实际上也存在着不同程度的自然主义因子，尤其是与进化论紧密相关且促成自然主义生成的科学因素。这是因为，19世纪英国工业革命的成功，使自然科学在英国得到发展迅速。英国在普及科学知识的同时，加强和重视科学教育，特别是"在当时，科学研究方法如同科学成果一样被人们乐于采用，这是因为科学方法强调所观察的事物进行理性的分析，对当时那种求实的时代精神产生了吸引力"①。基于此，可以这样认为，自然主义并非由左拉独创，亦非法国所独有，而是自然科学的迅速发展在文学创作中的必然反映。

17世纪以来，自然科学对欧洲小说已经有所影响，不过那时的影响主要表现为将客观世界视为认识对象，但是到了19世纪，自然科学的影响则体现为欧洲小说将现实的客观世界当作审美对象，而现实主义作为英国维多利亚时代中后期文学的主流，与自然科学在某种程度上存在对应关系。这是因为，英国现实主义小说和自然科学在呈现客观世界的方式上相类似。一方面，英国现实主义小说注重真实地描写社会生活，而自然科学则通过科学手段注重精确地描述自然事物。另一方面，自然科学为现实主义小说提供了理论依据，自然科学倾向于用各种术语尽可能准确地解释客观世界，现实主义小说受其影响也倾向于客观地描绘生活的本来面目。② 在此背景下，维多利亚时代中后期的一些英国作家时常在其文学创作或批评中借用自然科学的观念、术语等，丰富了创作实践的美学修辞和艺术想象。例如，英国学者迈尔斯（Greg Myers）曾分析指出卡莱尔、罗斯

---

① Lilian R. Furst & Peter N. Skrine, *Naturalism*, London: Methuen & Co. Ltd., 1978, p. 14.

② 参见刘文荣《19世纪英国小说史》，中国社会科学出版社2002年版，第70—71页。

金等人的文学批评和语言修辞与 19 世纪物理学话语之间的相互渗透和影响。[①] 乔治·艾略特就常在小说中使用自然科学的概念来展示社会现实，在哈代的作品中就有与自然主义相似的进化论、遗传学等科学元素。

问题的症结在于，与法国现实主义相比，19 世纪中后期，英国现实主义取得的成就毫不逊色，但与法国不同的是，现实主义作为一股强有力的文学潮流，在法国推动了自然主义的兴起与发展，而在英国反而压制了自然主义的形成与发展。这既是令人遗憾的，也是令人深思的，因为"文学领域既非为因果规律所决定，也并非遵从纯粹的逻辑推理"[②]。故此，自然科学与自然主义的产生并非二者的简单演绎，但自然科学营造的思想文化氛围、自然科学与现实主义写实传统的相互影响，以及其互补共生有利于自然主义在英国的产生与发展。

然而，尽管英国出现了达尔文，产生了斯宾塞等文化名人，英国作家对孔德实证主义亦产生了兴趣，但科学决定论似乎在英国从未真正地流行过。尤其是，由于英国不同作家对自然主义的接受态度各有差别，即使在自然主义的刺激影响下，一部分对自然主义持赞成态度且主动接受的作家，很有可能将英国现实主义中业已存在的自然主义作了隐性的处理，或者仅在忠实现实主义传统的基础上，结合自身体验偶尔对自然主义略有涉及。而一部分对自然主义持反对态度的作家，以其他艺术手法将英国现实主义中的自然主义因子消解而凸显出现实主义特色，甚至对自然主义压根就不屑一顾。这些情形恰如英国学者弗斯特所言，"和其他国家相比，'自然主义'一词在英国与文学的联系要松得多"[③]。

再看第三个问题，英国本土产生的自然主义萌芽为何没有发展

[①] 参见 Gerg Myers, "Nineteenth-Century Popularization of Thermodynamics and the Rhetoric of Social Prophecy", *Victorian Studies*, Vol. 29, No. 1, 1985, pp. 35–66。
[②] Lilian R. Furst & Peter N. Skrine, *Naturalism*, London: Methuen & Co. Ltd., 1978, p. 32.
[③] Lilian R. Furst & Peter N. Skrine, *Naturalism*, London: Methuen & Co. Ltd., 1978, p. 32.

壮大？其实这一问题涉及英国历史文化语境与自然主义的关系问题，既关涉英国本土自然主义为何没有形成规模的问题，也涉及法国自然主义在英国传播受阻的原因。这是一个问题的两个方面，且具有共同的交集点。

自然主义在英国萌发而没有形成气候的原因，归纳起来有以下三个方面：第一，维多利亚时代严苛的道德要求，使许多英国作家对自然主义那种令人沮丧的观点和肮脏的手法没有多大兴趣，尤其不想因此而触及资产阶级的道德底线。第二，由于英国的政治意识形态，使许多英国作家放弃了自然主义那种对性爱和丑陋等禁忌话语的文学叙述，以免触及英国清教的理性传统等而受到谴责。第三，在许多英国作家看来，小说作为大众偏爱的文学样式，既不是科学实验，也不是科研报告，而是要在给读者带来审美愉悦的同时进行道德教诲。与此相对应的是，当时的英国作家对自然主义那种注重人物的生理性和侧重生活阴暗面的描写方式不以为意，担心会遭到将阅读作为娱乐方式的英国大众读者的嫌弃。尤其是，"为了适应本国的条件，以反抗本国固有的传统背景，自然主义在不同的国家打出的旗号不尽相同，突出的目的也有所不同"[①]。旗号不同，目的不同，自然主义在英国的存在方式与法国自然主义也就有很大的不同，但总体上可以推断出，即使英国有作家在创作中运用了自然主义的手法，也会出于某些方面的原因有意或无意地将所谓的自然主义进行遮蔽，这在另一个层面说明，英国为何几乎没有自称为自然主义的作家，也很少有在理论上对自然主义进行系统阐释的作家。

从文化交流的角度来看，处于欧洲文化圈内的英法两国虽然在地理位置上接近，但毕竟在文化上存在一定的差异。况且，每一种文化都先天地具备自我保护的功能，自然主义文学作品所传达的文化信息与英国文化存在相异、排斥的地方，因而，与法国相比，英国对自然主义也就会产生不同的理解。从文学接受的角度来看，任

[①] Lilian R. Furst & Peter N. Skrine, *Naturalism*, London: Methuen & Co. Ltd., 1978, p. 25.

何文学思潮和作品是否能被接受者接受，最基本的要看读者的"接受屏幕"，即一定时期历史文化的纵向发展和异质文化的横向交流所构成的坐标，每一位接受者都生活在这一特定的"接受屏幕"中，接受者的气质类型、文化心理、文化传统等都会不自觉地对接受者具有一定的制约作用。英国作为自然主义接受的主体，根据自身文化需求对外来文学进行筛选、适应和拒绝都是以自身文化的发展、更新为前提的。

如果说，文学是建立在社会客体与个人关系之间的一种审美经验的显现，那么，文学作品（特别是外国作品）对一国文化的影响则具有以下三重职能："确认探求新事物的正当性；为所求者提供范例而使其新的理想明朗化；使人们的本国文学所给予的理智的、美的满足。"① 然而，在自然主义作品中，英国社会所需的保守和稳定的文化观念常常缺乏充分的表现，反而将社会的阴暗面细节化，将社会弱势群体作为主导人物，因而英国受到这种文化影响时所表现出的文化认同程度就十分有限。这种情形正如卢卡奇所言，"任何一个真正深刻重大的影响是不可能由任何一个外国文学作品所造成的，除非在有关国家同时存在着一个极为类似的文学倾向——至少是一种潜在的倾向。这种质的倾向促成外国文学影响的成熟。因为真正的影响永远是一种潜力的解放"②。依其所言，自然主义无论是本土萌发还是外来传入，英国当时保守的文化和文学传统、社会道德环境、意识形态话语、审美情趣等都对自然主义有所影响和制约，导致了自然主义没有得到英国主流文化及统治阶级的认同，难以顺利传播可以说是意料之中的事。

最后来看第四个问题，即英国本土已经有了自然主义的萌芽，为何英国作家还会受到法国自然主义的影响呢？表面看来，这似乎

---

① 转引自［日］大冢幸男《比较文学原理》，陈秋峰等译，陕西人民出版社1985年版，第25页。
② ［奥］卢卡奇：《托尔斯泰与西欧文学》，范之龙译，载《卢卡奇文学论文集》，中国社会科学出版社1981年版，第452页。

不应该成为一个问题，但深层来看，这一问题实际牵涉到英国文学发展的形态问题。

文学史表明，英国文学的发展并不是一个封闭静态的过程，而是不断在外国文学和外来因素影响下的动态发展过程，只是英国社会发展的"历史内需"在一定程度上规定着具体的文化需求，且影响着其对外来文化的接受。就英国文学的外来影响而言，英国文学从16世纪开始就受到外国文学的影响，主要是意大利和西班牙的影响，到17—18世纪，则主要受到德国和法国的影响。而18世纪末19世纪初的浪漫主义则主要受到德国的影响。19世纪30年代，现实主义又成了英法两国文学连接的桥梁（现实主义在两国同时发生）。19世纪50年代以后，法国现实主义对英国文学的影响开始逐渐增大。而19世纪后期，英国小说家越来越多地受到外国的影响，其中对他们产生影响最大的便是法国的自然主义。[①]

英国学者波斯奈特（H. M. Posnett）认为，19世纪是一个"国际文学的时代"，英国文学需要大量地同外国的文学成果与精华打交道。如此，在维多利亚时代晚期，对英国产生影响最大的为何是法国自然主义而不是其他的文学思潮？细究起来，有以下三个方面的原因：一是自然主义代表着当时欧洲一种富有革新精神的文学范式，其所产生的历史影响力和世界性声誉很容易对其他国家（包括英国）的文学产生冲击，自然主义在诸多国家产生的世界性影响就是其传播效果的体现。二是由维多利亚时代后期英国文学的发展状态所致，即在狄更斯、萨克雷和乔治·艾略特之后，典型的维多利亚时代小说的拓展空间并不大，而"一种外来文化的侵入往往使被侵入国家和民族看到了自己先前没有看到的东西，或表达了自己试图表达的东西"[②]。英国作家从外国文学中寻求新文学的源泉，在某种程度上

---

① 刘文荣：《19世纪英国文学史》，中国社会科学出版社2002年版，第303页。
② 方成：《美国自然主义文学传统的文化建构与价值传承》，上海外语教育出版社2007年版，第115页。

乃是时代所驱，英国作家很容易受到外国文学的影响，借鉴颇具影响力的自然主义便成了权宜之举。三是由欧洲文学的发展趋势所致，即随着世纪末各国文学交流的加强，欧洲各国文学之间出现了合流的现象，维多利亚时代晚期的英国小说创作也开始和其他国家逐渐合流。这是因为，在19世纪80年代以前，英国小说的发展基本上受到社会历史和本土现实主义的内部力量而推动向前，考察诸如狄更斯、哈代和萨克雷等当时的重要作家，其创作受到的外来影响并不大。但是，到了世纪之交，英国作家有意或无意地学习模仿外国文学的创作方法，倾向于接受这种外来影响。当然，按照内因决定外因的一般规律，外因影响内因的辩证观点来看，决定英国文学发展的根本取决于英国社会历史和文学传统的内在变迁，对自然主义的借鉴模仿只是影响最表层的方面，如果仅将英国自然主义视为模仿的结果，其实会掩盖英国文学内涵的民族精神，而且若将这种模仿影响夸大的话，一旦超过了某一限度，就会将民族本土的东西看成是外来的东西。

实际上，在维多利亚时代晚期，无论是上述哪种情形，英国现实主义文学的鼎盛期已过，英国文学正面临着变革或者已经开始发生变革，这促使着英国作家积极地寻求新变。而自然主义在英国引发的轰动，使其成为一些英国作家艺术创新可资借鉴的一种资源，或者英国作家有意或无意地受其熏陶影响，在创作实践中运用自然主义手法，从而成为英国具有自然主义倾向的作家。或者说，英国作家在法国自然主义的刺激下对本土的自然主义因素与外来因素进行了整合，在艺术选择的基础上对文学实践进行探索。简言之，自然主义在英国的出现，不能简单地将其视为法国自然主义在英国传播的结果，也不完全是受法国自然主义文学影响的结果，而是在"本土内蕴"与"外来冲击"双重作用下的结果。确切地说，英国文学中的自然主义既有法国自然主义的影响成分，也有本土萌发的自然主义因素，英国自然主义是本土始源和外来影响共同构建的产物。

需要深入辨析的是，许多著述在谈到自然主义在英国传播受阻的原因时，都不约而同地将其归咎于英国现实主义的强大，但没有探究背后的内在原因。不可否认的是，长期以来，现实主义一直作为英国文学的艺术基础且根深蒂固，同时作为英国严肃文学的组成部分且源远流长。19世纪三四十年代以来，伴随着现实主义文学登上历史舞台，一些国家的现实主义频频在文坛掀起波澜，例如法国控告福楼拜的《包法利夫人》或排斥库贝尔及印象派，而英国却不同，恰恰就是英国根深蒂固的现实主义传统，现实主义在英国被视为"所有艺术的基础"，狄更斯、萨克雷、勃朗特姐妹、特罗洛普等人的作品在英国的出现，并不像在法国那样让人耳目一新或产生审美冲击力，虽被广泛传播与广为接受，但内在变革的动力不足，因而没有像在法国那样将现实主义推向自然主义。与此紧密关联的是，英国自然主义虽受法国自然主义的影响，但仍需要经过英国作家的主体建构才能发展壮大。换言之，英国自然主义的发生虽有其内在的社会历史根源和思想文化根源，但英国文学所受的自然主义影响，其作用是有一定限度的，特别是其发挥作用的方式也是极为复杂的。英国作家受到自然主义影响而进行的创作，本来就是具有复杂性和个性化的审美活动，创作动机和艺术构思往往受到自身特殊因素的影响。因此，在很大程度上，英国作家的自然主义创作并非完全由外来影响所致，而是完全有可能从本土历史出发，在共同的文化语境下，创造出一些根本无法用外来影响规范的新形式，近乎影响，出乎影响，形成独具特色的文学样式。

综上所述，对于英国自然主义的"本土始源"和"外来影响"的关系问题，可以得出如下结论。

一是自然主义在英国本土已经萌生，然而却没有借法国自然主义在英国传播的东风得以形成气候，而是与法国自然主义在英国传播的命运类似，受到英国意识形态、道德话语、写实传统等因素的制约而没有得到发展，更不用说形成像法国那样的运动态势，更遑论发表宣言形成团体乃至壮大。

二是法国自然主义在英国传播中遭遇的强大阻力,在某种程度上制约了英国对法国自然主义的接受,同时在很大程度上也压制了英国本土自然主义的出场。英国本土自然主义便成为局部的隐性存在,许多作品只是打着自然主义的名号吸引眼球和赚取商业利润而已,而所谓的自然主义作品大多处于二三流水平,容易被人遗忘,真正可以归入自然主义的只有为数不多的零散作品,也就难以形成文学的主流态势。

三是在英国本土自然主义因子虽已出现,但是,基本与英国现实主义交织在一起,加之英国文学界常常将自然主义与现实主义相混淆,在大多数情况下依然继续沿用现实主义之名,甚至有意以现实主义作为掩护使自然主义能被接受,因而没有形成别具一格的文学思潮,更多的是从英国现实主义中萌芽,并与英国现实主义合流。

四是自然主义在英国文学界产生的反响,为一些寻求文学变革的英国作家提供了创作营养;或者受到法国自然主义的影响,英国作家创作中的自然主义因子被激活,创作了与现实主义不同且自然主义风格明显的作品;抑或英国一些作家受自然主义的影响,在本土经验与法国自然主义经验的互补中创作出了具有自然主义倾向的作品。诚然,无论哪种情形,对于英国作家受到自然主义的影响程度和具体表现都需要进行深入细致的考辨。

第二节 自然主义"影响"的考察误区

自然主义在英国传播的时代,现实主义依旧是英国维多利亚时代文学的主流创作方法,大多数英国作家在"与现实主义传统保持真实的基础上佐以幽默,以及在对人生的荒诞洞察时,偶尔才会向自然主义投去仅仅一瞥"[1]。因而,真正受到自然主义影响并以自然

---

[1] Lilian R. Furst & Peter N. Skrine, *Naturalism*, London: Methuen & Co. Ltd., 1978, p. 32.

主义为方法进行创作的英国作家并不多。相反，在英国图书市场上却有相当多的英国作家被随意地冠以"自然主义"的头衔，许多英国小说则被随心地贴上"自然主义"的标签，致使人们难以辨识其真面目，尤其很难分辨英国与自然主义有关的作家作品到底是受到法国自然主义的影响所致？还是与自然主义存在着一定程度的契合或巧合？抑或仅是为了商业牟利吸引读者眼球的时尚噱头而已？如何辨别"影响"的真面目，便不可避免地成为探究英国作家与自然主义关系的基础性问题。遗憾的是，由于"影响"本身的复杂性和多维性，学术界在考察英国文学的自然主义"影响"时，往往存在着一些误区、偏见和不足，下面分而述之。

一 影响关系判定基点的无效性

自然主义在英国的传播时值英国现实主义的成熟时期，且由于自然主义与现实主义在"写实"层面具有一定的相通性和相似性，使得英国批评界习惯将二者交叉混用。学术界往往从二者的承继性、异质性等方面进行异同辨析，并以此作为探究英国文学是否受到自然主义影响的基本思路。然而，以这种思路探讨英国文学与自然主义之间的影响关系是否有效呢？事实证明，这样的研究路径既不能较好地探究影响关系，其研究逻辑也不能令人信服。理由在于，面对较为复杂的现实主义和自然主义文本系统，以单一的"同"或"不同"作为参照标准，或者机械地套用现实主义和自然主义理论进行抽象概括，并不能如实地反映创作实践的全貌，也就不能有效辨别二者的内在异同。

为何不能呢？在《镜与灯》中，美国学者艾布拉姆斯的观点具有启发性，即"实际上许多艺术理论根本就不可能相互比较，因为它们没有共同的基础，放不到一起来比较孰优孰劣"[①]。若要比较的

[①] [美] M. H. 艾布拉姆斯:《镜与灯》，郦稚牛等译，北京大学出版社1989年版，第4页。

二者，或术语表达虽异而内涵互涉，或术语虽同而内涵不同，或归属同一思想体系而前提基点各异，其实难以识别其关键性差别。当自然主义和现实主义作为一种创作方法时，二者虽有交叉相似之处，但二者存在的差异使它们属于不同的诗学体系。即使有所区分，自然主义与现实主义之间的异同关系只是作为一个参照标准而非研究立足点，何况自然主义和现实主义在英国文学作品中常常互相交织在一起，这些不免使人产生一些疑问：英国所谓的自然主义和法国自然主义是不是一回事？或者说，自然主义在英国有没有对等物？英国现实主义和自然主义之间是否可以画等号？它们之间又有何联系和区别？要精确分辨和明确回答这些问题并非易事，学界至今尚未达成共识。毫无疑问，将自然主义与现实主义的异同辨析作为探究英国文学中自然主义影响的基础和起点，自然因缺乏明确性和有效性而难以成立。

二 影响关系厘定方法的简单化

文学之间的影响关系往往具有多层性和微观性，且较难进行数字化度量，使得对英国作家与自然主义影响关系的判定往往避重就轻而进行简单化处理，这突出地表现在以下两个方面。

一方面，英国一些作家的确受到了左拉、龚古尔兄弟等人的自然主义影响而进行创作，英国的一些作品确实内含着与自然主义相似的创作因素，如对人的生物性展示、客观性的叙述话语、环境与性格的辩证呈现等。关键的问题是，这些相似因素是受到了自然主义的影响，还是由作家共同体验而引致的巧合？更棘手的问题是，一些作品中虽存在与自然主义相似之处，却难觅影响之踪。若要加上作家创作的多元性和独创性之间的矛盾，是否存在影响关系就更加难以明确区分了。若仅仅依据英国作家作品与自然主义相通或具有相似之处而缺乏更加充分的辨析证据就认定存在影响关系，自然令人难以信服。

另一方面，促使自然主义生成的一些因素（实证哲学、自然科学或写实传统）对一些作家有所影响，这些作家是否也可算作受到了自然主义的影响？如哈代受到达尔文进化论的影响，是否就可视为受到了自然主义的影响？问题的难点在于，有的作家明明受到自然主义的影响，却并不直接表明，反而予以否定。如法国作家莫泊桑曾公开表示对自然主义的反感，其对自然主义的否定溢于言表，但无法抹杀自然主义对他的影响。反之，有的作家明明没有受到自然主义的影响，却时常与自然主义联系在一起。如美国作家德莱塞曾声称自己没有看过左拉的作品，对自然主义也知之不多，但许多文学史却将他归入自然主义的行列。况且，一个作家是否属于某个流派或者具有某种风格，在大多时候往往并不完全以作家本人的说法为准，因为作品与作家的创作理念和意图之间有时并非统一。若仅仅以简单的类推方式去断定自然主义对英国作家影响关系的存在，这种牵强之举恐怕难尽如人意。

三 影响关系推理逻辑的模糊性

一个作家受到的影响通常无法以数据比例、数字化信息呈现，但在论证和描述影响时，运用的逻辑思维不同，所要传达的信息也就不同。诸如，一位作家看了某某的书或接受了某某的思想，是否就可断定这位作家一定会写出某某风格的作品？或某一部作品受到了某某的影响吗？或者一个作家虽然没有受到某种影响，就一定在创作中没有某某式的风格？乍一看貌似可以成立，但事实有时却恰恰相反。

举例来说，就时代背景来看，哈代和劳伦斯的创作既处在法国自然主义发展成熟的时期，也处于自然主义在英国传播的时期，受到自然主义影响的概率理应较大。从创作实践来看，哈代和劳伦斯既与自然主义有交集的地方，其作品也与自然主义有相似的地方。若就此断言哈代和劳伦斯的创作受到了自然主义的影响，不仅显得结论推理较为轻率，而且其论证逻辑也缺乏严谨性。这是因为，某位作家的创作表现出自然主义倾向（特征）、具有自然主义风格

（色彩）与受到自然主义影响并非等同，并不能简单地画上等号。也就是说，如果一个作家受到自然主义的影响，那么其作品很有可能具有自然主义倾向（特征），它们之间存在着"影响—实证—先天联系"的内在统一性。但如果一个作家没有受到自然主义影响，那么其作品也有可能具有自然主义的风格（色彩），它们之间存在的仅是"审美—非实证—后天联系"的外在相似性，而非必然的内在统一性。

当然，在论述英国作家作品所受的自然主义影响时，无论是在现实主义之前还是之后加上自然主义的修饰，还是用不同内涵的术语表述相似的创作方式，并不能充分地表明影响关系的存在。例如，有学者将英国作家毛姆的流派属性笼统地界定为"法国派"[①]。细辨其义，"法国派"这一称谓似乎与自然主义存在某种联系，实际上这是两难处境中的折中选择，主要指向作家国别意义上的区分。若仅仅通过这一称谓就判定毛姆受到了自然主义的影响，显然不能成立。因为影响关系的判定若缺乏合乎逻辑的例证支撑和实证分析，往往是非难辨，反而会使问题处于模棱两可之中。尤其是在一些具体表述中，如果仅仅使用以"自然主义"作为修饰定语的特色、色彩等类似表述，而对作家所受的自然主义影响事实、作品的自然主义渊源形态语焉不详，依然难以判定自然主义影响关系的客观存在，表述逻辑的模糊性常常会使人知其然而不知所以然。值得注意的是，与自然主义有关的社会思潮的传播和影响对英国作家的创作也会产生不同程度的影响，如何确定经传播和影响的社会思潮对英国作家的创作产生的具体影响，则是一个较为复杂的问题，需要仔细加以辨析和论证。

四　影响关系书写标准的随意化

现有的涉及英国自然主义的文学史（包括学术史）书写，基本

[①] Anthony Curtis & John Whitehead eds., *Maugham: The Critical Heritage*, London: Routledge & Kegan Paul Ltd., 1987, p. 10.

将作家作品依凭一定的标准（主题、题材等）进行归纳分类，却没有一个相对固定的标准来衡量和评定英国作家作品所受到的自然主义影响。

譬如，《左拉的学术史研究》一书在谈到吉辛时这样写道："乔治·吉辛也是维多利亚时期重要的小说家，他一生贫困，以'贫民窟文学'揭露英国社会的腐败现象，突出环境和遗传的影响，作品表现出自然主义的特征。"① 这一判断显然不够周延，其判断标准大概基于以下两点：一是以贫民窟为文学题材，二是突出环境和遗传的影响。分析来看，首先，左拉的自然主义提倡以"底层人物的生活"为题材，以"贫民窟"为文学题材的确与自然主义小说的创作要求相吻合，但以"贫民窟"为文学题材的小说就一定是自然主义小说吗？或许也可能属于"苦难文学""社会问题小说"等。其次，左拉的自然主义倡导在环境中塑造人物性格，特别是突出遗传学的影响。但是，比起自然主义对环境的重视，现实主义作品则更加突出"典型环境中的人物性格"，而突出了遗传影响的小说还有可能是科幻（科学）小说或者其他的小说类型。上述两点尽管与自然主义具有一定的关系，但缺乏相对固定的依据标准。如果仅仅因为题材方面与自然主义具有表面的相似性，实际上也难以有效断定自然主义对这一作家作品的影响关系。

基于上述分析可见，自然主义在英国传播所带来的影响评判问题，确实给研究者带来了一些阐释难题。只有认识到探究英国作家自然主义影响尚存在着判定基点无效性、厘定方法简单化、推理逻辑模糊性、书写标准随意化的误区，才能在实际的研究中避免由误区带来的偏见和不足，做到影响认知的合情合理、逻辑自洽。应该承认，恰恰正是关于"影响"的考察误区和阐释难题，反而为我们探究问题的根底提供了动力。

---

① 吴岳添：《左拉学术史研究》，译林出版社2014年版，第106页。

第三节　自然主义"影响"的范畴厘定

在比较文学视域下，影响研究说到底就是研究"影响"。在大多数情况下，文学间的影响现象并非如表面所见的那样简单，而是有诸多复杂的因素被表面的事实所遮蔽，特别是影响程度和方式的多元性被忽略的话，就会影响我们对被遮蔽事实的探究。为探究其实，拨开迷雾或能接近事实真相，细致探查或能去伪存真。首先需要面对的问题就是"影响"范畴的界定。这是因为，"影响"本身作为比较文学的一个关键概念，对其认知既不能无限地夸大，也不能囿于狭隘的视域，而是在适度的范围内进行判断，故此准确地认识"影响"本身就显得尤为重要。

在比较文学界，许多学者对"影响"已有所界定。如日本学者大塚幸男的"力说"论（"影响"是主宰他者的精神、理智的力），美国学者约瑟夫·T.肖的"渗透"说（"影响"是渗透在艺术作品中进而再现出来的东西）、纪延的"痕迹"论（"影响"是在接受影响的作品中找不到可见痕迹的一种心理现象）、奥尔德里奇的"存在"论（"影响"是一种存在于某一作家作品中的东西），法国学者朗松的"精神说"（"影响"较之于题材选择而言更是一种精神存在）等。然而，细究起来，不论哪个层面的"影响"，在认识上都会面临一些悖论，即影响类型的多样性与研究方法的单一性、科学理性与文学诗性的内在失衡，文学"接受—影响"关系的机械割裂。反之，影响话语的合法性建构就在于深入细致地进行影响程度的最大可能性分析。

如何才能做到对影响关系的最大可能性分析呢？细加考察不难发现，对于自然主义对英国作家的影响之所以难以做出正确的估价，一是因为我们较难对英国作家是否受过其影响做出正确的评估；二是不少英国作家对自己是否受过影响或者影响有多大在表述上存在矛盾；三是自然主义在英国产生的读者反应复杂多变。对于影响本身来说，自然主义对英国作家的影响既有宏观影响（时代的背景和文学语境），也有微观影响（后天影响），既有先天影响（作家在法国的旅居、参与自然主义活动），也有后天影响（英国作家受到自然主义影响后对其他作家的影响），抑或还可分为内在影响与外在影响、隐性影响与显性影响等。如果说自然主义在英国的传播与接受是多方位的话，那么，自然主义对英国作家的影响也是多层级的。影响的多层次既有译文的阅读感受生成，也有文本的阐释批评影响，还有更深层的文化传统的潜在影响。面对影响的多元性，在众多影响事实中，影响方式及其内涵在大多数时候往往呈现出不同的情形。若忽略了这些不同，或只做出影响的判断而不进行程度的逻辑分析，单纯仅凭单一资料、艺术家自述或作品样式之类去言说影响问题，就会使影响问题成为一个能指与所指机械化割裂的标签，除了不能把握作家创作的真实面貌外，最终也会消解具体的影响话语的存在意义。对于英国作家作品的自然主义影响来说，如何才能对影响进行程度上的逻辑分析呢？这一问题又会涉及"影响"研究的对象指向。

影响研究的对象到底是什么？从文学交流现象或文学影响关系的描述中，我们其实可以发现，对于影响关系的表述都存在一个通用的模式，即将琐碎的文学史实以逻辑的方式来进行实证。这意味着，影响研究所谓的"实证"并不是一种完全意义上的事实论证，而是一种文学史实的"逻辑化"，即以逻辑的方式来靠近事实或建立事实之间的联系。说到底，影响研究的"实证"主要为了从逻辑上找到联系，而不是事实的"实证"（尽管也包含这一层面），而审美批评同样是在一定逻辑关系中进行类比阐释。在实证过程中，无论是"事实材料关系"的逻辑还是"审美价值关系"的逻辑，其实都是建立在一定文本文献基础上的逻辑，二者之间的共同点皆是在文学史料的基础上回到文学关系的逻辑本质上来。要言之，影响研究的具体对象决定了文学性是"影响研究"的灵魂，"逻辑关系"是"影响研究"的重心所在，影响研究的对象在本质上应该是文学性逻辑关系。

就性质而言，文学影响关系最突出的特征莫过于文学各要素呈现的相似性了，这种相似性的呈现既有影响关系的，也有无影响关系的。原因在于，无论从文学形态的类同还是创作手法的借鉴，抑或主题观念的巧合方面来看，相似性作为一种客观存在和普遍现象，既表现在作品与现实、人物与社会等关系中，也表现在创作风格、时代语言等的演变中，并且贯穿于文本作品的承继与影响关系中。究其根底，这种相似性思维源于事物的关联性，而这种关联性在比较文学领域又集中地体现在相似与相异的比较中，是否具有契合点则是相似性思维的集中体现。因此，相似性思维是进行影响研究的一种思维常态。对英国作家作品所受的自然主义影响而言，基于相似性思维的文学性逻辑关系主要表现在以下四个方面：第一，英国作家的生平经历与自然主义之间的文学渊源和机缘巧合；第二，英国作家的创作观念、诗学思想与自然主义理论的相似性和契合点；第三，英国作家的创作实践、作品的审美效果与自然主义的相似、类同关系。第四，英国作家在自然主义实践中彰显的艺术创造和总体特征。从逻辑上看，英国作家受到的自然主义影响虽然无法以数据比例精确地进行呈现，但是对英国作家作品与自然主义有关的零碎文学事实，在相似性和契合点方面进行的逻辑建构，既能在一定程度上反映影响关系的存在，也包含着研究者基于相似性原则对文学关系的深度思考。

第四节　自然主义"影响"的研究理路

文学接受作为影响文学创作活动的重要因素之一，若依凭发现接受的迹象就可追踪影响的信息痕迹，反之同样可以逆向探索接受者如何接受域外影响的方式进行辩证推理。在比较文学视域中，影响研究通常的做法，就是追溯影响关系的渊源，即依据作家的传记书信、札记评论、日记回忆、口述史实、序跋文论等展开关系探究。

然而，对上述事实材料的考辨，仅是初步判定影响关系的一种基础性方法，并非唯一的终极路径。如果说，对自然主义的批评与接受是与自然主义话语适应的过程，那么，英国出现的自然主义创作就是影响话语的接受、借鉴和选择的过程。在具体研究中，基于历史语境寻找线索是有益的，但这种探索就会显得宽泛而难觅恰当的切入点，而在此基础上仅靠文本为中心的方法又会存在以偏概全之嫌。在明确了自然主义对英国文学产生"影响"范畴界定的基础上，当我们将影响话语的接受、借鉴与选择的过程看作本土文学传统话语的内驱力的话，那么合乎逻辑地探究影响关系的存在与否，显然离不开对英国作家作品所受自然主义"影响"的研究理论的探索。由此，就英国作家所受的自然主义影响而言，研究者还需要从以下三种路径来探讨。

第一，明确自然主义小说的体裁界定与基本特征，在比较分析中确定英国自然主义的历史场域。

在大多数国家，小说体裁是自然主义主要的表现形式，英国也不例外。这是将自然主义小说的界定作为辨别影响关系的理由所在。并且，自然主义小说作为 19 世纪后半期重要的小说类型，对其进行描述和界定实有必要。不妨回顾一下左拉等人具有代表性的界定，从中可以受到启发。

左拉认为，"自然主义小说不过是对自然、种种存在和事物的一种调查研究……自然主义小说家并不插手对现实进行增删，他也不服从一个事先构思好的观念的需要来制造用以构筑一个屋架的种种部件"[1]。美国学者詹姆斯·纳格尔（James Nagel）认为，"自然主义小说倾向于强调人类无能为力的生存状态、个性特征的完全缺失、生活态度的绝望与毁灭、环境控制的无奈状态"[2]。英国学者利里

---

[1] ［法］左拉：《戏剧中的自然主义》，毕修勺、洪丕柱译，载朱雯等编选《文学中的自然主义》，上海文艺出版社 1992 年版，第 177 页。

[2] James Nagel, *Stephen Crane and Literary Impressionism*, University Park, London: The Pennsylvania State University Press, 1980, p. 105.

安·弗斯特认为,"自然主义小说是一种旨在最大限度地以科学家的客观态度来写作小说,力求表达人作为一种生物受遗传、环境和时代压力所支配的新观点……实际上,要真正认识自然主义文学,至少应当意识到它的创作方法应和题材选择同样重要,只有当作者是以科学分析的客观性去处理题材时,我们才能称其作品为自然主义作品"[1]。

对上述对于"自然主义小说"的描述或界定进行辨析就可以发现,左拉的界定侧重于自然主义小说的形态范式,但自然主义的形态并不明确,其特色亦非明晰,只有将其放置在左拉的自然主义理论体系中,才能有所把握。何况,左拉的定义亦非权威,因而不能将其固化为判断自然主义小说的唯一标准。纳格尔主要陈述了自然主义小说在主题内容方面的倾向性,但其描述的自然主义小说的倾向性仅是一家之言,且带有一定的意识形态性,并非一个通用的定义。弗斯特对于自然主义小说的界定侧重于创作方法的限定、题材选择的特点等,其界定仅仅提出了一些判定标准或者前提条件。不过,学者们对自然主义小说界定的侧重点虽有不同,甚至还不够明确,但他们对自然主义小说的界定还是为英国作家的自然主义影响研究提供了可供判断的参照依据。

如果说,自然主义创作的核心在于对真实性、科学性和客观性的强调,那么,若参照以上界定阅读左拉的《卢贡—马卡尔家族》系列小说中的诸多作品,就能发现自然主义小说的几个主要特征。在题材选择方面,自然主义小说基本以社会底层生活为主要题材,如《萌芽》以矿区工人生活为题材、《娜娜》以妓女为中心人物展开故事。在人物塑造方面,自然主义小说主要借鉴遗传学、生理学等方法分析书写人的生物性,如左拉在《戴蕾丝·拉甘》中对泰蕾丝与罗朗的通奸进行生理剖析。在叙述艺术方面,运用"自由间接

---

[1] Lilian R. Furst & Peter N. Skrine, *Naturalism*, London: Methuen & Co. Ltd., 1978, pp. 42-43.

引语"等叙述手法,即让作者在叙述中隐去,并以第三人称摹仿人物的话语,从而达到文本的客观性效果。如在《小酒店》的开端,左拉在介绍女主人公绮尔维丝时以"她"来摹仿其语言和内心,相比于第一人称叙述,其客观性效果不言而喻。

阅读左拉等人的作品不难看出,自然主义的创作往往"基于社会学、伦理学的理论,运用主题、人物、语言和环境来达到想要的效果"①。因此,要判定一部小说是否属于自然主义小说,除了要看小说文本是否具备自然主义的真实性、科学性、客观性等基本特性外,小说的主题题材、创作方法、叙述艺术等方面理应也可作为判断依据。然而,即使其具备题材与方法的基本特征,仍需要审慎辨别,因为"应用这一标准我们将会遇到许多问题,但是必须以此为起点,因为这正是自然主义作家为他们自己提出的标准"②。故此,将影响研究建立在文本细读的基础上,就需要将自然主义小说的基本特征作为一个重要参照,进而在题材选择、主题思想、方法风格等方面对其是否与自然主义存在影响关系进行针对性辨析。

第二,明确影响研究的悖论与实质,在视域融合中将实证批评与审美批评相结合。

因"影响"具有外来性、神秘性、隐在性的特点,使得人们对"影响研究"的争议困惑未解。反观影响研究,法国学派提倡以客观事实联系为基础进行文学关系研究,但忽视了文学的审美特性。于此,美国学派主张在无客观事实的文学间建立起一种主观的审美价值联系,即"把问题提到一定的范围之内,也就是提出一个特定的标准,使不同的现象之间具有可比性,从而进行比较"③。但这样的可比性又缺乏一定的实证性,由此,审美批评和实证批评便不可避

---

① Alma W. Byrd, *The First Generation Reception of the Novels of Emile Zola in Britain and America*, Lewiston, New York: Edwin Mellen Press Ltd., 2006, pp. 13–14.

② Lilian R. Furst & Peter N. Skrine, *Naturalism*, London: Methuen & Co. Ltd., 1978, p. 43.

③ 卢康华、孙景尧:《比较文学导论》,黑龙江人民出版社1984年版,第133页。

免地成为文学批评的内在矛盾。究其根底,影响研究存在的困惑和争议,在很大程度上源于实证研究与审美批评的内在失衡,以及机械割裂二者产生的悖论。要科学合理地破解悖论,则离不开有效地影响研究探索。问题的关键在于,怎样操作才是可行可信的影响研究呢?

文学史上的许多作家在创作艺术上往往影响与独创并存,因而影响研究一个很重要的目的,就在于将这些混合的艺术成分或特性揭示出来。然而,对于英国作家作品的自然主义影响而言,必须面对的一个问题就是,在英国文化的过滤下,自然主义文学的一些元素已经发生了变异。确切地说,影响与变异同在,英国文学中自然主义的"影响"基本是多层次的融合体。更重要的是,"实证能证明科学事实和科学规律,但不能证明艺术创造与接受上的审美意义"[1]。细究其理,"实证"或许能在事实材料间建构起逻辑联系,但不一定能在审美层面上达到证实目标。从作家的创作实际来看,创作的主观性往往使其过程中存在一些不确定的因素,因而影响研究的"实证"在很大程度上只能达到对文学关系的"逻辑化"和"糅合化"的目的。不容忽视的是,19世纪的欧洲社会发展迅速,文学类型多样,一个作家的创作往往兼有几个流派的特色,很少有作家仅归属于某一流派。何况,许多作家并不希望他的读者给自己及其作品一个固定的标签,称为"某某主义"或"某某流派",这样就会消解作品的多样性和丰富性。如此一来,在影响辨析中只有将实证批评与审美批评相结合,才能有效地辨析外在相似与内在影响的区别。不过,二者的结合应以实证批评为出发点,突出事实实证的主导地位。若将审美批评作为主导,影响研究就会变成单纯的文学作品审美研究,而非关于文学影响关系的探究了。

第三,考察英国文学史实,将英国作家创作的审美钩沉与跨文

---

[1] 陈思和:《20世纪中外文学关系研究中的"世界性因素"的几点思考》,《中国比较文学》2001年第1期。

化阐释相结合。

以事实材料为佐证,对影响关系的勾勒因技术方面的局限,有时仅仅只能揭示影响关系的外在"线路",却难以揭示作家创作的内在"心路"。因此,基于影响对作家创作活动进行审美钩沉,就是从文献学的实证出发,采用发生学的探源视角,探究影响与接受的发生机制与缘由表现,即"影响"为什么会产生?又是如何影响的?为什么会被接受?又是如何接受的?也就是说,对创作活动的审美钩沉除了要解决"何种影响存在"的实证问题,还要对创作活动从历史、社会、文化、民族、心理等诸多层面进行"影响如何发生"的综合研究,在逻辑上将"线路"与"心路"进行对接,从而使影响研究从文献学层面上升到审美学层面,从文学作品的评价层面上升到美学层面,将研究从看得见的事实实证向看不见的审美探究推进,使研究结论更具有说服力。

那么,如何进行创作活动的审美钩沉呢?可以侧重于以下三个层面:一是英国作家在与左拉等自然主义作家的交往中受到影响,进而采用自然主义的创作手法。如乔治·莫尔与左拉文学圈的联系使其深受自然主义的影响。那么,莫尔在与左拉的交往中受到自然主义怎样的熏陶?这就需要从跨文化角度进行深入阐释。二是英国一些作家或提出与自然主义类似的观点,其作品或与自然主义原则具有一致性。如在客观真实性方面,毛姆的《兰贝斯的丽莎》的艺术追求与自然主义相类似。吉辛的代表作《新寒士街》运用自然主义理念叙述了里尔登、毕芬等人的命运沉浮。他们为何运用自然主义的手法?便成为探讨自然主义文化语境对英国作家实践产生影响的重要问题。三是英国一些作品因具有与自然主义相类似的审美品质,进而产生了类似的审美效果。如在性描写方面,莫尔的《现代恋人》《演员之妻》与左拉的《戴蕾丝·拉甘》颇具相似之处,而遭到谴责和查禁。如此,19世纪后期英法文学的艺术标准和审美取向显然是对其进行审美钩沉的重要方面。

在对作家创作活动进行审美钩沉时,还须注意以下两个方面。

一是作家创作认知方面的僵化模式。这一点要求我们在审视作家观念的生成、审美心理的构成及其文化修养等因素时,应以世界文学为背景,熟悉时代的文学风气,以此发掘创作中"某种外来效果"的源流。二是文化视域方面的封闭状态。这一点要求我们应放弃追求文化大同的偏见,注重不同文化语境下文学的差异性,从宏观角度探讨不同文化的交流形态对特定时期文学创作的整体影响。注意到这两点,研究所得结论才能更符合比较文学"差异性"的思维趋向。

第四,在跨文化的历史语境中,阐释文学影响之间的对话关系及其视域融合。

曾有研究指出,"'影响'是一种经典的阐释学现象。阐释学、知识考古学乃是'影响研究'的根本方法"[1]。在今天看来,将阐释学或知识考古学作为影响研究的根本方法是否可靠还须商榷,但是将影响研究作为一种阐释,实际上就是规定了一种历史语境,让不同文化之间的渗透和影响作为"跨文化历史意识"的基本规定性境域,此时文学间的"影响"就会转化为一定历史背景下具有跨越性的互动关系。这样,影响研究自然也就具有了一种跨文化的历史语境(历史意识或眼光)。

在"跨文化的历史语境"中考察具体影响,影响研究的重心就不再拘泥于事实联系的考订或影响形态的求证,而是转向"影响者"与"被影响者"之间的对话及其"视阈融合"。这样一来,文学间影响关系中的"文化结构差"和"文化位差"就会在影响研究的阐释行为中显现出来。更为重要的是,如果说将"影响研究"植根于"跨文化历史语境",那么影响关系所呈现的"文化结构差"和"文化位差"应该是不同文化文学之间的交互关系与对话融合,因而"影响研究"也就意味着不仅仅是单向的"影响者"到"接受者"

---

[1] 牛宏宝:《"跨文化历史语境"与"影响研究"的方法论规定》,《江汉论坛》2004年第7期。

的因果关系追溯，也不单单拘泥于实证层面的历史证据的收集记录，而是以历史发展变迁的视角对"影响研究"所涉的跨文化深层底蕴给予更为彻底的揭示。

究其根底，影响研究在于探究"影响"与"接受""独创""超越"的具体关系，或者说它们之间的交互关系。如莫尔、贝内特都曾旅居伦敦数年，经历过大体相似的艺术体验，阅读过左拉、龚古尔等人的自然主义作品，并在创作中将其内化为自己的创作要素，那么在他们的创作中，哪些是影响的要素？哪些又是独创？哪些又是超越的？这些问题都是探索其影响不容忽视的重要方面。尽管不同的作家具有不同的生命历程和精神世界构成，但都受到了自然主义不同层面的影响，或者以其所好接受了自然主义的不同方面，显示出各自创作的个性和走向，形成了"同源而出""异态呈现"的影响结果，以此折射出英国这一时代文学自身发展的美学轨迹。

概言之，要合乎逻辑地探究英国文学与自然主义的影响关系，就应该结合英国作家创作的具体实际，参照自然主义小说的特征形态，突出实证批评的主导性，发挥审美批评的辅助性作用，灵活地将个案研究与总体研究、微观研究及宏观研究相结合，在事实材料和审美价值的互参互鉴中充分辨析影响的存在形态，由此探索英国作家作品中自然主义倾向形成的渊源，考察英国作家作品与自然主义在诗学观念和文本实践方面的相似性和契合点，从而追问英国作家对自然主义的拓新创造。

第二章　自然主义对英国作家产生影响的渊源

由于种种原因，英国作家对自然主义的接受呈现出较为复杂的状态，使人难以判断这些作家是否受到了自然主义的影响；受到的影响是"真影响"还是"假影响"；对自然主义是直接接受还是间接接受；是主动接纳还是有意拒斥抑或态度暧昧。对于英国一些作家与自然主义之间的影响关系存在的困惑疑点，则需要从渊源上进行初步探究。美国学者约瑟夫·T. 肖说得没错，"列出令人信服的作品之外的证据来说明被影响的作家可能受产生影响的作家的影响，是完全必要的"[1]。追溯影响渊源，可以依据作家不同版本的传记，其与他人的书信，写作札记或日常日记，回忆性质的文字（如回忆录等），作家的游记、阅读记录和口述史实，对外国作家的评论与介绍，作家本人撰写的关于创作方面的论述等事实材料或史实证据。对于上述材料证据的综合分析和具体考辨，虽不至于可以断言英国作家一定或者不一定受到自然主义影响，但至少可以提供一种考辨自然主义影响存在的可能性。因此，若发现所收集的材料足以证实英国作家与自然主义存在一定的渊源，那么影响探源就可以成立。反之，若材料不足以证实影响渊源的存在，很有可能就是基于作家

---

[1] ［美］约瑟夫·T. 肖：《文学借鉴与比较文学研究》，盛宁译，载北京师范大学中文系比较文学研究组选编《比较文学译文集》，北京师范大学出版社1986年版，第120页。

相似的偶然或者巧合。本章将依据事实材料与史实证据，结合英国作家的生平经历和创作情况，对英国作家与自然主义的影响渊源进行考察分析和逻辑辨别。

第一节　莫尔与自然主义的文学因缘

莫尔是19世纪末20世纪初的英国作家，先后创作了《现代恋人》（Modern Lover，1883）、《演员之妻》①（A Mummer's Wife，1885）、《春日时光》（Spring Days，1888）、《迈克·弗莱契》（Mike Fletcher，1889）、《徒有好运》（Vain Fortune，1892）、《伊丝特·沃特斯》（Esther Waters，1894）、《艾弗林·因奈斯》（Evelyn Innes，1898）等作品。就创作风格而言，国外学术界诸多论述认为，莫尔与自然主义有所关联。例如，英美学术界或将莫尔归入英国现实主义作家行列，认为莫尔是以左拉的自然主义方式创作的；或将莫尔划归英国象征主义一派，认为莫尔的小说创作具有自然主义特色；或认为莫尔的早期小说颇有自然主义倾向，在主题和技巧方面呈现出左拉风格。不同的是，国内大多文学史研究不约而同地将莫尔视为英国最具代表性的自然主义作家之一，认为莫尔受到了左拉等自然主义的影响，在创作方法上具有一定的自然主义倾向。需要深思的问题是，若莫尔受到了自然主义的影响，那么莫尔是如何接受自然主义的？或者说莫尔与自然主义之间有何文学渊源？

考察莫尔的生平，莫尔在少年时代就博览群书，广泛地阅读了雪莱、康德、斯宾诺莎、达尔文等人的著作。莫尔曾在其传记中写道："当时我的阅读已不再像先前那样局限于某一范围。对雪莱诗歌的研究促进我几乎通读了英国所有的抒情诗。同时，由于受到雪莱无神论思想的感召，我拜读了康德、斯宾诺莎、葛德文、达尔文以及米尔的作品。因此，不难理解，雪莱的诗不仅给予我第一道思想

---

① 《演员之妻》有时也译为《一个哑剧演员的妻子》或《艺人之妻》。

的灵光，同时又为我思想的第一次翱翔指明了道路。"① 如果说，雪莱等人的思想为莫尔接受外来思想开启了一扇窗户，那么，莫尔与左拉的交往及其在巴黎十年的学画经历，则毫无疑问地为莫尔的创作提供了新鲜血液，这些在莫尔的传记《一个青年的自白》《我的死了的生活的回忆》《埃伯利街谈话录》中皆有所记载，特别是莫尔在《一个青年的自白》中回忆了自己与左拉等人的相识、交往和其影响，这为探究莫尔与自然主义的关系提供了重要的文献依据。

一 莫尔对左拉等人的评价

1872—1882 年，莫尔依靠父亲去世时留下的遗产，在法国巴黎的拉丁区度过了十年自由自在的生活。十年间，法国文学艺术界发生了深刻的变革：法国象征主义诗歌取得了非凡成就、自然主义在法国逐步兴起，特别是印象派绘画达到了巅峰，这些都对莫尔产生了深刻的影响。从小立志成为画家的莫尔在此阶段却迷上了法国小说，陶醉并潜心于阅读诸如巴尔扎克、福楼拜、龚古尔兄弟、左拉等人的作品。莫尔对此坦言道："我在他（笔者注：保罗，莫尔的朋友）那儿看到了《卢贡·马卡尔家族》。他的每一本书都是作者本人送的，龚古尔、于斯曼、杜兰特、西阿拉、莫泊桑、埃纳克等人的书他这里都有。这些书曾伴随我长大，并在我的脖子上围上了第一张文学围涎。"② 在这些作家中，对莫尔影响最大的是左拉。1877年 4 月，莫尔在一次舞会上经马奈介绍认识了左拉，但两人大概到了 1884 年才有实际交往。莫尔曾在传记中记载了与左拉相识的情景："我就是在马奈的画室遇到左拉的，也正是马奈促使我去了位于埃利斯·蒙马特尔的酒店街，而且还装扮成一位巴黎工人。而正是在那儿他把我介绍给左拉和其他许多人，因为当时是结友的时代，

---

① ［英］乔治·摩尔：《一个青年的自白》，孙宜学译，江苏教育出版社 2005 年版，第 234 页。

② ［英］乔治·莫尔：《我的死了的生活的回忆》，孙宜学译，广西师范大学出版社 2001 年版，第 52 页。

是留下印象和发表观点的时代。正是通过左拉，我成为龚古尔、都德、杜兰特、加图尔·蒙代斯、库贝尔、海瑞狄尔的朋友。"①

在与左拉相识交往之时，正是莫尔写作《演员之妻》之际，莫尔当时不仅为自然主义的"真实"大造声势，而且撰写了《被喂养的文学》声讨英国文学界对左拉等自然主义作品的审查和批判。1885年，莫尔在写给左拉的一封信中指出："正是在梅塘这个地方，人们安排了世界的文学事务！"② 左拉为了回报莫尔对自然主义的支持和热情，就应诺为莫尔的小说《演员之妻》撰写序言，但是不知何故这篇序言一直没有写成。据说原因之一是莫尔在《一个青年的自白》中曾尖锐地批评过左拉的创作方法和艺术风格，左拉因此将序言一事拖到不了了之。尽管如此，莫尔和左拉仍然保持来往，左拉对莫尔文学创作的影响不容小觑。

莫尔对左拉的作品格外推崇，当莫尔阅读了左拉的《实验小说》等理论著述后，为左拉的"新艺术"感到震惊。根据叶芝在《戏剧人物》中的记载，莫尔在阅读《实验小说》后曾写道："我体验到了突然而至的内心光明所带来的痛苦和欢乐。自然主义、真实、新艺术，尤其是'新艺术'一词，像是突然醒悟的感觉穿透我一样。"③ 在《伏尔泰》中看到左拉的一篇文章后，莫尔如此感慨道：关于左拉的"自然主义、真理、科学这些词被重复了大约六次……一个人要尽可能少运用想像来写作，小说和剧本的情节要尽量减少文学性，要如实描写，斯克里布先生的艺术是一种词语和组织的艺术等等"④。

---

① ［英］乔治·摩尔：《一个青年的自白》，孙宜学译，江苏教育出版社2005年版，第200页。

② Auguste Dezalay, *Zola sans Frontières*, Strasbourg: Presses Universitaires de Strasbourg, 1996, p. 153.

③ Auguste Dezalay, *Zola sans Frontières*, Strasbourg: Presses Universitaires de Strasbourg, 1996, p. 155.

④ ［英］乔治·摩尔：《一个青年的自白》，孙宜学译，江苏教育出版社2005年版，第273页。

在左拉的诸多作品中,莫尔对小说《小酒店》推崇有加,《小酒店》对莫尔的吸引力主要来自其艺术上的那种新奇感、冲击力。在《一个青年的自白》中,莫尔多次记录了阅读《小酒店》的感受:"我读过《小酒店》中的几章,是在《文学共和国》上读的。我喊道:'可笑,可憎。'仅仅因为我的特点就是立刻形成自己的观点,马上采取激烈的态度。但现在,我买来《伏尔泰》最近几期,非常急切地想看关于这个新信仰的每周一次的论述。这个新大师以极大的热情继续宣扬他的观点,并用来把握最不同的主题——历史事件,政治的、社会的、宗教的——以及将这些变成自然主义真实的论据或证明的方式让我大为惊奇。"① 在《小酒店》带给莫尔的那种新奇的艺术冲击中,其结构和描写更是给莫尔留下了深刻的印象。莫尔如是指出,"我读过《小酒店》,其宏大的结构、长度、高度和宏伟的描写给我留下了深刻印象,其思想的和谐体现也使我颇感震惊。作者针对不同事件运用不同的手段加以描述,这对我而言非常新颖……它比夏多布里昂和福楼拜的精华更胜一筹,同时它们也带有龚古尔的语言特色,它的新奇、丰富和力量使我兴奋不已"②。

在莫尔看来,左拉的《小酒店》体现了福楼拜的风格,因为"就灵魂的境界来看,绮尔维丝是左拉写得最美人物,这就是为什么我将《小酒店》置于左拉其他作品之上的原因。在写这部小说的时候,左拉比从前任何时候,也比他将来可能会的那样,是福楼拜的学生,这本书是完全按福楼拜的方式写的,用了一些被图像化的修辞语弄的生气勃勃的短小句子"③。但是,随着莫尔艺术观念的成熟,其对自己早前钟爱的作家在态度上有所转变,并直言不讳地指

---

① [英]乔治·摩尔:《一个青年的自白》,孙宜学译,江苏教育出版社 2005 年版,第 273 页。

② [英]乔治·摩尔:《一个青年的自白》,孙宜学译,江苏教育出版社 2005 年版,第 275 页。

③ Auguste Dezalay, *Zola sans Frontières*, Strasbourg: Presses Universitaires de Strasbourg, 1996, p. 160.

出,"雪莱、戈蒂耶、左拉、福楼拜、龚古尔！我曾经是多么的爱你们,但现在,我不能,也不会再一样读你们的作品了。你们的作品多么女人味儿,多么反复无常。但她对心中情人的爱,如果不能说是忠实的话,也是恒久不变的。对我而言也是这样"①。不难看出,莫尔对自然主义不是全盘接受,而是有所选择,特别是自然主义在英国传播的后期,莫尔就对自然主义提出过严厉的批评。

莫尔批评左拉道:"我谴责左拉的原因是他没有风格,在《费加罗报》的报道中,你找不出左拉和夏多布里昂的区别……你希望通过准确描述一个布料商店来寻求不朽;如果商店获得了不朽,那应是取决于谁开创了这家店,而不是因为是哪个小说家描述了它。"②莫尔对龚古尔兄弟也颇有微词,认为"龚古尔不是一个艺术家,尽管他一再假装,甚至疾呼他是一个艺术家。他就像一个老妇人似的,一边尖叫着夸耀自己的不朽,一边扫垃圾似的努力把某些东西降价"③。尽管如此,莫尔对自然主义的接受和批评是两回事,接受意味着莫尔对代表新的艺术形式的自然主义的借鉴,批评则意味着在接受自然主义的基础上莫尔有了自己的艺术见解。正如莫尔所言,"艺术家是不受教条主义约束的,或者说,如果你喜欢用另外的说法,可以说他就是他自己的教条,并且讲述生活带给他的故事……"④ 从其传记和作品来看,莫尔尽管对左拉、龚古尔兄弟有所批评,甚至在某些方面的批评还较为严厉,但自然主义这一新奇的艺术形式对莫尔的影响却难以否认,特别是莫尔从巴黎回到英国后,开始从事小说创作时,就明确自己要以左拉的自然主义为效法榜样,

---

① [英]乔治·摩尔:《一个青年的自白》,孙宜学译,江苏教育出版社2005年版,第278页。
② [英]乔治·摩尔:《一个青年的自白》,孙宜学译,江苏教育出版社2005年版,第288页。
③ [英]乔治·摩尔:《一个青年的自白》,孙宜学译,江苏教育出版社2005年版,第291页。
④ [英]乔治·摩尔:《一个青年的自白》,孙宜学译,江苏教育出版社2005年版,第73页。

坦言要做左拉在英国的"回跳"。莫尔在晚年也承认了这一事实，称呼自己为"最年轻的自然主义者，最年长的象征主义者"①，公开承认左拉对自己创作的影响。反观之，莫尔进行文学探索的时期，正是以左拉为代表的自然主义文学的鼎盛时期，特别是自然主义运用不动声色的平实笔触展露生活的写法，在一定程度上迎合了莫尔的艺术口味，莫尔在其创作中运用自然主义手法合情合理。

较之于左拉、龚古尔兄弟，莫尔对巴尔扎克一直情有独钟，他曾多次提到巴尔扎克对他的重要影响，"在我所深爱着的人中，只有一个人还在不断给我激情，让我心迷神醉——那就是巴尔扎克……巴尔扎克庄严、崇高而无限的思想将我引领向高峰"②。"巴尔扎克是我生命中伟大的精神导师，而且我的阅读就是在《人间喜剧》中达到高潮的。"③ 这在一定程度上表明，莫尔对左拉的批评源于左拉在客观、真实的道路上走向了极端，因为在莫尔看来，世界上只存在着现实主义的文学而不是其他流派的文学。正是基于这样的认识，在莫尔眼中，英国作家狄更斯是一个了不起的作家，他曾指出，"狄更斯的天才比他在法国遇到的任何人都更自然、自发。他比福楼拜、左拉、龚古尔、都德更有天才，但他会向他们学习严肃的价值。像他那样灵活、善于接受的脑子应该能理解，在沼泽地里，一个男人等着一个男孩子给他送来一把能帮他打开镣铐的锉刀，这不是幽默的主题。他不应将自己的整个青年时代都消耗在外国的林荫大道上。他只需要几年就足以驱除那种认为幽默是文学能力表现的英国陋习"④。跟许多英国作家和批评家一样，莫尔将左拉代表的自然主义

---

① Auguste Dezalay, *Zola sans Frontières*, Strasbourg: Presses Universitaires de Strasbourg, 1996, p. 153.
② [英] 乔治·摩尔:《一个青年的自白》，孙宜学译，江苏教育出版社2005年版，第278页。
③ [英] 乔治·摩尔:《一个青年的自白》，孙宜学译，江苏教育出版社2005年版，第279页。
④ [英] 乔治·摩尔:《一个青年的自白》，孙宜学译，江苏教育出版社2005年版，第63页。

视为现实主义文学的一派,莫尔对自然主义的接受因而以现实主义为主,因为现实主义者具有强烈的、持续地写好作品的艺术欲望。诚然,阅读莫尔的作品也会有此种感受。

二　莫尔在巴黎的学画经历

在巴黎学画的十年,是对莫尔的人生观、艺术观影响最大的时期。巴黎对于莫尔来说,就是一个巨大的艺术天堂。在莫尔眼中,一个人要想成为画家,法国(巴黎)是唯一的艺术学府。因而,莫尔最初的梦想不是在文学方面,而是立志去巴黎成为一名画家,正如他所言,"有一段时期,我的梦想并不是文学,而是绘画"①。然而,在巴黎学画的十年,用莫尔自己的话来说在作画上一事无成,这或许是莫尔的自谦之词。事实上,正是因为莫尔对巴黎的情有独钟和对绘画的学习,直接影响了莫尔文学艺术的走向。莫尔曾坦言,"直到昨天,当我来到毕加勒宫,四处追寻七八十年代住在那儿的艺术家和小资产阶级的熟悉气息时,我才意识到我是多么爱巴黎(我的巴黎)。马奈、德加、毕沙罗、德不丹、佛兰、加图尔·蒙代斯和保尔·阿里克斯过去常常在晚上去新雅典娜咖啡馆。就是在这个心爱的咖啡馆,我学会了法语,踏进了文学和艺术的殿堂"②。正是在巴黎,莫尔广泛结交巴黎艺术名士,诸如马奈、德加、毕沙罗、德不丹、佛兰、加图尔·蒙代斯和保尔·阿里克斯等人,受他们的耳濡目染,莫尔接受了大量的法国艺术理念。莫尔不但依凭学到的绘画知识做过《艺术评论》的专栏作家,而且于 1893 年出版了关于绘画的评论著作《现代绘画》(又译《19 世纪绘画艺术》)。在《现代绘画》中,莫尔记录了自己在巴黎学画的经历,以唯美主义的笔法,聚焦于印象派画家和欧洲艺术运动,探究了艺术与科学、宗教和王

---

① [英]乔治·莫尔:《我的死了的生活的回忆》,孙宜学译,广西师范大学出版社 2001 年版,第 153 页。
② [英]乔治·摩尔:《一个青年的自白》,孙宜学译,江苏教育出版社 2005 年版,第 171 页。

权等多方面的问题，分析了欧洲主要艺术运动的缘起、发展和风格，对19世纪著名的印象主义画家惠斯勒、夏凡纳、米勒、马奈等画家的生活创作、美学风格和艺术旨趣等作了评价。

莫尔在巴黎学画的十年，恰逢法国唯美主义思潮流行之时，因而，莫尔除了受到自然主义、印象派绘画等思想的熏陶，也受到唯美主义的浸染。特别是，法国唯美主义思潮经英国作家、批评家佩特引介且在英国形成了一定的气候。在"为艺术而艺术""美有无上价值"的思想宣扬中，维多利亚时代后期的作家、艺术家群起呼应，前期成立了英国拉斐尔前派，后期则以王尔德为代表，创办了杂志《黄面志》和《萨伏依》(*The Savoy*)，集结了一大批有志于文学艺术革新的作家、批评家，并于19世纪90年代形成了别具一格的英国文坛景观。其中，与自然主义有过关联的英国批评家斯温伯恩、西蒙斯等热情地参与唯美主义，莫尔也位列其中。在此情形下，莫尔不可避免地受到唯美主义的影响，或者说莫尔的自然主义已不是法国左拉式的自然主义，而是具有了唯美主义色彩或糅合了其他艺术风格的自然主义。

需要提及的是，俄国小说家屠格涅夫对莫尔的影响也不容忽视。这是因为，在莫尔求学巴黎期间，屠格涅夫恰巧旅居巴黎，与福楼拜、左拉过往甚密，且在法国文坛颇有名气。莫尔在巴黎与福楼拜、左拉交往之时，自然也与屠格涅夫产生了交集。重要的事实是，莫尔熟读屠格涅夫的作品，在创作中有意无意地受到了屠格涅夫的影响。这突出地表现在，1903年，莫尔的长篇小说《未耕作的土地》一经面世，敏锐的评论者就指出，莫尔的《未耕作的土地》和屠格涅夫的《处女地》书名内涵几乎相同，叙事风格也非常相近。许多评论家依此判断，《未耕作的土地》是莫尔对屠格涅夫的有意模仿，二者存在的影响关系不言而喻。

第二节　毛姆与自然主义的不解情缘

毛姆是英国19世纪后期到20世纪初期较有影响力的作家，创作了中篇小说《兰贝斯的丽莎》（*Lisa of Lambeth*，1897）、长篇《人性的枷锁》（*Of Human Bondage*，1915）、《月亮和六便士》（*The Moon and Six Piece*，1919）、《寻欢作乐》（*Cakes and Ale*，1930）、《刀锋》（*The Razor's Edge*，1944）以及剧本、短篇小说等题材广泛、类型多样、主题丰富的作品。在毛姆的文学流派归属及其创作风格的定性方面，学术界对毛姆到底属于自然主义还是现实主义，抑或现代主义，仍然存在着较大争议。如果认为毛姆接近法国自然主义的传统，是世纪之交具有自然主义倾向的作家。那么，毛姆是如何接受自然主义的？毛姆与自然主义有何文学情缘？毛姆曾说，"一个作家写出怎样的作品，取决于他是怎样一个人。我们之所以希望了解优秀作家的生平，原因也就在于此"[①]。依循毛姆所言，检视毛姆的生活状况、阅读经历等，可以探明毛姆与自然主义之间的渊源。

一　毛姆对法国文学的专情

谈到毛姆与法国文学的关系，就有必要先谈谈毛姆对法国的态度，因为毛姆的童年生活与法国密不可分。1874年，毛姆出生在英国驻法大使馆，他的父亲是一名在驻法使馆供职的律师，他的童年也在法国度过。从小就接受了法国文化的毛姆把法国看作自己的第二故乡，他曾坦言："我是英国人，但是我在英国从来没有家的感觉。与英国同胞在一起，我总是很害羞。对我而言，英国是这样一个国家：我对她有不愿履行的义务和使我厌烦的责任。直到一道海峡把我和祖国分隔，我才感受到真正的自我。"[②] 毛姆还将法国看作

[①] ［英］毛姆：《毛姆读书随笔》，刘文荣译，上海三联书店2011年版，第167页。
[②] W. Somerset Maugham, *The Summing Up*, London: Pan Books Ltd., 1976, pp. 66–67.

自己写作的源泉,声称"是法兰西哺育了我,教我懂得了美的价值和个性差异,并给了我措词运用的能力和灵感。教会我写作的正是法兰西"①。毛姆的这种法国情结自然会对他的文学阅读和写作产生影响。

且看毛姆对法国文学表现出的浓厚兴趣和痴迷程度。毛姆作为英国人,原本英语应该是他的母语。但令人诧异的是,相对于英语,毛姆却认为法语是他的第一语言。毛姆的传记作者罗宾·毛姆就提到了这一点:"他的第一语言——法语,给他后来的创作风格也留下了明显的痕迹。"② 相对于法语,毛姆在《克雷杜克夫人》的再版序言里也指出,"英语是一种很难学的语言……从来没人教过他英语。他所知道的一点点是他从别处学会的"③。据记载,毛姆在学习英语的过程中会借鉴当时法国作家常用的标点方式,有时会在某些重要的单词下面打上小圆点。在小说创作过程中,毛姆有时会使用一些法语特有的词汇来表情达意,特别是他作品中出现的那些不正常的词序排列,实际上都是借鉴法语用法的表现。

文学总是与语言联系在一起,对法语的由衷喜欢使毛姆非常推崇法国文学,在圣托马斯医院期间,毛姆曾系统地阅读了英国、法国、意大利和拉丁文学,在这几国文学中,毛姆对法国文学的评价最高。在毛姆看来,法语文学是伟大而影响深远的文学,他指出,"法语圈内有伟大的文学;其他国家——除了英国——有伟大的作家,而不是伟大的文学;它对世界其他地方的影响,直到最近二十年还是相当深远"④。毛姆还多次谈到自己对法国文学的偏爱。他曾说道,"在各国文学中,法国文学是最丰富多彩的"⑤,"整个 19 世

---

① [英]罗宾·毛姆:《忆毛姆》,薛相林、张敏生译,重庆出版社 1986 年版,第 5 页。
② [英]罗宾·毛姆:《盛誉下的孤独者——毛姆传》,李作君、王瑞霞译,春风文艺出版社 1988 年版,第 14 页。
③ [英]毛姆:《克雷杜克夫人》,唐荫荪、王纪卿译,花城出版社 1983 年版,第 3 页。
④ [英]毛姆:《总结》,孙戈译,译林出版社 2012 年版,第 99 页。
⑤ [英]毛姆:《毛姆读书随笔》,刘文荣译,上海三联书店 2011 年版,第 125 页。

纪，法国小说真可谓琳琅满目，美不胜收。最伟大的三个小说家是巴尔扎克、司汤达和福楼拜"①。"我对法国作家的学习要多于对英国作家的学习，而且已经从莫泊桑那里学到了我所能得到的东西，并转而向司汤达、巴尔扎克、龚古尔兄弟、福楼拜、法朗士学习。"② 从毛姆所提到的法国作家名单来看，龚古尔兄弟、福楼拜、莫泊桑等都是毛姆偏爱的作家，并且这些作家都是具有自然主义倾向的作家。之所以向这些作家学习，毛姆给出的理由是，"熟悉过去伟大的作品能为比较提供很好的标准"③。由此可以推断，法国文学对毛姆的创作风格影响较大。

二　莫泊桑小说的深刻熏陶

在众多法国作家中，对毛姆影响最大的非莫泊桑所属，毛姆对莫泊桑可谓情有独钟。翻阅毛姆的诸多传记和一些读书笔记，我们都能发现毛姆对莫泊桑作品的阅读情形和高度评价。在此摘录几段作为明证：

> 在我决定从事写作时，对我影响最大的还是莫泊桑的小说和短篇故事。我十六岁时开始读他的作品……莫泊桑的一些书以小册子形式再版，售价七十五生丁，我把这些买下了，而另外一些要价三个法郎，这数目我负担不起，所以我一般都把书从架子上取出来，读能够读到的部分……我在二十岁之前读了莫泊桑的大部分作品……我禁不住认为，比起那时影响年轻人的英国小说家来，他是值得追随的更好的老师。④
>
> 在我少年时代，莫泊桑是一致公认的法国最佳短篇小说家，我曾拼命读他的作品……有个架子上放的全是莫泊桑的作品，

---

① ［英］毛姆：《毛姆读书随笔》，刘文荣译，上海三联书店2011年版，第127页。
② W. Somerset Maugham, *The Summing Up*, London: Pan Books Ltd., 1976, p.113.
③ ［英］毛姆：《总结》，孙戈译，译林出版社2012年版，第91页。
④ ［英］毛姆：《总结》，孙戈译，译林出版社2012年版，第152页。

但它们每本要卖3法郎50生丁，我嫌太贵，就不得不站在那里，尽力想从那些未裁开的纸页间偷看到几行字。等伙计一走开，我就匆忙裁开一页，痛快地看起来，幸喜那里有时会有几本普及版的莫泊桑的作品，每本只卖75生丁，我每次看到几乎总会买一两本回来。就这样，我不到18岁就把莫泊桑最好的小说全读了。①

由上可见，毛姆在年少时就表现出对莫泊桑的痴迷，不仅拼命地阅读莫泊桑的作品，在20岁之前就几乎读完了莫泊桑的全部小说，而且购买了莫泊桑的许多小说反复阅读学习。可能有人会问，毛姆为何痴迷莫泊桑呢？其中的原因很简单，就是来自毛姆对莫泊桑的无限崇拜。之所以如此，是因为莫泊桑是那时最优秀的短篇小说作家之一。在创作初期，毛姆将莫泊桑作为自己唯一或最好的老师，毛姆在莫泊桑的小说中受益匪浅。正因为毛姆对莫泊桑的学习，毛姆的创作在情节叙事、语言结构、创作观念等方面都受到了莫泊桑的影响。对此，毛姆坦言道："有位目光敏锐的评论家，他不但博览群书、富有见地，而且世故之深在同行中实属罕见——就是这位批评家，发现我的小说中有莫泊桑的影响。"② 事实如此，莫泊桑对毛姆文学创作的启蒙和指导，使毛姆在创作中自然体现出莫泊桑的风格，如描写的真实性、追求文本的客观性、注重故事的情节性等皆与莫泊桑不无关系。因此，毛姆被称为"英国的莫泊桑"③。由此追溯，毛姆实际上与莫泊桑的老师福楼拜也存在一定的联系。

福楼拜注重对事物进行耐心地观察，从而发现事物的独特性，认为作家无法知晓人物的具体心理，第三人称的心理叙事也不够真

---

① [英]毛姆：《毛姆读书笔记》，刘文荣译，上海三联书店2011年版，第184页。
② [英]毛姆：《毛姆读书笔记》，刘文荣译，上海三联书店2011年版，第184页。
③ Jeffery Meyer, *Somerset Maugham: A Life*, New York: Library of Congress, 2004, p. 31.

实,通过人物语言行为等描写实现对人物性格的刻画。莫泊桑基本上继承了这一自然主义文学观念。然而,与福楼拜不同,莫泊桑则主张对事物进行主观性观察,从而赋予事物的独特性以个人气质。而毛姆恰恰介于福楼拜和莫泊桑之间。这并不是说莫泊桑对福楼拜提倡的客观、冷峻风格有所反叛,也不是说毛姆的创作没有蕴含作家的一点主观因素,而是在19世纪和20世纪之交,作家的创作不可能如自然主义追求的那样客观,因为心理学对文学的影响,将心理分析与写实手法的适度结合或许是更为真实的创作。

三 学医经历对毛姆的影响

毛姆青年时代最难忘的经历,莫过于在医学院学习和医院实习的经历,这对他创作的影响非同小可。毛姆曾坦言道:"对于一个作家来说,我不知道还有什么比在医生的行当里消磨几年更好的训练了……另外,律师的研究兴趣,通常都在材料上面。他是一个专业化的角度看待人性的。但是医生——特别是大医院的医生——是赤裸裸地看待这一点的。"① 可以说,学医经历带给毛姆最大的收获就是学会了精确的观察。在某种程度上,这是一个自然主义作家不可或缺的写作素养。毛姆在医学院所接受的教育,促使他认识到了人性的复杂性,也为他的创作提供了书写题材,更重要的是形成了创作时所需要的观察探究态度。毛姆很乐意有这样的机会观察自然状态下的上层人士。不过,毛姆并不想将医生作为自己的职业,因为他坚定地认为自己将来应该做个职业作家。

毛姆为何非常看重观察?这除了学医经历之外,还源于毛姆从小就有的口吃。毛姆坦言:"你应当知道的第一件事情,是我的生活和我的写作受到我口吃的影响极大。"② 因此,毛姆更多地用眼睛观

---

① [英]毛姆:《总结》,孙戈译,译林出版社2012年版,第62页。
② [法]波伊尔:《天堂之魔——毛姆传》,梁识梅译,中国文联出版公司1987年版,第10页。

察、用笔记录所见。这种观察能力又潜移默化地影响了毛姆创作的客观态度。在传记《盛誉下的孤独者——毛姆传》一书中，罗宾·毛姆揭示了这一真相，即"如若威廉不是口吃的话，他大概就不可能是一位不可知论者"①。毛姆自己也承认了这一点，"我有敏锐的观察力，我似乎可以看到其他人无法看到的许多东西。我可以准确地记下我所看到的一切"②。据波伊尔记载，一次毛姆正在解剖一条大腿，其中有一条神经却怎么也找不到，在示范者帮他找到那条神经后，"毛姆对于这种观察人类入微的见识及智慧，感触甚深，于是下定决心，要留心观察人类隐藏着的怪异现象"③。

颇为相似的是，福楼拜在与莫泊桑谈写作时，也强调了观察的重要性，如福楼拜曾经这样要求莫泊桑："当你从一个坐在自己铺子门口的杂货商面前走过，又经过以为在抽烟斗的门房前面，步入一个马车站，请把这个杂货商和这个门房的姿态，以及他们所有的——包含着他们所有的道德品质在内的——体形外貌以形象化的手法描绘给我看，而且要使我不会把他们和任何别的杂货商或者门房混淆起来。请再用一句话让我看出，一匹拉公共马车的马和它前前后后50匹其它的马有何不同。"④ 莫泊桑深得福楼拜的写作要领，将客观的观察作为作家获得"独创性"的方法。无独有偶，毛姆认为，《包法利夫人》给人最大的印象，就是福楼拜凭借其极其敏锐的观察力，在细节描写上呈现出一种罕见的准确性。不难推测的是，作为莫泊桑的忠实粉丝，毛姆对观察的重视或许也来自这一方面，况且毛姆对精明的观察者赞赏不已，因为"在精明的观察者看来，一个人即使在偶然写出的作品中，也不能不显露他自己的内心

---

① [英]罗宾·毛姆：《盛誉下的孤独者——毛姆传》，李作君、王瑞霞译，春风文艺出版社1988年版，第16页。
② W. Somerset Maugham, *The Summing Up*, London: Pan Books Ltd., 1976, p. 23.
③ [法]波伊尔：《天堂之魔——毛姆传》，梁识梅译，中国文联出版公司1987年版，第17页。
④ [法]莫泊桑：《论小说》，载[法]莫泊桑《漂亮朋友》，王振孙译，上海译文出版社1993年版，第412页。

世界"①。不同的是，莫泊桑侧重于观察的独特性，而毛姆看重观察所得的"客观性"。毛姆的这种创作态度与福楼拜提倡的"客观而无动于衷"的观念相似，而毛姆对观察的注重又与左拉的"实验小说"理论具有一定的相似之处，即"小说家既是观察者又是实验者。作为观察者，他根据观察到的那样提供事件，确定出发点，建立使人物活动和展开现象的坚实场地；然后，他作为实验者出现并进行实验"②，并接受实验向他呈现的一切。因此，在这一点上，毛姆与莫泊桑、福楼拜、左拉的自然主义一脉相承，受其影响显而易见。

第三节 吉辛与自然主义的精神渊源

吉辛是英国 19 世纪后期的重要作家之一。吉辛的勤奋写作使他在短暂的生命历程中创作了大量的小说、传记、评论、随笔和游记等，如《黎明中的工人》（*Workers in the Dawn*，1880）、《无阶级者》（*The Unclassed*，1884）、《新寒士街》（*New Grub Street*，1891）、《生于流放中》（*Born in Exile*，1892）、《伊夫的赎金》（*Eve's Ransom*，1895）、《混乱》（*The Whirlpool*，1897）、《城市旅游者》（*The Town Traveller*，1899）、《维拉奈尔达》（*Veranilda*，1904）等作品。吉辛在生前并没有引起多大的关注，同样也未获得读者普遍的理解和青睐，直到去世后吉辛才受到英国等国文学研究者的关注。就其创作风格而言，国内学术界无论是论文著述还是文学史的书写，几乎不约而同地将吉辛视为英国最具代表性的自然主义作家之一。关键的问题在于，如果将吉辛看作英国自然主义的代表，其依据和标准是什么呢？显然，考察吉辛的生平经历是探究其自然主义倾向缘由的基础。

---

① ［美］特德·摩根：《人世的挑剔者——毛姆传》，梅影等译，湖南人民出版社 1986 年版，第 196 页。

② ［法］左拉：《实验小说论》，吕永真译，载柳鸣九主编《自然主义》，中国社会科学出版社 1988 年版，第 470 页。

阅读吉辛的早期小说，有一个明显的共同点，就是他早期小说的主人公基本以穷人为主，故事情节也基本围绕穷人的生活展开。为何如此呢？这与吉辛受到的实证主义影响有关，也是人们将吉辛视作自然主义作家的一个重要原因，因为实证主义总是与自然主义有所关联。就社会认知层面来讲，实证主义认为，社会发展过程中出现的矛盾，可以采取道德与宗教教育的手段进行缓解或调和。从英国19世纪的历史来看，19世纪40年代，英国穷人在社会人口中的比例较高，穷人生活也极其贫困。19世纪六七十年代，为了缓和社会矛盾，英国政府采取了一系列的局部改革，在一定程度上缓解了贫穷所带来的社会危机。19世纪80年代，英国爆发了经济危机，又将大部分普通百姓的生活推向了穷困潦倒的深渊。吉辛的人生也经历着贫困，面对英国社会的这种状况，吉辛希冀政府能够通过实行大刀阔斧的社会经济改革，以改善穷人的生活状况。但是，英国资本主义经济的稳定发展又不会轻易改变当时的社会生产关系，反而商品化经济的发展导致金钱在社会中占据着统治地位，诸多行业都走上了商品化道路，以金钱为交易目的，那时的文学也不例外。恰恰在这种情况下，吉辛的创作自然而然地与实证主义联系在了一起。

吉辛服膺孔德的实证主义，不仅积极参加了"实证主义社"，而且以此将自己视为"激进派的喉舌"，时常在工人俱乐部发表与实证主义有关的演说。出于对实证主义的热爱，在1878—1879年的吉辛家书中，可以看到吉辛力劝弟弟钻研实证主义的言论。吉辛提倡"人道主义的宗教"，主张以人类的博爱取代宗教迷信，吉辛到工人中去做教育工作正是把实证主义信仰付诸行动的表现。当吉辛的第一部书写穷困工人的小说《黎明中的工人》出版后，吉辛将此书送给当时的英国哲学家哈里森[①]（忠实、坚定、虔诚的实证主义者）

---

① 哈里森（Frederic Harrison，1831—1923）：英国实证主义者哲学家、传记和杂文作家。

后，受到了哈里森的高度赞扬。这一方面表明，吉辛的《黎明中的工人》包含着实证主义的思想。另一方面说明，哈里森的实证主义哲学与吉辛所受到的实证主义思想具有一定程度的契合。

在维多利亚时代，实证主义被当作一种社会改良思潮，对道德规范和宗教伦理的影响较大，有助于调节社会矛盾。然而，吉辛在受到实证主义影响的同时，也受到了叔本华哲学思想的影响。因此，吉辛对社会所持的理想主义受到了怀疑论的动摇。探其缘由，实证主义是吉辛接受的哲学思想之一，但非唯一。况且，吉辛在创作《黎明中的工人》时，参加"实证主义社"的实践尚不足一年。1882年，吉辛阅读了叔本华的德文版名著《作为意志与表象的世界》。受叔本华哲学思想的启发，吉辛在论文《悲观主义的希望》中指出，利己主义来自对生活意志的肯定，是社会罪恶之源，因而要消灭利己主义，才能实现对生活意志的否定，社会才会有希望。由此，吉辛才将《黎明中的工人》看作"社会问题小说"，主张年轻人要为社会改革而奋斗。这意味着，吉辛的实证主义是以改变社会现状为基点的，与自然主义所涉的实证主义有所不同。尽管如此，实证主义作为自然主义文学的哲学基础，吉辛的第一部小说则自然而然地具有了自然主义的某些特征。

在吉辛的人生经历中，贫困绝对可以算得上是他感受最深的生活体悟。长期处于贫困处境中的吉辛深知，英国的工业文明是建立在多数人的贫困之上的，贫穷就是人类社会堕落的根源，所以，他坚持以坚定不移的"写实主义"来书写英国社会的堕落，集中表现穷人的"穷"。吉辛的长篇小说《无阶级者》（1884）、《民众》（1886）、《赛尔泽》（1887）和《以太世界》（1889），几乎全是以穷人的生活为素材，虽然这些小说没有给吉辛带来多大的声誉，但为吉辛奠定了小说家的地位。1890年，吉辛在法国旅行途中构思创作的《新寒士街》，更是将寒士街上文人们穷困潦倒的处境表现得淋漓尽致，这与吉辛的实证主义思想和写实主义观念不无关系，也使《新寒士街》具有了浓厚的自然主义特色。

吉辛的小说为何具有一定的自然主义风格？概其因，吉辛在小说创作中以较为熟悉的伦敦贫民区为写作背景，对贫民生活进行了细致逼真的描写，与法国自然主义特别是左拉的《小酒店》《萌芽》等作品有相似之处。但与法国自然主义不同的是，吉辛的这些作品还具有明显的维多利亚时代的浪漫主义倾向，即小说的男女主人公虽然过着贫民生活，但实际上并非属于贫民，而是由资产阶级绅士和小姐被迫沦落为在肉体和精神上饱受折磨的贫民，后来真相大白而重返绅士社会并喜结良缘。与大多数维多利亚时代的英国小说不同，吉辛的创作大多透露出一种怨恨、哀伤和绝望的情绪，尽管其作品以自然主义的方式揭示了社会罪恶，但其写作意图并非源于呼吁社会改革。

与早期所受到的实证主义不同，吉辛的创作在后期则直接受到了左拉等自然主义作家的影响。譬如，吉辛在1883年写给弟弟的一封信中坦言，"哲学尽其所能给了我一切，而现在几乎再唤不起我的兴趣了。我今后的态度是那种纯粹单一的艺术家的所有态度"[1]。特别是当吉辛首次到南欧去旅行时重新认识到了自然主义对社会现实的真实呈现，使他的思想发生了转变，这在吉辛从欧洲返回伦敦给朋友的信中就能看到，吉辛写道："我的生活是成千倍——是的，成百万倍地丰富了。"[2] 吉辛深受左拉等人的影响，一生都在创作中秉持坚定不移的文学写实手法，正因此，欧美文学界称呼他为"英国的左拉信徒"。

综观吉辛的创作，虽然吉辛在关注下层生活、注重琐碎细节描写等方面确实是以左拉为学习榜样的，但吉辛后期的诸多小说，却与左拉的创作有着较大的不同。这是因为，在接受外国文学方面，吉辛不仅仅师法左拉等自然主义，对俄国的现实主义小说也颇有兴

---

[1] Jacob Korg, *Geoge Gissing: A Critical Biography*, Washington: Washington University Press, 1969, p. 71.

[2] Jacob Korg, *Geoge Gissing: A Critical Biography*, Washington: Washington University Press, 1969, p. 120.

趣，尤其是陀思妥耶夫斯基的心理现实主义。不过，吉辛不论是借鉴自然主义还是学习俄国现实主义，最根本的出发点在于对英国传统小说的写法诸如故事情节戏剧化、人物形象类型化、人的善恶对立化等不甚满意，需要在借鉴学习的基础上，深入发掘人物的心理机制和矛盾状态。当然，吉辛创作所受的影响可能不止于此，从吉辛开给一个妹妹的书单中就可窥见一斑，即"古希腊作家有荷马、埃斯库罗斯、索福克勒斯、欧里庇得斯；古罗马作家有维吉尔、卡图卢斯、贺拉斯。意大利：但丁和薄伽丘；西班牙：塞万提斯的《堂吉诃德》；德国有歌德、让·保尔、海涅；法国：莫里哀、乔治·桑、巴尔扎克、德·缪塞；英国：乔叟、斯宾塞、莎士比亚、弥尔顿、济慈、勃朗宁和司各特"①。结合吉辛的创作，检视这份书单，可以这样认为，吉辛既是19世纪后期较早接受外国文学影响的作家之一，也是将外国文学创作经验介绍和引进英国的作家之一。正如英国学者沃尔特·艾伦（Walter Allen）所说："吉辛即使不是一个伟大的，但至少也是一个重要的小说家"。②

第四节 贝内特的自然主义文学情怀

贝内特作为英国19世纪末20世纪初较为重要的小说家，创作了《五镇的安娜》（*Anna of the Five Towns*，1902）、《五镇轶事》（*Tales of the Five Towns*，1905）、《五镇的严峻笑容》（*The Grim Smile of the Fives Towns*，1907）、《老妇谭》（*The Old Wives' Tale*，1908）、《克雷亨格》（*Clayhanger*，1910—1915）等以"五镇"为背景的系列小说，这些小说奠定了贝内特在文学史上的地位。批评家詹姆斯·赫本（James Hepburn）曾这样评论："贝内特的'五镇'系列

---

① Jacob Korg, *Geoge Gissing: A Critical Biography*, Washington: Washington University Press, 1969, p. 76.

② Walter Allen, *The English Novel*, New York: E. P. Dutton & Co. Inc., 1954, p. 2.

小说在描述特定而具有地方色彩的生活方面，可以和哈代的小说相媲美。对英美评论家而言，在1909年至1918年期间，贝内特无疑是当时最炙手可热的作家之一，并在文坛上占据重要地位长达20多年。"[1] 贝内特的创作虽然受到不少评论者的称赞，但他的小说在官方审查员、大学教授或教科书作者的眼中却并不被看好。20世纪90年代以来，贝内特再次受到学术界关注，其作品价值被重新发掘。遗憾的是，贝内特的大部分作品在国内尚未译成中文，目前翻译出版的主要有《如何度过一天24小时》（*How to Live on 24 hours a Day*，1908）和侦探小说《巴比伦大饭店》（*Grand Babylin Hotel*，1902）。

关于贝内特的创作风格，英美学术界大多数学者将贝内特界定为现实主义作家，间或提及贝内特作品中的自然主义，却很少将贝内特看作自然主义作家。不同的是，国内学术界大多著述（包括文学史）将贝内特小说创作与自然主义相联系，或因表现手法上遵循了自然主义创作原则，将贝内特界定为自然主义作家；或因龚古尔式的客观记录，认为贝内特受到过法国自然主义的影响；或因思想内容上流露出自然主义的悲观倾向，认为贝内特小说创作具有自然主义倾向。但是，许多文学史和研究著述在指出贝内特创作具有的自然主义倾向时，并没有细述贝内特创作与自然主义之间的具体关系。为了探明其因，有必要以贝内特的生平经历为切入点，探讨贝内特与自然主义之间的渊源。

就其生活经历来看，1903—1911年，贝内特侨居巴黎将近九年，直到1912年才返回英国。在此期间，贝内特结交了不少巴黎文学艺术界的朋友，受到法国文化艺术的熏陶，认真学习过音乐、绘画、雕塑等艺术，与巴黎文学艺术界朋友切磋艺术，这些对他的文学创作无不有着潜在的影响。在初学写作时，贝内特对当时备受读

---

[1] James Hepburn, *Arnold Bennett: The Critical Heritage*, London: Routledge & Kegan Paul, 1981, p. 2.

者欢迎的狄更斯、萨克雷等英国现实主义作家并不感兴趣，反而对福楼拜、龚古尔兄弟和左拉等法国作家尤为推崇，对法国自然主义小说有着特别深刻的印象。在《一个作家的自白》中，贝内特记述了上述作家对自己的影响："我这时期一直在读法国小说，包括屠格涅夫、龚古尔兄弟和莫泊桑是我的神明。我接受了他们的教规。他们使我对英国小说从总体上讲持轻视态度，现在也没有完全消失。"① 1898 年，贝内特出版了第一部小说《北方来的年青人》。对于小说的创作过程，贝内特坦言："我是在龚古尔兄弟、屠格涅夫、福楼拜、莫泊桑的亲切影响下开始写我的第一部小说的……我的小说是自然主义的，它描绘了一个孤身的年轻人在伦敦的事业。"② 在自然主义的熏陶下，贝内特十分重视法国自然主义作家的叙述技巧和描写方法，借鉴学习他们对日常生活的详尽描写，大胆表现社会的罪恶，注重下层人民的生活。可以说，巴黎的侨居生活使贝内特的创作日益成熟，创作力日益旺盛。"五镇小说"系列中的大部分作品如《五镇的安娜》《五镇的严峻笑容》《克雷亨格》皆是在这一时期创作的，这些作品奠定了贝内特在文学界的声誉。

在自然主义作家中，贝内特对莫泊桑崇拜有加，认为莫泊桑小说布局的巧妙之处，既不在于激动人心的情节，也不在于引人入胜的开端，亦不在于惊心动魄的结尾，而在于懂得在无数琐事中剔除无用的东西，以一种特殊的方式关注那些观察者所忽视的、可表现作品明确意义的小事进行巧妙组合。也就是说，在众多的日常生活现象中，将表现作品明确意义的可信的小事组合起来，进而构成了一个完整的生活整体。翻阅贝内特的小说就可发现，他的大部分作

---

① ［英］阿诺德·贝内特：《一个作家的自白》，转引自文美惠《阿诺德·班奈特和他的"五镇小说"》，载柳鸣九主编《自然主义》，中国社会科学出版社 1988 年版，第 380 页。

② ［英］阿诺德·贝内特：《一个作家的自白》，转引自文美惠《阿诺德·班奈特和他的"五镇小说"》，载柳鸣九主编《自然主义》，中国社会科学出版社 1988 年版，第 380 页。

品以"五镇"为背景,关注社会经济地位较低的下层阶级,以生活本身为小说的主题,对那一时期真实的现实事件进行书写,建构出五镇生活的整体图景。因此,大多数文学史作品指出,"五镇"系列小说是贝内特最具特色的小说。

在谈到自然主义作家的具体影响时,贝内特着重提到了龚古尔兄弟、莫泊桑、屠格涅夫等作家,反而对自然主义的倡导者左拉只字不提。何以如此?细究其因,不是贝内特没有受到左拉的影响,也并非贝内特不推崇左拉,而是贝内特在现实主义与自然主义关系上持中庸态度。较之于左拉,贝内特似乎更推崇龚古尔兄弟、莫泊桑。或者说,对左拉的自然主义持保留态度,这从他的创作中就可窥见一斑。不容忽视的是,贝内特将俄国作家屠格涅夫视为自然主义作家。这些事实表明,贝内特受到的外来文学影响既有法国自然主义的,也有俄国现实主义的。

贝内特为何要学习接受法国自然主义作家呢?就其创作经历来看,贝内特走上文学道路伊始,正值维多利亚时代将要终结的时期。在社会转型期,与维多利亚时代的大多数作家一样,贝内特在面临思想上焦虑不安的同时,对英国传统文学中风花雪月的浪漫情调和道德说教意味不以为然,认为传统的文学形式已经不足以展示社会历史的变迁,需要突破传统价值观念和旧式生活方式的束缚,以寻求和创造新的艺术形式。恰逢此时,巴尔扎克、莫泊桑、左拉、龚古尔兄弟的作品为贝内特提供了新的文学养分。如此,贝内特在沿袭笛福、菲尔丁等英国现实主义传统的基础上,汲取借鉴自然主义的艺术手法,使其创作既有英国传统的一面,又有新的探索创造。这大概是贝内特对英国小说作出的贡献。

第五节 哈代与自然主义的关系探源

哈代是拥有中国读者众多的英国作家之一,也是备受研究者关注的作家之一。哈代曾将自己的小说分为三类:一是"罗曼史和幻想小说"，包括《一双蓝眼睛》（1873）、《号兵长》（1880）、《塔上的两个人》（1882）、《心爱的》（1892—1897）等；二是"机敏和经验小说"，包括《计出无奈》（1871）、《爱塞尔伯特的婚姻》（1876）、《一个冷淡的女人》（1881）、《晚餐及其他故事》（1913）等；三是"性格和环境小说"（也称"威塞克斯小说"），包括《绿荫下》（1872）、《远离尘嚣》（1874）、《还乡》（1878）、《卡斯特桥市长》（1886）、《林地居民》（1887）、《德伯家的苔丝》（1891）、《无名的裘德》（1895）等。自20世纪20年代起至今，中国的哈代研究历时将近百年，新老学者交替，研究成果显著，研究范围和研究主题逐渐"从个别小说、人物、主题等微观分析扩展至哈代小说总体研究、创作思想、哲学思想、宗教思想、婚恋观、女性观、伦理道德观、生态观、艺术特点、叙事技巧、结构分析、神话原型、乡土色彩等诸多方面"[1]。但是，由于哈代本人在生前并没有明确表示自己的流派归属和主义倾向，因此，学术界对哈代的作家属性和创作风格各抒己见，尚未达成共识[2]，仍然存在较大的探究空间。

一 哈代与自然主义的关系缘起

长期以来，国内批评界大多将哈代看作（批判）现实主义小说家，文学史基本将哈代归入19世纪现实主义作家行列中，也有部分学者将其视为兼有现实主义和现代主义的跨世纪作家。近些年来，一些研究和著述（包括文学史）将哈代的小说创作与自然主义相联系，或因哈代小说创作与达尔文主义有关，而将其视为自然主义作

---

[1] 张中载：《新中国六十年哈代小说研究之考察分析》，《外国文学》2011年第3期。

[2] 一些英美读者和学者认为哈代是擅长于表现地方色彩的作家，一些英国研究者和欧洲大陆批评家认为哈代属于自然派作家，一些马克思主义批评家时常又将哈代归入批判现实主义作家之列等。参见张玲《晶体美之所在——哈代小说数面观》，《外国文学评论》1995年第2期。

家；或因哈代小说创作中关涉生物决定论，而认为其受到了自然主义的影响；或以哈代小说对环境和遗传的强调，而认为他是具有自然主义色彩的作家；或因哈代小说创作与自然主义理念的某些一致性，而将其视为具有自然主义倾向的作家。为何研究者会将哈代与自然主义相联系？国内外学者对此有不同的看法。

奥斯卡·卡吉尔曾指出，对于美国人来说，"哈代代表自然主义，他写的《裘德》或者《苔丝》，也许是他们读过的唯一一本自然主义的书"①。一位传记作者断言，"对于哈代也许可以说，就像乔治·莫尔一样，他至少偶尔会沿着平行于左拉创作多年的路线工作"②。与此不同的是，F. A. 赫德科克（F. A. Hedgcock）曾指出，"哈代先生明显不同于自然主义小说家"③。也就是说，"自然主义"可能不是描述哈代作品的准确术语。在谈到对《无名的裘德》的评论时，威廉·拉特兰（William R. Rutland）宣称："那些视野不足的批评家指责哈代模仿左拉，他们像奥列芬特夫人一样，从来没有读过自己的书。时间不必浪费在这种比较上；没有什么比这个法国现实主义者的目标，以及哈代写作裘德的目标更为遥远的了。"④ 很明显，关于哈代的记录言辞中存在大量支离破碎和自相矛盾的表述，这些论断对哈代的考察要么存在对自然主义细节的断章取义，要么将自然主义的理论与实践相混淆，还有可能是论证过程缺乏严谨的思辨所致，因而并没有充足的理由阐明哈代与自然主义的确切关系，哈代与自然主义的关系问题仍旧悬而未决。

据《东方》杂志记载，哈代最初被介绍到中国时，有人将其称

---

① Oscar Cargill, *Intellectual America: Ideas on the March*, New York: MacMillan, 1941, p. 69.

② Ernest Alfred Vizetelly, *Emile Zola: Novelist and Reformer*, London: Chatto & Windus, 1904, p. 531.

③ F. A. Hedgcock, *Thomas Hardy: Penseur et artiste*, Paris: Librairie Armand Colin, 1910, p. 115.

④ William R. Rutlandm, *Thomas Hardy: A Study of His Writings and Their Background*, Oxford: Oxford University Press, 1938, p. 253.

为自然派诗人，有人将其视为自然主义文学的代表，如茅盾指出，哈代是"和自然主义通声气，而且竟可说是英国自然主义文学的代表者……然而哈代却又不是'丑恶描写者'。他写人生的阴暗面，可是没有赤裸裸的性欲描写"①。该表述将哈代视为一位自然主义作家，理由是哈代注重遗传和环境对人的支配，书写人生的丑恶阴暗，但不同的是没有露骨的性欲描写。近年来，国内一些著述虽然提到了哈代与自然主义之间的关系，但大多论述或由于缺乏详细例证且语焉不详，使人难以确定哈代与自然主义是影响关系还是审美关系。

一直以来，学术界将哈代的创作思想归结为悲观主义或悲剧思想。其实，结合其生平创作就知道，哈代的创作思想并非单一，他的创作受到时代环境、人生经历、科学理论、哲学思想等多方面的影响，就连哈代本人也宣称，"让我感到痛苦的是，大家把我由情绪所控制的创作，看成是某种单一的科学理论"②。在哈代创作思想受到的诸多影响中，学术界谈论较多的话题是哈代的进化论思想与哲学思想（社会向善论），因为这两方面贯穿于哈代创作的始终。显然，考察哈代创作的思想渊源与自然主义的关系就成了探究影响关系的切入点。

二 哈代进化论思想与自然主义

在时代科学思想的熏陶下，英国许多作家受到了达尔文进化论思想的影响，哈代也不例外。这方面的信息，在哈代的自传《哈代的早期生活：1840—1891》（*The Early Life of Thomas Hardy*：1840—1891）和《哈代的文学笔记》（*The Literary Notes of Thomas Hardy*，1974）中均有所反映。

据《哈代的早期生活：1840—1891》记载，哈代从青年时代开

---

① 茅盾：《西洋文学通论》，复旦大学出版社 2004 年版，第 127 页。

② Granville Hicks, *Figures in Transition*：*A Study of British Literature at the End of the Nineteenth Century*, London：McMillan & Co., 1939, p.111.

始，就对达尔文崇拜不已。在创作小说《穷人和小姐》前，哈代就曾看过《物种起源》。1882年2月，哈代曾经向牧师A. B. 格罗萨特推荐阅读刚刚出版不久的《达尔文传》。他曾坦言自己是"《物种起源》最早的拥护者之一"[①]。当时的英国作家萧伯纳所写的关于达尔文的评论，也是哈代喜欢阅读的内容。1882年4月26日，哈代出席了达尔文的葬礼，足见哈代对达尔文的崇敬之情。正是在这种对达尔文的崇敬和其理论的推崇之中，哈代接受了进化论思想，其对哈代创作的影响毋庸置疑。哈代在一封信中曾经这样写道："我的作品同达尔文、赫胥黎、斯宾塞、孔德、休谟、穆勒等人的思想一致，我读这些人的著作比读叔本华的著作多。"[②] 根据哈代所列出的名单就可推断，达尔文对哈代的影响最大。当然，其他人物如赫胥黎、斯宾塞、孔德、休谟、穆勒等人的进化论思想对哈代的影响也不应忽视。

在《物种起源》出版之前的1852年，社会学家斯宾塞就提出了"社会进化"的观点，首次提出了"进化"与"适者生存"等重要概念。哈代在阅读斯宾塞的《生物学原理》一书时，光摘录其中的片段就超15条之多。哈代在给利恩·米尔曼（Lean Millman）的信中提到过斯宾塞"第一原则"的问题，在写给高尔斯华绥的信中，亦曾提及自己接受斯宾塞进化思想的事实。赫胥黎的进化论思想对哈代也有所影响，哈代曾在他的笔记、书信中多次提到赫胥黎对自己的影响。赫胥黎曾提出"人猿共祖"的人类起源说，哈代对赫胥黎维护和宣传达尔文主义的行为颇为赞赏，并在自传中坦言，"随着对赫胥黎了解的加深，自己越来越喜爱他"[③]。哈代对赫胥黎的《人

[①] F. Emily Hardy, *The Life of Thomas hardy*, Vol. 1, London: Macmillan, 1933, p. 198.

[②] Walter F. Wright, *The Shaping of the Dynasts: A Study in Thomas Hardy*, Lincoln: University of Nebraska Press, 1967, p. 38.

[③] F. Emily Hardy, *The Life of Thomas hardy*, Vol. I, London: Macmillan, 1933, p. 159.

类在自然界的位置》（1863）、《论文和评论》（1870）、《科学与文化》（1881）、《进化论与伦理学》（1894）等著作都有所阅读和记录，特别在阅毕 E. 克洛德的《赫胥黎传》后，哈代还发表了自己的看法。①在小说《德伯家的苔丝》中更是直接提到了赫胥黎《论文集》中的情节，哈代在小说中不仅写了安琪儿·克莱尔汲取了赫胥黎的思想，而且还对苔丝复述的克莱尔言论进行了评价，指出上至《哲学词典》中下至赫胥黎的《论文集》里，都可以找出与克莱尔相似的许多话来。上述事实表明，无论是达尔文的进化论思想，还是斯宾塞、赫胥黎的进化论思想，进化论对哈代文学思想的影响至关重要，进化论思想是"哈代的社会观念、伦理道德观念和文艺思想的基础"②。在某种程度上，哈代的创作"似乎都是按照进化的学说来进行整体构思的"③。

我们知道，19 世纪六七十年代兴起的自然主义，其思想基础也是达尔文的进化论。问题是，哈代所接受的达尔文思想和左拉在作品中反映的进化论思想有何不同？这是判定哈代是否受到左拉自然主义影响的一个重要问题，这需要从哈代和左拉创作思想的形成轨迹来考察。

哈代创作思想的形成轨迹大致可以分为三个时段：第一个时段大约是 1856—1870 年，这一时段是哈代开始接触进化论并走上文学创作道路的阶段。第二个时段大约是 1870—1886 年，这一时段则是哈代悲剧观念产生、社会进化向善论的形成发展阶段。在这期间的代表作品有《还乡》《远离尘嚣》《卡斯特桥市长》等。第三个时段是 1886—1908 年，这一时段是哈代的悲剧宿命论深化和社会向善论成熟完善的阶段。在这期间的代表作品有《林地居民》《德伯家的苔丝》《无名的裘德》等。就此过程可以看出，哈代通过对达尔文

---

① R. Little Purdy & Michael Millgate ed., *The Collected Letters of Thomas Hardy*, Vol. 3, Oxford: Clarendon Press, 1982, p. 5.
② 聂珍钊：《哈代的小说创作与达尔文主义》，《外国文学评论》2002 年第 2 期。
③ 聂珍钊、刘富丽：《哈代学术史研究》，译林出版社 2014 年版，第 218 页。

主义的接受，最后逐步形成了悲观宿命论思想和社会向善论思想。由于哈代思想中的悲观宿命论时常与社会向善论交织在一起，并且社会向善论常常又为作品人物的悲剧命运提供了一种解决途径。晚年的哈代曾多次宣扬自己的社会向善论思想，如哈代曾在《辩解》中指出，所谓"悲观主义"实际上只是对现实的探索，同时着眼于争取最好的结果，简言之，即以进化向善论的思想作引导。[1] 社会向善论思想由此在哈代的大部分作品中都有所体现。因此，社会向善论可以看作哈代思想的集中体现。

与其他悲观主义者不同，哈代所提倡的社会向善论并非学术界一些学者认为的悲观厌世，哈代曾说，"至于悲观主义，我的格言是：首先诊断出病因——即确定人间邪恶的根源所在，然后再找出补救办法"[2]。可见，哈代悲观主义的落脚点在于对社会和人类发展的一种希冀和美好愿望，这从社会向善论的具体内容就能看出，即"人类社会的改善就像生物进化一样，需要有一个长期的演变过程；这一过程并不是大自然为人类准备好的，而必须由人类的自身努力才能得以继续；因此，在此过程中人类必须具备三个条件：首先，要对现实抱悲观态度，要承认现实的丑恶，这是改善现实的出发点……其次，要承认大自然（或者说造物主）对人类的疾苦和幸福是一概无动于衷的，所以现存的宗教信仰必须放弃，因为这种信仰错误地教导人们把美好的希望寄托在造物主身上；先要承认理性的局限性，进而形成一种以直觉和本能为基础的新的信仰，并从新的信仰中不断得到启示和力量"[3]。从其具体内容可以辨别出，哈代的社会向善论思想实际上是在达尔文、斯宾塞的进化论，叔本华、哈特曼的意志力思想的融合下形成的。在这些思想的指引下，哈代小

---

[1] 参见张中载《托马斯·哈代——思想和创作》，外语教学与研究出版社1987年版，第118页。
[2] F. Emily Hardy, *The Life of Thomas Hardy 1840 – 1928*, London: Macmillan & Co. Ltd., 1962, p. 383.
[3] 刘文荣：《19世纪英国小说史》，中国社会科学出版社2002年版，第252页。

说作品中既有对英国农村衰落与消亡原因的集中探索,也有对人类社会生存竞争残酷现实的重新审视,表现了人与自然、人与社会等社会悲剧的艺术主题。

再来看左拉接受的进化论思想,从其理论主张和创作实践来看,左拉对达尔文进化论的接受主要聚焦于人的生物性、遗传性。受到达尔文进化论的影响,左拉主张从生理学、遗传学的角度对人进行审视。如左拉声称《戴蕾丝·拉甘》中的"人物完全受其神经质和血缘的支配,没有自由意志,他们一生中的每一行为都命里注定要受其血肉之躯的制约"[1]。在《关于家族史小说总体构思的札记》中,左拉则直言小说创作就是"对一个家族血液遗传与命定论的研究"[2]。可以看到,左拉的这种决定论主要来自当代生理学、遗传学与达尔文主义的结合,当然也并非如一些学者所称的陷入了"某一方面"的决定论。从自然主义的形成来看,一方面,自然主义之所以如此命名,很重要的原因就在于,存在于自然中的一切都是真实的,"自然主义作家眼中的人,被视为自然界中的一种动物,受到环境的作用并受内心欲望的驱使,而作家本人对这一切既不理解亦无法控制"[3]。另一方面,左拉曾直言不讳地宣称,自然主义作家就是"决定论者",但并非"宿命论者",二者不能相提并论。为何如此?原因在于,自然主义作家在理论上不太认可那些神秘性的因素,在创作中反对一切对人和自然的成见和既定的观念体系,而是"从生理学家手中将孤立的人继续向前推进,科学地解决人在社会中如何行动的问题"[4]。

---

[1] [法]左拉:《〈黛莱丝·拉甘〉第二版序》,老高放译,载柳鸣九选编《法国自然主义作品选》,天津人民出版社1987年版,第728页。

[2] [法]左拉:《关于家族式小说总体构思的札记》,柳鸣九译,载柳鸣九选编《法国自然主义作品选》,天津人民出版社1987年版,第734页。

[3] C. Hugh Holman, *A Handbook to Literature*, New York: The Odyssey Press, 1972, p.337.

[4] Emile Zola, "The Experimental Novel", in George J. Becker, ed., *Documents of Modern Literary Realism*, Princeton, New Jersey: Princeton University Press, 1963, p.174.

通过比较可以看出，哈代和左拉的进化论虽有一致的地方，但接受了达尔文思想的作家并非一定就是自然主义作家。有学者客观地指出，"就文学讲，进化论思想影响了整个维多利亚时期的所有作家"[1]。在《物种起源》发表时，哈代和左拉恰好都是19岁，了解实证主义哲学，熟悉达尔文进化论。也就是说，不只在维多利亚时期的英国，在整个19世纪的后半期甚至20世纪初期，达尔文思想对欧洲作家的创作都或多或少地有所影响，这样那些受到达尔文思想影响的作家就都可以看作自然主义作家了，但事实并非如此。因此，在进化论思想的接受方面，哈代与自然主义之间显然没有必然的联系，况且哈代在接受达尔文进化论后，其创作思想的形成轨迹也与自然主义截然不同。

三 哈代的哲学思想与自然主义

19世纪50年代到20世纪初，伴随着自然科学的大力发展，哲学研究也得到了大力推进。1860年前后，英国伦敦出版业的发展，使许多哲学著作得到大量出版，处于青年时代的哈代正好有机会阅读了大量的哲学著作。根据自传与读书笔记，哈代在接受达尔文等人进化论思想的过程中，他对前述所提到的哲学家如斯宾塞、赫胥黎、孔德等以及穆勒、边沁、叔本华、尼采、斯宾诺莎、康德等人的哲学思想均有所涉猎，据说哈代所接触过的哲学家有五十人次之多。在此基础上，哈代形成了自己的哲学观念，其哲学思想被学术界称为"弥漫着的宇宙意志"（也叫"内在意志"）。

何谓"弥漫着的宇宙意志"？"弥漫着的宇宙意志"（Immanent Will）这一短语出自哈代的小说《还乡》，其内涵主要关涉宇宙的意志有无意识及人在自然中的地位及其关系问题，这一观念贯穿于哈代的大部分作品中，但具体意义却不甚明确。因为哈代对"弥漫宇宙的意志"究竟意味着什么并没有给出过明确界定，只谈及使用这

---

[1] 常耀信：《英国文学大花园》，湖北教育出版社2007年版，第115页。

一术语的缘由。1904年,哈代在给友人爱德华·克劳德的信中写道:"如果你把'意志'一词放在普通含义中理解,其意思是很真实的,但没有其他的词能正确表达它的意思……'力量'并不好,因为词义尚不明确或具有局限,'大自然的力量'也不太妥当。"① 学术界普遍认为,哈代的这一思想来源于他对叔本华和哈特曼哲学著作的阅读,哈代的思想倾向与他们关于"意志"的阐释有关,其判断依据为哈代曾经指出,"我单独地抱着希望,虽然叔本华、哈克曼及其他哲学家,包括我所尊敬的爱因斯坦在内,都对希望抱着轻蔑的态度"②。

为何产生这种思想呢?原因在于,哈代对当时许多哲学家的思想虽有涉猎,但他对各种学说之间的矛盾和认识方法却颇感失望。事实上,各家哲学学说并没有对哈代的创作产生决定性的影响,哈代文学创作的哲学思想来自他对复杂人类世界和客观自然的思考。因为在哈代看来,"人的主观理想、思想感情、欲望冲动等组成人的'内在意志'。就人本身来说,意志是自由的,人要求把自己的意志贯彻到外在世界,使自己的愿望、要求、理想得以实现,这时候,'内在意志',就和所谓的'大意志'即自然和社会环境(哈代通称为'环境')发生尖锐的矛盾冲突"③。当然,哈代虽然对哲学有自己的思考见解,即人在有限的生命中无法与宇宙的意志抗衡,宇宙之谜只能靠人的心灵去感悟和体验,但他对哲学思考的目的和终点仍在于文学,并没有对所谓的"内在意志"给予明确的界定和阐述,只是明确指出生活中存在无数的不可知因素,仅仅依靠一个人几十年的寿命无法探明其中奥秘。正因此,哈代的"弥漫宇宙的意志"具有一定的神秘性。

---

① J. Hillis Miller, *Thomas Hardy: Distance And Desire*, Oxford: Oxford University Press, 1980, p.355.
② [苏联]苏联科学院高尔基世界文学研究所编:《英国文学史:1870—1955》(上册),秦水译,蔡文显等校,人民文学出版社1983年版,第271页。
③ 聂珍钊:《哈代的"悲观主义"问题探索》,《华中师院学报》1982年第2期。

与哈代的哲学思想不同，自然主义形成的哲学基础是孔德的实证主义，自然主义以实证哲学为基点，最主要的是获得了一种审视客观社会和人的存在的新视角，并以此探索新的文学样式，以建立新的文学话语为旨归。捷克小说家米兰·昆德拉谈道："小说有一种非凡的融合能力：诗歌与哲学都无法融合小说，小说则既能融合诗歌，又能融合哲学，而且毫不丧失它特有的本性，这正是因为小说有包容其他种类、吸收哲学与科学知识的倾向。"[1] 在这方面，哈代和左拉等自然主义作家一样，都将哲学作为文学创作的思想源泉。不同的是，实证主义对于自然主义来说，更多的是一种文学革新的诉求，而"弥漫的宇宙意志"对于哈代来说，更多的是一种作家创作的艺术需求，一个具有时代性，带有现实性，而另一个具有个体性，带有神秘性，二者之间或许存有一定的联系。但可以断定，哈代创作的哲学基础与自然主义的哲学基础并不相同，在这一点上，哈代受到自然主义影响的论断难以成立。

进入 21 世纪，国外学术界在哈代研究方面有一个明显的倾向，就是哈代的生平研究成为热点，这方面主要的代表性成果有麦克尔·米尔盖特（Michael Millgate）的《哈代传记》（2004）、克莱尔·托马林（Claire Tomalin）的《托马斯·哈代传》（2006）、拉尔夫·派特（Ralph Pite）的《托马斯·哈代生平》（2006）等。此类传记研究为探究哈代与自然主义的影响关系提供了一些可资借鉴的资料，但由于哈代对待自己的私人生活一向颇为谨慎，既不喜欢抛头露面，也不喜欢接受访问，特别是在完成《哈代的早期生活：1840—1891》《哈代的晚期生活：1892—1928》两卷本自传后，哈代将自己的许多信件、日记等具有回忆性的材料付之一炬，这为研究哈代与自然主义的影响关系增加了一定的难度。恰如此，反而会促使学术界进一步拨开迷雾，探寻史实真相。例如，加拿大学者玛

---

[1] ［捷］米兰·昆德拉：《小说的艺术》，董强译，上海译文出版社 2004 年版，第 103 页。

丽·芮默（Mary Rimmer）在《哈代，维多利亚时代文化及地方色彩》一文中提到的细节值得重视，即 1895 年《无名的裘德》在一片争议声中出版时，哈代拒绝自己被比作左拉，辩称自己极少被解读成左拉，声称自己作品中有菲尔丁的色彩而没有左拉的色彩，由此避开了评论家试图把他归入左拉流派的命运。[1] 参阅史料可以发现，哈代既不是左拉的学生，也不是左拉的追随者，并在一封信中坦言，自己很少读左拉的书，对左拉《实验小说论》的中心议题难以苟同。这说明，左拉与哈代在文学实践方面并不存在明显的影响关系。

换言之，即使左拉对哈代的直接影响近乎不可能，我们也不应该否认哈代完全不会受到自然主义发展力量的影响，也不应该完全否认哈代的小说可能包含着自然主义的许多特征。究其原因，哈代和左拉都亲历了欧洲现实主义文学的发展，对现实主义"典型环境中的典型人物"的创作观念虽然有不同的理解，但在作品中对"性格与环境"的处理方式有所相似亦属正常，因为在与哈代同时代的狄更斯、萨克雷等人的作品中同样能看到人物性格与社会历史、自然环境的相关作用。同时，哈代与自然主义虽有一定的交集，诸如哈代与莫尔、吉辛都有一定的交情，参与过对亨利·维泽特勒审判的声讨，特别是小说"性格与环境"方面与自然主义具有相似性。但从中可以判断，哈代也不一定受到自然主义的直接影响，即使有，无论是从进化论的角度还是哲学思想的角度来看，自然主义对哈代的直接影响微乎其微甚至可以忽略。就生平经历和思想渊源而言，哈代与自然主义的相似之处，更多的是一种社会时代背景影响下的共同体验，或者是英国本土的自然主义因素使然。在很大程度上，哈代应该属于一个倾向于现实主义传统的跨世纪作家。

---

[1] ［加］玛丽·芮默：《哈代，维多利亚时代文化及地方色彩》，郭雯译，载聂珍钊、马旋编选《哈代研究文集》，译林出版社 2014 年版，第 24 页。

第六节　劳伦斯的自然主义源由追溯

劳伦斯是一位长期以来颇受争议的英国作家，历来备受学术界关注。劳伦斯创作的《白孔雀》（*The White Peacock*，1913）、《儿子与情人》（*Son and Lovers*，1913）、《虹》（*The Rainbow*，1915）《恋爱中的女人》（*Women in Love*，1921）、《袋鼠》（*Kangaroo*，1923）、《羽蛇》（*The Plumed Serpent*，1926）、《查泰莱夫人的情人》（*Lady Chatterly's Love*，1928）等作品风格多样，显示出独特的艺术品位。由于劳伦斯本人在生前并未言及自己的流派归属和主义倾向，因而学术界围绕劳伦斯小说创作的风格倾向属于现实主义还是自然主义，抑或象征主义还是现代主义的问题各抒己见，尤其对劳伦斯与自然主义的关系问题依然尚未达成共识。

就其生平与创作而言，笔者翻阅了多本劳伦斯的传记性著述，如美国学者杰弗里·迈耶斯的《D. H. 劳伦斯传》（2020）、英国学者理查德·奥尔丁顿的《劳伦斯传》（2012）、黑马的《心灵的故乡：游走在劳伦斯生命的风景线上》（2002）、英国吉西·钱伯斯、弗丽达·劳伦斯的《一份私人档案：劳伦斯和两个女人》（1991）、冯吉庆的《劳伦斯评传》（1995）、英国学者克默德的《劳伦斯》（1986）等的自传及其大量研究资料，基本没有找到劳伦斯与法国自然主义作家之间的交集，也没有找到劳伦斯接受自然主义观念方法的具体证据，更没有找到劳伦斯关于自然主义发表的只言片语。学术界为何将劳伦斯与自然主义联系在一起呢？在此问题上，最易引起误解与争议的就是劳伦斯作品中的性的问题了，这在很大程度上源自劳伦斯的大部分作品以"性爱"为基本主题，倡导一种男女之间自然和谐的性爱之美，真实地再现了工业革命时期人的社会生活和物质形态，自由地展示了人的自然本能和精神状态。关键问题是，性爱与自然主义到底有何联系？或者说性爱描写与自然主义之间存在必然联系吗？如何看待这一问题，是辨明劳伦斯创作属性的重要方面。

一 劳伦斯的性爱描写与自然主义归属

人们普遍认为，自然主义文学注重对性爱的描写，而劳伦斯作品中也存在大量的性爱描写。但问题是，劳伦斯作品中的性爱描写也能像左拉作品中的性爱描写一样归入自然主义的范畴吗？对此，我们可以在审美认知层面上对自然主义和劳伦斯的性爱倾向进行辨析。

检视相关文献，自然主义作家几乎没有对"性"进行过专门的论述，但是自然主义关于人的生物性的观点、其作品中人的生理书写却与性有密切的联系，这也是自然主义作家为何遭到批评的一个主要原因。那么，自然主义作家是如何看待"性"的呢？在自然主义作家看来，"形而上学的人已经死去，由于对象已经成了生理学上的人，文学领地的面貌当然也就全然为之改观"[①]。这种改观来自对人的生物性的揭示，由此将人全面真实地描绘出来。为了达到真实感，左拉的一个策略和方法就是将小说中的人物作为实验的对象，如《戴蕾丝·拉甘》的每一章都可以看作奇特病例的生理学分析。左拉将人的生理性作为塑造人物的重要特性，注重人的情欲与肉体的描写，《戴蕾丝·拉甘》等作品为何一出版就遭到抨击也就不难理解了。左拉是将性与真实、实验联系在一起，并由此而获得真实感。

与自然主义不同，劳伦斯认为，"性与美是不可分的，正如同生命与意识"[②]。从其审美倾向来看，劳伦斯赋予了"性"丰富的审美内涵，不仅将其看作一种美，性与美联系统一，而且将性与美看作不可分割的统一体。当然，难点在于，在实际的文学创作和阅读中，

[①] [法]于依思芒斯：《试论自然主义的定义》，傅先俊译，载朱雯等编选《文学中的自然主义》，上海文艺出版社1992年版，第324页。

[②] [英]劳伦斯：《性与美》，黑马译，湖南文艺出版社2004年版，第3页。

所能直观区别的就是对性爱的描写是相对保守还是比较暴露，描写的片段是详细还是粗略，而关于性爱描写与自然主义的归属关系时常难以明辨。譬如说，左拉的《娜娜》中有很多露骨的性爱描写，而作为中国四大名著之一的《金瓶梅》中同样也有大量直观的性爱描写。毫无疑问，左拉的《娜娜》是一部典型的自然主义作品，但是否因为这一点，我们就可以把《金瓶梅》当作一部自然主义作品呢？事实并非如此，似乎没有充分的证据表明《金瓶梅》受到了自然主义的影响。再如中国作家张资平创作的一些作品中（如《冲积期化石》等）也因存在大量的性爱描写而被归入自然主义，主要理由是张资平的创作受到了自然主义的影响，他的一些作品从生物学的角度来描写性爱。

如何判定性爱和自然主义文学之间的关系呢？有以下几个标准可以参照：第一，作品中的性爱描写是出于一种什么立场或者说作家是从哪个角度来描写的。第二，作家是否受到过左拉等自然主义文学及理论的影响。第三，考察性爱在文学作品中所具有的审美功能与审美效果。当然，确定和区别作家描写性爱的意图，是一个非常微妙和复杂的问题，需要联系作家的细节描写在整部作品中的构思意图，以及人物形象的审美意义来判定，而不能仅仅依据作品字面的性爱描写。

二　劳伦斯与左拉小说的性爱描写比较

日本学者伊藤整在谈及《查泰莱夫人的情人》中的性描写的特质时曾指出："不能仅就某一部分而言，而必须综合考察人物的思想、性格及其他；还必须考虑作者所持方法上的原则。"意思是说，判断性描写的特质需要进行综合考察，而不能仅仅依据其中一点就断下结论。若此，有了性爱描写是否就可等同于自然主义？劳伦斯与左拉在作品中的性爱描写一样吗？此问题可以从性爱的书写立场、具体描写两个方面来进行辨析。

（一）性爱的书写立场

阅读其作品可以发现，劳伦斯性爱的书写立场大致体现在三方面：一是工业文明对人的压制。在劳伦斯看来，以往作家描写的是"老式而稳定的自我"，而他所描写的是受到工业文明摧残而备受压抑、趋向分裂的自我。在灵与肉分离、人与自然分裂的时代，只有人性的复归、自然欲望的归位，以人性来对抗现代工业文明，才是人类社会走出困境的基本途径。这也是劳伦斯大部分作品的创作初衷。二是两性关系的和谐。在劳伦斯看来，两性关系是关涉人类社会生活和人际交往最重要的关系。然而，在现实社会关系中，人与人之间原本和谐的情感伦理和两性关系却发生了严重失衡。对此，劳伦斯认为，应该"建立一种新型的男人与女人之间的关系"[1]。基于此，劳伦斯通过塑造厄秀拉、伯金、安娜贝尔、厄秀拉和康妮等人物形象，深入剖析男女之间的性行为，洞察两性关系的性心理，进而达到调整两性关系的目的。三是平衡原则。在劳伦斯看来，在和谐理想的性爱关系中，心灵和肉体既应该合二为一，也要保持各自的独立，且在二者的张力中达到平衡，平衡应该是建立两性和谐关系的基础。只有当精神和肉体达到和谐时，才能保持完整的自我。《儿子与情人》《恋爱中的女人》《查泰莱夫人的情人》中的男女主人公关系正是这种原则的生动体现。

就书写立场来看，劳伦斯倡导一种和谐平衡的两性关系，他对男女之间性关系的书写，并不是提倡男人和女人轻率随便地结交情人或漫无节制地胡搞淫乱，而是主张只有当人的精神与肉体得到完美结合，达到灵与肉的融合统一才是人生的伊甸园。反观之，相比于劳伦斯对性爱的三重书写立场，自然主义关于性的书写立场相对单一，其书写立场就是生理性。如在《肉体的恶魔》中，左拉在写到马德兰与雅克时，如此写道："玛德兰忘情地投入雅克的怀抱时，

---

[1] ［英］劳伦斯：《劳伦斯书信选》，刘宪之、乔长森译，北方文艺出版社1988年版，第81页。

小伙子在她处女的肉体里打下了不可磨灭的烙印,他们之间发生了紧密的、无法消除的隔阂……这纯粹是一种生理现象。"[1]仅就最后一句表述而言,左拉对于性爱描写的生理性书写立场一目了然。

(二) 性爱的具体描写

劳伦斯与左拉在性爱书写立场上的不同,是否意味着在性爱的具体表现途径上也有所区别呢?在此选取劳伦斯和左拉作品中的相关片段来进行比较分析。

在《查泰莱夫人的情人》中,劳伦斯这样描写康妮与梅勒斯的性爱场景:

> 当他进入她里面的时候,她觉得他裸着的皮肉紧贴着她。他在她里面静止了一会,在那儿膨胀着、颤动着。当他开始抽动的时候,在骤然而不可抑制的狂欲里,她里面一种新奇的、惊心动魄的东西,在波动着醒了转来,波动着、波动着、波动着,好像轻柔的火焰的轻扑,轻柔的像羽毛一样,向着光辉的顶点直奔,美妙地、美妙地,把她溶解,把她内部溶解了。[2]

再来看左拉在《戴蕾丝·拉甘》中描写的罗朗与拉甘的性爱场面:

> 她从卡米耶软弱的胳膊里解脱,投入了洛朗强壮有力的怀抱,挨近这个健壮的男子,她内心就感到了强烈的震动,使她蛰伏在肉体里的灵魂苏醒。她本是冲动型的女子,这时,她的一切本能都以其前所未有的猛烈程度一齐爆发出来。她的母亲的血,这种灼烧着她血管的非洲血液开始奔腾了,在她那苗条、

---

[1] [法]左拉:《肉体的恶魔》,吉庆莲译,花城出版社1997年版,第156—157页。

[2] [英]劳伦斯:《查泰莱夫人的情人》,黑马译,中央编译出版社2010年版,第191—192页。

几乎还是处女的身体里汹涌着。她恬不知耻地、主动地把自己袒露出来，并奉献给他。她心荡神迷，从头到脚长时间地颤动着。①

直观地看，劳伦斯的《查泰莱夫人的情人》和左拉的《戴蕾丝·拉甘》仅就文字表述上，它们有一个最大的共同点，就是事无巨细地进行赤裸裸的性描写，这种共同点来自劳伦斯和左拉对性爱在本能层面上的叙述，那它们之间的差别又在哪里？

文学作品对性爱的描写，说到底是如何处理"灵与肉"之间的关系问题，或者说如何认识性爱描写在精神层面还是身体层面的区别。劳伦斯认为，灵与肉的完美结合才是和谐的两性关系，性是生命的组成部分。左拉等自然主义作家则认为，浪漫主义时代对情感和想象力的过度重视，在一定程度上忽视了人类最现实的肉体存在。自然主义的文学理念就是要将这种被人们遮蔽的人的生物性揭示出来，以弥补传统文学对人自身认识方面的不足和人物塑造的缺陷。因而，自然主义作家将传统作家和文学作品中普遍存在的"灵肉二元论"观念置换为"灵肉一元论"，着重挖掘人物行为的生理根源和肉体本源，侧重于灵与肉的互补。

比较而言，在灵与肉的关系层面上，劳伦斯与左拉关于性的描写虽有些许相同之处，都是为了展示人的生命本能，但更多的是不同。劳伦斯侧重于性的生命构成的价值，而左拉侧重于性的生理特征的挖掘，这种区别在作品中需要细细体悟才能辨别。就书写立场和具体描写来看，劳伦斯与左拉的些许相似之处并不能确定影响关系的存在，仅以劳伦斯作品中大量存在的性爱描写为判断依据，将劳伦斯小说创作归入自然主义的看法显然难以令人信服。

---

① ［法］左拉：《泰雷兹·拉甘》，韩沪麟译，百花洲文艺出版社2009年版，第27—28页。

第三章 自然主义对英国作家思想观念的影响

在具体的影响研究中，一个作家的诗学著述或理论观念应该成为探究影响关系的重要方面。这是因为，在某些时候，尽管一个作家的理论主张和其创作实践存在着一定的距离甚至很大的反差，但是，一个作家所受的外来影响很有可能通过诗学主张或创作观念表现出来。对与自然主义有关的英国作家而言，他们或撰写了专门性的理论著述，如贝内特（也译作本涅特）的《作家的艺术》等；或撰写过作家的评论性文章，如毛姆的读书随笔等；或即使没有专门的论述，也有一些零散的观念主张表述，如吉辛关于"绝对现实主义"的观点。整体来看，这些作家的理论主张虽然涉及小说与功用、小说与道德、小说与科学、小说与两性关系等诸多话题，但缺少甚至可以说几乎没有专门的关于自然主义的论述。因而，要辨别英国作家思想观念与自然主义之间的影响关系，就要基于英国作家所处的历史语境，将创作观念的契合探索与细节性的影响痕迹追寻相结合，通过相似性或契合点的辨析，从而从中发现影响事实，辨明影响关系。

第一节 贝内特文学理念与自然主义

翻阅文献可知，贝内特既没有提出过引人注目的理论观点，也没有谈论自然主义小说的专门论述，但《作家的艺术》作为贝内特小说理论的重要著述，对小说的目标任务、情节结构、人物塑造等方面都有所涉及，这为我们理解贝内特的创作倾向提供了重要的理论参考。那么，贝内特关于小说的理论阐述与自然主义的小说理论是否具有内在联系或者契合点？这是判断贝内特是否受到自然主义影响的依据之一。

一 关于小说的任务功能

小说的任务是什么？在《作家的艺术》的第一章中，贝内特明确地提出，小说家的首要任务是洞察生活。为何将"洞察生活"作为小说家的首要任务呢？贝内特给出的理由是，"小说家有着丰富的人生阅历，蕴积于中，必欲将所见所闻披露于世"[1]。这一观点可以看作其小说理论的基本点和创作的出发点。如何洞察生活？贝内特的看法是，用天然简单而不加修饰，甚至天真无知的方式考察和表现生活。在此基础上，贝内特认为，小说家应该不断地提高观察能力。与左拉相同的是，观察也是贝内特小说理论的一个重要方面。具体来说，贝内特主张的"洞察生活"包括以下四个方面的内容。

第一，在贝内特看来，普通人是在观看生活而不是洞察生活，而对小说家来说，要想全面生动地在作品中展示生活，就要深入生活、细致地观察生活，而"敏锐的观察不在于记住各种各样的细节，而在于通过一个相对重要的视角组合协调各种细节，最终在尽可能短的时间内达到一种整体印象"[2]。更为重要的是，小说家在观察生活时，应该关注的是实实在在的现实生活，即作家观察到的不是各种各样抽象的主观观念，而是相邻而居的妇女或乘坐火车的男人等真真切切的生活事实。换言之，贝内特主张观察的是客观的生活，而不是主观的内心世界。反观自然主义作家，如龚古尔兄弟也格外强调艺术家的观察和感受力对小说创作的重要意义，认为小说家应

---

[1] ［英］A. 本涅特：《论小说写作技巧》，汪培基译，载王元春、钱中文主编《英国作家论文学》，生活·读书·新知三联书店1985年版，第383页。

[2] Arnold Bennett, *The Author's Craft*, London: Hodder & Stoughton, 1914, p. 14.

该既要视野开阔，也要眼光细腻地观察周围的一切，充分地感受外界带来的感官刺激，即通过对生活和艺术的敏锐感知来达到对生活的深入把握。左拉对观察的强调和重视更是如此。

在对生活的"观察"这一点上，自然主义作家以观察生活作为获得真实材料的基本途径，观察所得的琐屑、真实的生活细节构成了自然主义小说的基础材料。左拉提出的"实验小说"理论，其基本的出发点也是观察，如作家"必须观察，理解，创造。观察到一个事实便会迸发出一个要建立实验的思想，涌现出一部要写的小说，以求达到对真理的完全认识"①。正因为如此，考德威尔将贝内特视为"法国龚古尔式的现实主义以及那超然的、俨若神明的观察者"②。事实上，贝内特与左拉的自然主义更为靠近。无论是龚古尔兄弟还是左拉，他们对观察对象的侧重点虽有不同，但都无一例外地主张细致的观察是小说创作的前提。在观察生活这一点上，贝内特与自然主义作家可以说基本一致。如果说有什么不同，那就是在细节观察的程度上有所差别而已。

在观察与忠实地再现现实之间，贝内特对自然主义的真实持怀疑态度。在贝内特看来，若"认为'自然主义者'终于找到了确保忠实于生活的表现方式，这种观念是荒谬可笑的。'自然主义者'这个称号纯粹是表示自我满足的一个代词"③。事实证明，不仅对贝内特而言，对于许多作家包括自然主义作家来说，提倡真实与实现真实并不能等同，因为在文学文本与再现世界的二元关系中，真实与客观性、客观与真实性之间只会无限地接近，或许永远不可能重合。

---

① [法]左拉：《实验小说论》，吕永真译，载柳鸣九主编《自然主义》，中国社会科学出版社1988年版，第472页。

② [美]克里斯托弗·考德威尔：《浪漫主义与现实主义》，薛鸿时译，生活·读书·新知三联书店1988年版，第104—105页。

③ [英]A. 本涅特：《论小说写作技巧》，汪培基译，载王元春、钱中文主编《英国作家论文学》，生活·读书·新知三联书店1985年版，第394页。

第二，艺术家洞悉生活能力的关键在于观察生活的视角。在贝内特的表述中，所谓"视角"是指小说家在观察和表现生活时，不应该满足于记录有关生活的所有细节，而是要有所取舍和剪裁。以狄更斯为例，贝内特指出，狄更斯虽然能在穿过繁华街区后依然说出所有店铺招牌上的名字，但若"能减少他对琐碎、互不相关的细节的关注，他肯定能成为十分了不起的观察者"[1]。与强调观察视角相对应的是，贝内特强调重视小说展现生活的广度和深度，这一点其实是对观察视角在再现社会生活范围和程度上的延伸。之所以强调小说展现生活的广度和深度，原因正如贝内特所言，"如果小说家不能清晰地预见观察对象所处的广阔背景，那么，他就会丧失对事物相互作用和比例最为真实可信的认识，若没有了它们，所有的具体观察都会变得面目全非、隐晦模糊"[2]。在这一点上，贝内特与左拉颇为相似，只不过左拉强调对生活的重新发现，在最普通的生活中，通过观察重新发现诸多尚未得到认知、蕴含在卑微生活碎片中的现象。

第三，重视小说家的道德感对其观察能力的指导和约束作用。在贝内特看来，大多数时候普通人对生活的观察可能只是源于好奇，但是小说家则应该使自己的观察变为能够促成仁慈观念的一种道德行为。也就是说，小说家对生活和世界的观察不能仅仅出自好奇心，更主要的是能从自己的观察中发现、凝练能够可以作为小说道德主题的素材，并由此在小说中倡导和培养人们的善心。结合英国文学批评史就可看到，贝内特对小说道德教化功能的重视，与维多利亚时代英国小说重视道德的传统一脉相承，体现了他对小说创作功能的看法，与明确摒弃道德教化功能的自然主义明显不同。

第四，为了使小说能够帮助读者更好地观察生活、了解生活，小说创作中应该抛弃极端的个人主义倾向。针对当时英国小说中存

---

[1] Arnold Bennett, *The Author's Craft*, London: Hodder & Stoughton, 1914, p. 14.
[2] Arnold Bennett, *The Author's Craft*, London: Hodder & Stoughton, 1914, p. 20.

在的极端个人主义倾向，贝内特尖锐批评道："读者若发现某一人物被描写成如同生活在真空之中，或是置身于撒哈拉沙漠，或是孑然立于天地之间。他好像对外界全无反应，外界也好像不对他产生影响，似乎不参照任何外在于他的事物就能将其表现出来。然而，这样的小说怎能满足那些希望获得洞察生活能力，或者是已经获得该能力的读者的要求呢？"[①] 此段表述可见，贝内特十分重视读者的作用，主张小说应当帮助读者获得洞察生活的能力，通过对小说与自然、社会关系的倚重，进而加深读者对生活的认识。换句话说，贝内特对小说展示生活作用的强调，一方面是在很大程度上强调了作品的认知功能，重视读者对文学意义的参与；另一方面是小说家应能看到，由于不同的变革可以使人们形成不同的群体，由此而成为新群体中的一员，但不应以对个体的观察为旨归，目的是帮助读者客观地认识生活。在此基础上，贝内特对小说的功能和作用给予了强调，认为小说作为一种体裁，具有永远博大、包罗万象的优点。不论在何时，小说对真切生活形成灼热印象的传递方式，具有其他艺术形式不可匹敌的优势或特色，因为小说比别的任何艺术形式都要高明。对左拉而言，小说创作的一个基本功能就是认知功能，他认为许多事实都可以通过科学从而通过小说去认识。以此为出发点，左拉将小说写作类同于科学研究，将小说家看成学者，将作品文本看作研究材料。作家在研究时，只为提供材料，而结论应该由读者做出，实际上就是要让读者从研究材料中，即作品文本中去认知社会生活，并通过认知带来愉悦。通过比较可以看出，在小说的功能与读者地位方面，贝内特与左拉存在诸多相似之处，意味着存在一定的影响关系。

二 关于小说的情节结构

贝内特以小说家对生活的观察为基础，在小说的结构布局和情

[①] Arnold Bennett, *The Author's Craft*, London: Hodder & Stoughton, 1914, p. 24.

节设置等方面提出了自己的看法，主要体现在两个方面。

第一，贝内特将小说结构（构思）摆在小说艺术的首位。在贝内特看来，"被人忽视的小说家的写作技巧，其中更重要的部分是构思——或结构。这是小说艺术——一切艺术——中的一个组成部分，其重要性仅次于'灵感'"①。贝内特将小说的构思或者结构看作小说家的写作技巧，在这一点上，他与自然主义作家的观点有所不同，因为自然主义作家在理论上很少专门谈论小说写作的技巧问题，而侧重于方法论的探讨。

第二，在重视小说结构的基础上，贝内特注重小说的情节设置。在贝内特看来，"所有情节，即使在我们最神圣的当代自然主义作家的作品中的情节，都是而且必须是符合生活的传统与习惯。我们想象自己已经形成一种比前任更接近生活真实的程式"②。情节作为小说结构的重要组成部分，必须按照一定的程式来进行设置。这里所谓的"程式"主要指向小说情节的设置要符合生活的传统与习惯。在这一方面，贝内特提出了三个原则：一是作家在创作中应该有明确的故事中心，并且坚持这一故事中心，使其不断强化，即"小说故事中心得以保持，小说情节安排也相应合理……除此之外，再无判断作品结构优劣的其它标准"③。可以说，情节的安排合理与否是贝内特判断作品结构的唯一标准。二是情节的好坏取决于读者的阅读兴趣。贝内特指出，"我说的兴趣，是指故事本身，而不是指作者继续使用自己所写素材的兴趣。只要故事能够继续吸引读者的兴趣，故事的情节就是好的"④。基于此，贝内特将情节是否吸引读者的兴

---

① [英] A. 本涅特：《论小说写作技巧》，汪培基译，载王元春、钱中文主编《英国作家论文学》，生活·读书·新知三联书店1985年版，第391页。

② [英] A. 本涅特：《论小说写作技巧》，汪培基译，载王元春、钱中文主编《英国作家论文学》，生活·读书·新知三联书店1985年版，第394页。

③ Arnold Bennett, *The Author's Craft*, London: Hodder & Stoughton, 1914, pp. 55 - 56.

④ [英] A. 本涅特：《论小说写作技巧》，汪培基译，载王元春、钱中文主编《英国作家论文学》，生活·读书·新知三联书店1985年版，第393页。

趣作为判断小说优劣的重要标准。三是情节必须自始至终保持一贯性。贝内特认为，在小说和生活的关系方面，所有的情节安排都是生活的象征化，小说通篇的情节布局都必须与某一象征化传统保持一致。贝内特的这些观点表明，小说作为生活的模仿，只能对复杂的现实生活作某种象征化的描述，而永远无法超越生活。因而，尽管贝内特认为小说应努力表现社会生活的诸多方面，但就小说谋篇布局而言，他主张小说主题的一致性和艺术结构的整体性。显然，贝内特注重情节结构的主张与自然主义作家对待情节的态度不相一致。

从其观念主张可知，无论是福楼拜、龚古尔兄弟还是左拉等自然主义作家，都将"真实感"作为自己的艺术追求。从创作实践来看，由于自然主义作家以普通人特别是下层人民的生活为书写对象，不再以塑造人物典型为创作重点，因而较之传统文学那种史诗性、戏剧性的历史叙事，自然主义作品在故事情节上很少以虚构曲折故事、情节巧合等方式去吸引读者，而是有意无意地淡化情节，将作品的重心聚焦于客观的现实生活诸方面。如左拉的《小酒店》、龚古尔兄弟的《勾栏女丽莎》、莫泊桑的《一生》等作品都是以冷静真实的描写见长，注重对现实生活细节的详尽描写，而不注重细节描写与情节发展的直接关系，有时甚至抛开故事情节的进程而专注于某一事物的描写。如左拉在《娜娜》中对赛马的描写。不难看出，在小说情节结构上贝内特与自然主义作家的主张截然相反，这意味着贝内特并未受到自然主义的影响。

三 关于小说人物的塑造

贝内特曾指出："优秀小说的基础就是人物塑造。"[①] 他甚至认为，优秀的小说除了人物塑造外，再没有什么别的东西。源于此，

[①] ［英］伍尔夫：《论小说与小说家》，瞿世镜译，上海译文出版社2000年版，第292页。

在人物处理上，贝内特倡导以极大的热情和"同情心"去对待小说人物，即"必须以更大的同情来表现这些人物，无论是圣徒还是罪人。如果做不到这一点，作者的灵感就有问题"①。贝内特将人物塑造作为评价小说的主要标准，由此观念出发，贝内特塑造了许多性格迥异的人物形象，同时也强调"人物必须符合惯例"②。实际上，评价小说的标准多元多样，人物塑造也各式各样，贝内特"人物必须符合惯例"的观念其实是一种模式化和程式化的写作方式。毫无疑问，这种只从人物性格出发的程式化方式，虽然可以较详尽地通过细节描述人物性格的发展变化，但不能深入人物的心理内部，缺乏对人物心理世界的描述，使人物在审美效果上缺乏一定的深度。

有研究指出，贝内特小说的"女主人公不是轻松自在，便是任性固执；上了年纪的妇人不是饱受生活的挫折，便是精明能干，动辄发号施令；年轻的男子往往羞怯而感情上受到压抑；中年男子小心翼翼而多愁善感、想入非非；老头则高傲、诡诈而不可轻信"③。此论言之有理，但唯一不足的是将人物的性格与环境割裂开来，贝内特小说人物的性格是天生俱来的，还是受到环境的影响而形成的，这是考察人物塑造和分析人物时需要面对的问题之一。贝内特的《老妇谭》《五镇的安娜》《克雷亨格》等作品以记录式的现实主义手法，借鉴自然主义的创作风格对人物进行客观描写。相似的是，自然主义文学同样注重人物塑造，只不过在理论上没有像贝内特那样明确地强调其重要性，而是提出了独特的人学观，即自然主义文学一方面将人当作科学研究的对象，注重对人物的生理机能和遗传变化的观察和研究。另一方面，自然主义文学又将具有血肉生灵的人放置在特定的时代环境和社会关系之中，注重表现人物的生理欲

---

① [英] A. 本涅特：《论小说写作技巧》，汪培基译，载王元春、钱中文主编《英国作家论文学》，生活·读书·新知三联书店1985年版，第392页。

② Arnold Bennett, *Novelists on the Novel*, Miriam Allott ed., London: Routledge & Kegan Paul, 1965, p.290.

③ 侯维瑞主编：《现代英国小说史》，上海外语教育出版社1985年版，第104页。

望的发展变化,由此再现特定时代人物的真实面貌与社会风貌。对小说人物的探讨既体现了对文学创作和作品主体的关注,也反映了对特定历史时期人的各种存在境遇的思考。由上可见,贝内特和自然主义作家关于人物塑造的立足点不同,在人物塑造方面显然不存在影响关系。

四 关于小说的审美原则

贝内特在主张全方位表现生活的同时,提出了小说创作遵循的审美原则问题,主要有以下两个方面。

第一,主张小说家努力捕捉和表现生活中尚未发现的"美",因为小说要使读者的审美观变得更加敏锐。对此,贝内特以同时代的英国作家吉辛和法国自然主义作家于斯曼为例,对"美"作了颇具现代意味的阐释。在贝内特看来,吉辛"在别的艺术家尚未严肃审视过的生存方式中看到了清晰、未被发现的美";于斯曼的作品一度被指责是"平庸日常生活的肮脏与丑陋的再现",但实际上却具备一种"独一无二的魅力"[①]。贝内特的评价反映出在当时的社会文化语境下,在其他作家遭受作品缺乏美感的非议中,上述两位作家却在他人未所见、在丑陋中发现了艺术的"美",使读者获得了艺术美感。

第二,日常生活的琐碎、肮脏的方面也可作为小说表现的对象。在贝内特看来,小说家在表现日常生活的阴暗面时,其表现手法至关重要,因为"当一桩丑恶事件(或暴力事件)的缘起和它在小说通篇布局中的合理性开始为读者理解时,它便获得了艺术美感"[②]。也就是说,小说可以表现肮脏、丑陋的生活场景,但小说家必须超越生活,尝试发掘平庸的日常生活所蕴含的艺术感染力。

[①] Arnold Bennett, *The Author's Craft*, London: Hodder & Stoughton, 1914, pp. 42 – 43.

[②] Arnold Bennett, *The Author's Craft*, London: Hodder & Stoughton, 1914, p. 18.

反观左拉，左拉在理论实践中将"丑"发扬光大，侧重于对丑陋、粗俗现象的细节描写，真实地再现现实中的丑，并借此通过扩大文学题材和写实的描写方式，从丑恶中升华出艺术美，深入挖掘丑陋现象背后的内在缘由。贝内特的上述观点，既与自然主义作家主张丑陋的审美原则一致，也是对维多利亚时代审美原则的一种挑战。在审美层面上，贝内特与左拉的相似之处，意味着自然主义可能对贝内特的小说观有所影响。

第二节　毛姆的文艺思想与自然主义

毛姆在文艺思想方面既没有系统的文艺批评著述，也没有专门论述自然主义的相关篇章，其文艺观点大多散见于《总结》《毛姆读书笔记》等文艺随笔、日记中。毛姆的文艺思想是否同样与自然主义存在一定的契合点？若有，相似的契合点又具体表现在哪些层面？可从以下三个层面展开论述。

一　追求文本的客观性

毛姆声称，自己"一直是根据活生生的模特儿进行创作的"[1]，他所谓的"真实"就是读者认可、可行的事实，而不是对现实生活的表面现象作镜子式的写照。与自然主义追求的全面真实不同，毛姆对生活原材料有所选择，并且反对将作家简单地看作摄影师。在毛姆看来，莫泊桑"是个自然主义者，一味追求真实，而他那种真实，今天看来却不免有点肤浅"[2]。因而毛姆将小说家视为艺术家，认为在文学创作中对生活进行适当的艺术处理是必要的，但小说艺术不应该是照相机式的复制，而是尽可能地接近生活，得到读者的

---

[1]　[英]毛姆：《总结》，孙戈译，译林出版社2012年版，第65页。
[2]　[英]毛姆：《毛姆读书笔记》，刘文荣译，上海三联书店2011年版，第184—185页。

认可。毛姆对文本真实性的注重，其根源在于他在想象力方面的相对缺乏。毛姆坦言，"尽管我有种种创作，也并不奇怪，因为这是人类多样性的产物，但我的想象力较为贫乏"①。"《人性枷锁》里的主角，那位跛足的医科学生菲利普……那里没有好也没有坏，只有事实，这就是生活。"② "毛姆写东西不大爱用激烈、愤懑之词，却一如他是实习医生一样，惯于在显微镜下检视微生物。"③ 具体而言，毛姆达到文本客观性的一个重要方法，就是忠实客观地记录事实，尽量或者完全不使用形容词，坚决剔除华而不实的浮夸辞藻，尽量摒弃矫揉造作的写作方式，以简洁直白的书写呈现客观事物。英国批评家爱德华·加内特（Edward Garnett，1868—1937）评价毛姆的《兰贝斯的丽莎》时说，"这本书是客观的，这一肮脏地区的氛围和环境丝毫没有被夸张"④。即使如此，毛姆对自然主义观察世界方法的认同，并不意味着他对自然主义主张的那种绝对客观完全赞成，因为小说的绝对客观既不可能也无法完全实现。毛姆主张的"真实"，意在表现现实生活时应注重主体反映生活的逻辑性，符合现实生活的特征。简而言之，就是对客观世界的摹仿要达到艺术的真实，追求自然主义式的那种"真实感"。

二 注重故事的情节性

在《论小说》一文中，莫泊桑认为，情节与结构是小说的重要构成因素。以莫泊桑为师，毛姆非常注重情节，他认为，"情节是引导读者兴趣的一条线。情节在小说中可能是最重要的，因为通过兴趣的指引，读者才能一页页地看下去，并且通过兴趣的指引，作者

---

① ［英］毛姆：《总结》，孙戈译，译林出版社2012年版，第80页。

② ［法］波伊尔：《天堂之魔——毛姆传》，梁识梅译，中国文联出版公司1987年版，第20页。

③ ［美］特德·摩根：《人世的挑剔者——毛姆传》，梅影等译，湖南人民出版社1986年版，第52页。

④ Robert Calder, *Willie, the life of Somerset Maugham*, London: Heinemann Press, 1989, p. 50.

才能达到他们所期望的那种情绪"①。在毛姆看来，小说创作若没有生动的情节就很难吸引读者去阅读，没有适当的情节人物性格就难以凸显。小说创作若没有精心安排结构，在整体结构上就会零散而缺失美感，就会影响到故事情节的展开与人物性格的展示。实际上，莫泊桑所言的"情节结构"与毛姆所言的"故事讲述"在一定程度上是相辅相成的。曲折多变的情节、多姿多彩的故事是毛姆小说创作的追求和乐趣之一，也是其小说艺术的一个鲜明特色。

在故事情节的完整性方面，莫泊桑认为，当艺术家在确定了写作主题后，就需要在繁多无序的生活中挑拣有用的材料，摒弃那些对主题无用或者没有实际意义的细枝末节。毛姆认同莫泊桑的观点，主张情节的完整性和连贯性："故事就应该像亚里士多德的悲剧一样有开头、高潮和结尾。"② 在毛姆看来，一个故事的完整性，就在于在故事结束或一切揭晓的时候，故事所涉及的人物、疑问等已经全部展示交代清楚。一个故事的连贯性，就在于故事应关注人物自然的发展，应有充足的材料呈现主题的多种可能性。这样，故事情节在叙事结构层面的设置，一方面可以充分展示作品的主题意义，提升作品的可读性；另一方面可以充分地发挥故事情节的戏剧化作用，提升作品的整体价值。对此，毛姆对莫泊桑敬佩不已，认为没有人能超越莫泊桑，因为莫泊桑小说那清晰直接、具有艺术质感的情节结构方式，能够展现最大的戏剧价值。故此，受到莫泊桑的影响，与情节相对松散的自然主义作品相比，毛姆关心的显然不是内容的庞杂无序，而是注重情节故事的曲折离奇、悬念设置，以取得戏剧性效果。

三 提倡文学的娱乐性

在毛姆的观念中，"小说家的目的不是教育，而是娱乐"③。也就

---

① W. Somerset Maugham, *The Summing Up*, London: Pan Books Ltd., 1976, p. 147.
② W. Somerset Maugham, *Of Human Bondage*, New York: New American Library, 1991, p. 127.
③ [英]毛姆：《毛姆读书笔记》，刘文荣译，上海三联书店2011年版，第12页。

是说，如果将小说看作一种艺术形式的话，那么它的目的就在于娱乐，而不是向读者灌输作家的思想观念。究其原因，艺术的主要目的之一，就是读者在阅读小说的过程中获得审美享受和愉悦体验。反之，若不将小说看作一种艺术形式，那么它的目的就如同教科书一样在于宣导教育，而"把小说当成布道场所或者课堂，那是一种陋习"①。作为职业作家的毛姆，深知文学作品价值的实现，需要读者的参与。丰富的故事情节、叙事手法、语言表达等都是为提升阅读趣味、为读者提供欢乐效果而服务的。重视文学的愉悦功能，实际上就是重视作品的可读性，阅读小说的目的就在于获得乐趣。如若不能，小说对读者而言就毫无意义可言。

1956年4月，毛姆给费利克斯·马蒂-伊本涅茨的信中说："我认为小说家最好把科学留给科学家，经济学留给经济学家，哲学留给哲学家。"②毛姆主张各司其职，意在表明不应将小说作为道德说教的"传声筒"或者"讲习台"，而是以客观性为标准，尽量以不偏不倚的态度，倾向于让读者自己去感悟和体会。因为说教既会令读者烦躁，也会使作品显得冗长乏味，弱化小说的连贯性和可读性。毛姆的这一主张与左拉、莫泊桑颇为相似。左拉曾在《巴尔扎克和我的区别》一文中坦言，"我不想像巴尔扎克似的要决定哪一种制度应当是人类生活的制度，我不要做政治家、道德家、哲学家，我只要做一个学者就满意了"③。左拉所言，在表明自己与巴尔扎克不同的同时，彰显了客观性的中立态度。相较而言，毛姆主张的"把科学留给科学家，经济学留给经济学家，哲学留给哲学家"的观念，与左拉上述所言可谓一脉相承，只不过毛姆更加重视小说的娱乐功能。而莫泊桑主张在创作中不介入、不评价的客观书写，反对

---

① [英]毛姆：《毛姆读书笔记》，刘文荣译，上海三联书店2011年版，第11页。
② [美]特德·摩根：《人世的挑剔者——毛姆传》，梅影等译，湖南人民出版社1986年版，第643页。
③ [法]左拉：《巴尔扎克和我的区别》，王振孙译，载朱雯等编选《文学中的自然主义》，上海文艺出版社1992年版，第292页。

直接矫情的自我主义和道德宣导者，显然与毛姆的客观性立场别无二致。可以断言，毛姆多次宣称艺术的目的在于娱乐，而不是在小说中向读者进行道德教化和思想灌输，其想要声明的是，不应将文学的社会批判功能作为小说创作的主要目的。在这一点上，毛姆与自然主义作家异曲同工，但与自然主义对小说认知功能的强调不同，毛姆对小说娱乐功能的格外注重反映出他对读者受众的重视。

第三节　吉辛的创作观点与自然主义

吉辛虽未发表过关于小说理论的专门著述，但在他的小说中依然可以找到与自然主义有关的思想踪迹。在小说中，吉辛往往借人物之口来讨论小说的观念问题。如在《无阶级者》中，借主人公魏玛克之口，吉辛表达了自己对小说题材的看法："说实在的，只写日常小事的小说现在已经过时了。我们必须挖掘得更深入一点，以挖掘到过去还没有人接触过的社会层面。狄更斯曾想这样做，但他没有勇气把这样的东西交给他的读者；他的连载小说大多是供一家人茶余饭后阅读。然而，我敢保证，我的书不会那么轻松愉快和纯洁无瑕。"[1] 在其简单的表述中不难看出，吉辛在题材上与自然主义的艺术追求一致的地方，就在于扩大了文学描写的领域，挖掘尚未接触的社会层面，在现实主义创作的基础上，拓展读者的期待视野和审美视域。在《新寒士街》中，吉辛塑造了一位为艺术理想而忍饥挨饿的作家毕芬。借毕芬之口，吉辛在小说中谈到了关于小说的看法。由于《新寒士街》是根据吉辛自身经历创作的而具有一定的自传性质，在某种程度上可以将毕芬对小说的看法视为吉辛小说主张的委婉表达。不妨摘录其中片段来看：

我想出的一个新的表达方法，即我真正想要追求的是一种

---

[1] George Gissing, *Unclassed*, London: Edward Arnold Press, 1946, p. 273.

表现低贱生活的、绝对的现实主义。就我的理解，这方面是一个全新的领域，还没有哪个作家曾严肃认真地处理过这种平常而卑微的世俗生活。左拉曾经写过一些精致的悲剧，但他笔下即使是最下贱的人物，也因为经过想象的戏剧处理而仍然显得有点英雄气。我所要做的，就在于描述那些在本质上即使彻底是无英雄气的平民，记录那些受粗俗环境支配的大多数人的日常生活……这样的结果不免会有点枯燥乏味。然而，准确地说，枯燥乏味本来就是低贱生活的标志……当然，我所说的，它的效果只有一般读者才能体会到。我所要坚持的，就是要把琐碎小事对人的致命影响表现出来。不过，至今尚无人敢于这样认真实践。[1]

在此，毕芬关于小说写作理念的陈述，可以看作吉辛对自然主义的一种理解。尤其是"绝对的现实主义"的表述，与自然主义观念可谓一脉相承。之所以如此，究其根底，源自自然主义的"非个人化"叙述原则。要达到"非个人化"，需要做到三个方面，一是杜绝作者的议论，避免随意结论；二是杜绝作者的说教，放弃道德说教；三是杜绝情感泛滥，拒绝主观倾向。[2] 若细读福楼拜的《包法利夫人》、左拉的《戴蕾丝·拉甘》《萌芽》《小酒店》、莫泊桑的《一生》等作品就会发现，"非个人化"作为自然主义小说叙事立场的指称，其实是对外部世界存在状态的一种确认，与指称外部世界的客观性一脉相承，其目的在于保持一种中立的叙事态度。

然而，在实际创作中，其实没有哪位作家可以做到百分之百或者绝对的"非个人化"。因为没有叙述可以达到绝对客观，即使是以追求客观为目标的文学创作，都不可能不对现实生活材料进行选择、

---

[1] George Gissing, *New Grub Street*, London: Macmillan, 1978, p. 195.
[2] 参见曾繁亭《"真实感"——重新解读左拉的自然主义文论》，《外国文学评论》2009年第4期。

加工。因此，任何宣扬写实的流派或追求纯粹写实的文本都不会是绝对客观的，许多作家孜孜追求的客观与写实，只不过是其效果的最大化呈现，正如有学者指出："文学本质上是一种具有态度性、选择性和评价性的精神现象；不存在无态度的文学，只存在态度内敛或外显、正常或病态的文学。"[1] 其中除了文学创作不可或缺的情感维度之外，还在于创作过程的主观性因素，因为作家创作的过程往往包含着作家无法掌控和企及的个人因素，因而作家的影子并不能完全或彻底地从其作品中消失，作家的用字遣词方面更无法超然于作者自身而存在，作家的影子在字里行间也就不免间或可闻。在此意义上说，尽管吉辛所主张的"绝对的现实主义"与自然主义的"非个人化"主张相类似，但"非个人化"不等于绝对的真实，"绝对的现实主义"也不等于绝对的"非个人化"，在具体操作中也就难以完全实现。事实的确如此，吉辛在《新寒士街》中并没有真正地做到毕芬口中所谓的"绝对的现实主义"。诸如，《新寒士街》中里尔登和艾米的婚姻生活除了贫穷之外，还隐含着无法掩盖的对美好生活的向往之情。

与自然主义"非个人化"叙事相似的是，吉辛的"绝对的现实主义"还是架起了自然与客观性的桥梁，打通了文本客观效果和作家中立立场的两极。实际上，作家的创作过程基本上是"非个人化"和"个人化"共同交织的过程，因而作家的理论主张和创作实践存在距离实属正常，甚至是普遍的文学现象。而吉辛之所以坚持比现实主义更彻底的客观性，主张将现实主义绝对化，坚定不移地坚持写实的文学手法，是因为吉辛对文学创作在功能和态度上有了新的认识。在吉辛看来，"绝对的现实主义"之所以是全新的，就在于左拉的那些悲剧性作品里，粗俗人物仍然具有想象的成分，仍然凸显着英雄的气质。吉辛所要书写的则是那些在本质上不算英雄的平民，所要描绘的是那些受粗俗环境支配的大多数人的日常生活，将枯燥

---

[1] 李建军：《文学的态度》，作家出版社2011年版，第1页。

乏味看作低贱生活的标志。相比于左拉，狄更斯虽然意识到了这种书写的可能性，但没有付诸实践，而是一方面追求情节跌宕，另一方面追求幽默效果。因而，在吉辛眼中，维多利亚时代的英国作家中尚没有哪个作家以忠实和严肃的态度对待普通的世俗生活。吉辛所要做的就是在忠实报道的基础上，不作丝毫掺杂个人观点的立体描写，这样读者才能体验到写作的真实感。

不容忽视的是，吉辛的专著《狄更斯研究》（*Charles Dickens: A Critical Study*, 1898），观点新颖，见解独到。英国《泰晤士报文学副刊》（*Times Literary Supplement*）认为，《狄更斯研究》是"迄今为止最好的一部狄更斯评著"[①]。从中我们可以窥到吉辛关于小说艺术的主张。譬如，关于"真实"的问题，吉辛指出，所谓"真实"就是在作家头脑中产生的印象，而作家存在的唯一理由，就在于完全忠实地表达这一印象。与"绝对的现实主义"类似，吉辛的"真实"实际上也并非完全客观，只是传达出印象的真实感而已。因此，在"真实"层面上，有人认为，吉辛的创作追求的是一种"心理的现实主义"而非"绝对的现实主义"。这种说法有一定的道理。如果与左拉的"非个人化"相类比的话，"心理的现实主义"可以看作对自然主义"非人化叙述"与"个性表现"（或者"想象"）的融会贯通。在吉辛看来，小说的真实性不在于故事情节和艺术结构，而在于人物的境遇和命运走向。基于此，吉辛在作品中，特别是在其早期作品中常常以不同的形式表达同一主题的不同层面，例如，他描绘了在贫富差距中挣扎生存的文人作家或中产阶级。这种做法源自吉辛面对社会现实时所持的悲观态度，或者更确切地说，来自吉辛自身的生存境遇和深刻体悟。在《无阶级者》中，吉辛就曾借主人公威马克之口指出："为劳苦大众着想的热情，实际上什么也不算，不过是为我饥渴的欲望而伪装出来的热情……尽管我将自己归

[①] John Halperin, *Gissing: A Life in Books*, Oxford: Oxford University Press, 1982, p. 1.

人贫困愚昧者的行列，但我并不把他们的事看作是我自己的事，而是把我自己的事也看作是他们的事。"① 据此不难发现，吉辛作品中主人公的诸多经历如社会的歧视、恋爱的不幸和婚姻的错误等，无不是吉辛自身遭遇的真实写照。

与左拉自然主义不同的是，吉辛的"心理的现实主义"在关注小说真实性的基础上，聚焦于富人和穷人的二元对立层面，这既源自吉辛的生命体验，也可归因于吉辛的艺术追求。在吉辛眼中，富人和穷人分属两个不同的世界，相互之间难以沟通，且受到外部环境的制约。更重要的是，这种制约并不仅仅局限于生理层面，而是从生理到心理、从外在到内在的动态影响。正如吉辛所言："生理学家应该能够发现，拿一个从来不需为生活费用发愁的人和一个从来需要为生活费用发愁的人相比，他们的大脑一定有某种惊人的差异。这是因为，我相信长期贫困造成的精神苦痛，很大程度上会使人的大脑产生某种特殊变化。"② 故此，在吉辛笔下，我们常常能看到金钱往往成为影响人心善恶的关键因素，而理想主义的社会改革家远不如忍辱负重、克己尽善的人。

概括来说，无论是"绝对的现实主义"还是"心理的现实主义"等，吉辛的创作主张既体现出左拉等自然主义的影响，也彰显出他的文学追求和审美倾向。吉辛在生活体验中发现了其他作家未曾发现过的"美"。因而，在《新寒士街》中，吉辛"以强有力的现实主义手法描绘了人类生活的阴暗面"③，将众多文人置于贫民窟的环境之中，饱含深情地描写贫民生活，逼真地再现"低贱生活"，展示破败不堪的屋子和穷困潦倒的文人作家，描绘屋中的阵阵臭气和穷困者身上的酸臭味，凸显出伦敦底层社会物质和精神的贫困。这些情形的书写来自吉辛"绝对的现实主义"的观念，也来自自然

---

① George Gissing, *Unclassed*, London: Edward Arnold Press, 1946, p. 287.
② George Gissing, *New Grub Street*, London: Macmillan, 1978, p. 233.
③ Lewis D. Moore, *The Fiction of George Gissing: A Critical Analysis*, London: McFarland & Company, 2008, p. 9.

主义作家的影响。吉辛在年轻时就立志要像巴尔扎克一样写书,但与巴尔扎克相比,吉辛在文学史上不免逊色。然而,吉辛独特的艺术体验和文学主张可以算得上是英国文学的一股新流。在维多利亚时代的英国作家中,吉辛塑造的下层贫民形象,充分地捕捉到了伦敦生活的阴暗面和现实气息,丰富了19世纪后期英国文学的创作形式。

第四节　莫尔的艺术观念与自然主义

在诗学层面上,莫尔并没有较为系统的理论建树,他的文学理念和艺术观念大多散见于《巴黎,巴黎》①《埃伯利街谈话录》等回忆录中,内容涉及艺术与自然的关系、作家艺术家的思想观念、文学艺术流派等,体现出莫尔对同时代文学艺术的态度和倾向。譬如,在《我的死了的生活的回忆》一书中,莫尔采用自然主义纯客观的叙述方式和意识流的情感描写方式,将自己生活中难忘的情感事件展露给读者,并在描述自己精神追求矛盾和艺术生活困惑的同时,记录了维多利亚时代英国作家的生活创作情况,评述了他们的生活观、艺术观及其文学史意义。再如,作为莫尔青年时期的回忆性记录,《巴黎,巴黎》一书回忆了莫尔在巴黎和爱尔兰度过的艺术生活,记录了莫尔从对艺术的懵懂向往到形成自我风格的艺术历程,记载了巴黎艺术界的风风雨雨、轶事典故等,涉及的文学艺术流派有唯美主义、自然主义、象征主义、印象主义、意识流、现实主义等,并对当时与莫尔有过交往的一些著名作家、艺术家及其作品进行了评价。通过这些回忆性记录,从中既可以了解到莫尔文学思想的变化,也可以了解到维多利亚时代欧洲文学艺术的发展变迁,更重要的是可以发现莫尔与自然主义及其他艺术流派之间的诗学渊源。

---

① 《巴黎,巴黎》全书分为两部,第一部为《宣言》,第二部为《一个青年的自白》。《一个青年的自白》已有中文单行译本。

莫尔在创作中运用自然主义手法，既源于自然主义艺术形式所具有的吸引力，同时也源于他对当时英国的文学创作不甚满意。在《一个青年的自白》中，莫尔就表达过对时代生活的不满，这影响了莫尔对小说的看法。在莫尔看来，当时的英国小说主要有两方面的不足：一是英语小说结尾缺乏明确性，对主题的处理显得执拗不明，即"英语小说的结尾从不直接明确；作者不是突然转向主题就把结果脱口说出，或者就是伸出他们的脚趾，把主题拨弄出来"[1]。二是英国小说缺乏严肃性，时常给人轻浮浅陋、感伤华丽的感觉，即"英国小说时而轻浮时而浅陋，时而感伤时而博学时而华丽，但从来都不严肃！"[2] 对此，莫尔在回顾英国小说的历史时曾说："愚蠢、无知、感伤的英国小说要转变得博学和壮丽，除了严肃，别无他途！"[3] 莫尔认为，散文文学要走向成熟，"就要让散文的主题必须经常是，也许在很大程度上是对社会生活进行描写"[4]。因此，莫尔主张更简洁、直接而严肃的现实主义方法，他对英国文学的评价有些苛刻甚至武断，但在某种程度上却体现出莫尔对文学传统进行创新的尝试。

与大多数英国作家和批评家不同，莫尔认为，文学作品的最佳裁判不是批评家，也不是读者，而是画家。当然，画家也有可能是批评家，但莫尔特别强调文学作品的最佳评判者是画家这一身份，显然与莫尔的学画经历有关。莫尔将文学创作和绘画技法糅合在一起，是想让文学创作体现出绘画特别是印象主义、唯美主义的艺术效果，这与左拉、龚古尔兄弟在这方面的观念和实践具有异曲同工之妙。正是受到绘画观念的影响，莫尔对自然主义如此评价道：

---

[1] [英]乔治·摩尔：《一个青年的自白》，孙宜学译，江苏教育出版社2005年版，第7页。

[2] [英]乔治·摩尔：《一个青年的自白》，孙宜学译，江苏教育出版社2005年版，第7页。

[3] George Moore, *Avowals*, Edinburgh: The University Press, 1919, p. 15.

[4] George Moore, *Avowals*, Edinburgh: The University Press, 1919, p. 15.

自然主义者影响了绘画艺术，象征主义者影响了音乐艺术；自象征主义者以后就再也没有什么艺术形式出现了——游戏已经玩完了。当于斯曼、保罗和我自己都已死了时，如果还有谁要写一部自然主义小说，恐怕和复活大懒兽一样是不可能的了。埃纳克又在哪里？但莫奈不再人世时，如果还有谁要再画一幅印象主义的作品，恐怕和复活鱼龙一样是不可能的了。每一种小规模的思想运动都只能独领风骚5—20年，随后再出现的就难以让人理解了，就像莫奈、柯罗说的那样……昨晚滑稽歌剧的音乐就是新一代的吗？如果是的，我就要真感到遗憾了。①

在此，莫尔将自然主义作为创作的养分而不是一种教条，这是后来莫尔创作能够取得成功的原因之一，但更为重要的是，莫尔主张以文学之外的艺术眼光，以第三种批评身份介入和评判文学作品，集中体现了莫尔文艺主张的跨界立场。

在关于"什么是艺术"的界定问题上，莫尔对托尔斯泰关于艺术的界定，即将艺术界定为人们将感情传递给他人媒介的说法不甚满意。②这是因为，莫尔认为，若有人用力踩在自己的脚趾上，尽管算是传递了一种感情，但不能说是创作了一件艺术品。在莫尔看来，关于什么是艺术的界定，问题的根本不在于艺术是什么，而在于如何探究艺术的起源。对此问题，莫尔给出了一整段较为详细的解释：

人类有模仿自然的本能欲望。实际上，如果你愿意，你可以在我面前扔一块绊脚石，说艺术的源头可以在迷信中找到，就像山洞中的人之所以能画出美妙的鹿和马的图像，就是因为相信画动物就意味着把它推向死亡。但我只将这归因于科学心

---

① ［英］乔治·莫尔：《我的死了的生活的回忆》，孙宜学译，广西师范大学出版社2001年版，第52页。
② ［英］乔治·摩尔：《一个青年的自白》，孙宜学译，江苏教育出版社2005年版，第205页。

理，因为在我们收集的史前画中，有一幅是关于家庭妇女的，我们不能说画这幅画是为了让他被杀掉或吃掉。……因为亚述先于埃及，艺术在向西发展的过程中趋向于自然主义。①

在莫尔眼中，艺术来自人类模仿自然的本能欲望，且随着社会历史的差异而不同。反观自然主义，在左拉看来，艺术像其他一切事物一样，是人类的一种分泌物，并随着时代环境、社会条件的变化而变化。若将莫尔和左拉的艺术观念进行比较可见，他们关于艺术的认知都以模仿自然为基础，艺术总是与对自然的模仿联系在一起。不同的地方在于，莫尔的艺术观与科学的心理有关，认为模仿自然的本能可归因于科学的心理，而左拉的艺术观与生理有关，认为艺术是通过艺术家的气质看到的自然一角而已。

在艺术与自然的关系方面，莫尔认为，艺术家的特权就在于如何处理艺术与自然的关系。何以如此？莫尔给出的解释是，"因为艺术不是自然，所以艺术就是艺术，自然不是艺术，因为艺术……自然不是艺术，因为它是自然……艺术不是自然，因为……是的，因为艺术家自然的创造和生动的创造的……"② 莫尔对艺术与自然之间关系的认识是深刻的。莫尔之所以着重强调自然：一是因为他看到机器文明正在日益取代艺术的灵感，而眼下的时代是一个没有艺术的时代。在这样的时代背景下，机器文明对文学、绘画等艺术领域产生了明显的影响。莫尔的突破就在于，他敏锐地发现，"1884年开始的回归自然的运动是由维多利亚令人窒息的气氛造成的"③。二是在莫尔看来，"自然"是伟大艺术的源泉，艺术若没有源于自然的

---

① [英]乔治·摩尔：《一个青年的自白》，孙宜学译，江苏教育出版社2005年版，第205页。
② [英]乔治·摩尔：《一个青年的自白》，孙宜学译，江苏教育出版社2005年版，第215页。
③ [英]乔治·摩尔：《一个青年的自白》，孙宜学译，江苏教育出版社2005年版，第71页。

情感，就不可能触及艺术的真正源泉，也就不可能创作出真正的文学艺术作品。也就是说，艺术并非取决于和谐与对称，而是来自触觉，若没有触觉，就没有绘画、文学、音乐等艺术。因此，莫尔向往文艺复兴时期艺术家无拘无束的创作活力，向往前拉斐尔派的艺术创造力，向往密莱西、米勒、罗塞蒂对艺术的独特理解。在此基础上，莫尔主张一切都应该返回自然，认为"自然"才是最伟大的艺术。这与左拉"自然主义就是返回自然"的主张殊途同归。

此外，莫尔对巴尔扎克、托尔斯泰、佩特、狄更斯、屠格涅夫等作家都进行过独到的评价，并自信地宣称，"虽然目前自然与艺术的和谐暂时消失了，但不久这种和谐就会重现"[1]。据此可知，莫尔对英国文学的转型持乐观态度，但同时也反映出莫尔文学创作的困惑所在，彰显出莫尔艺术观的复杂多元性。这种情形正如有学者指出的那样，"他一生的创作表现出了至少七种明显的文学风格，虽然他晚年最终形成了自己独特的文学风格"[2]。这一评价会让人产生这样一种印象，即莫尔的艺术观好像什么也不是，又好像什么都有所涉及，时常在是与不是之间摇摆。何以如此？一些学者将其归因于莫尔性格中彼此冲突的各种冲动或者时有发生的言行失常。诚然，一个作家的思想与其性格不无关系，但究其根底，面对英国社会的转型，莫尔对艺术的热爱突出地表现在他把艺术探索看得比实践本身更重要，莫尔在艺术上所进行的探索和文学上的自我革命，在某种程度上体现了过渡转型时期的文学追求和审美期待。

第五节　哈代的文学主张与自然主义

哈代关于文学创作的专门论述较少，大多散见于他的文学笔记、

---

[1] 孙宜学：《序》，载［英］乔治·摩尔《一个青年的自白》，孙宜学译，江苏教育出版社2005年版，第2页。
[2] 孙宜学：《序》，载［英］乔治·摩尔：《巴黎，巴黎》，孙宜学译，重庆大学出版社2012年版，第6页。

书信及作品序言中。1890年1月,哈代发表了题为《英国小说中的真实坦率》的文章。1891年4月,哈代发表了题为《小说科学》的文章。这两篇文章是哈代关于文学创作方面的重要理论文章,内容涉及小说的真实、小说与科学、小说的表现形态等方面。这两篇文章的发表时间正好处于自然主义文学在英国传播的时期,结合哈代的日记、笔记、书信等来看,哈代在这两篇文章中表述的观点是否与自然主义有相似的地方?或者说是否能从中判断哈代的文学主张受到自然主义的影响?探究这些问题,可以解答哈代与自然主义影响关系的疑惑。

一 关于小说与真实

在《英国小说中的真实坦率》一文中,哈代针对维多利亚时代浮夸虚伪的文学创作尖锐地指出:"英国小说中充斥了那样多的冒牌货,其症结所在就是这种对自生自发的事物进行干扰而引起的自我意识,就是这种为了适应环境而进行妥协的目的……这一点我可以斗胆提出怀疑。"[①] 提出怀疑的原因在于,哈代将文学作品分为两种,即坦诚的文学和虚假的文学,前者注重表现真实深刻的现实生活,后者则将一味地粉饰现实和掩盖生活作为宗旨。基于此,哈代敏锐地认识到,当时虚假文学的流行主要源自连载期刊和流动图书馆的运作。

针对文学界的虚假之风,哈代主张"精准确切的描写",反对"幼稚琐碎的编造"。在哈代看来,艺术既要忠于现实又要高于现实,当作家"在再现世界时,各种情感都应像它们在现实世界的实际情形一样恰如其分","要比历史和自然更真实"[②]。在当时来看,哈代的这一现实主义观点颇有见地。针对坦诚文学所处的困境,哈

[①] [英]哈代:《英国小说中的真实坦率》,张玲译,载《文艺理论译丛》(3),中国文联出版公司1985年版,第279页。

[②] F. Emily Hardy, *The Life of Thomas Hardy 1840 – 1928*, London: Macmillan & Co. Ltd., 1962, p.229.

代提出了两条解决途径：一是改革出版制度，允许以不同读者为对象的杂志自由出版；二是文学创作应该"反映生活、暴露生活和批判生活"①。如何才能真实地再现生活？哈代认为，除了作家应当真正地掌握生活，还应注意透过事物的表面深入内部，而不应满足于照搬生活的表面。如哈代曾在1866年写道："我的艺术即是加强事物的表现力……使它们内部的本质意义完整生动地表达出来。"②哈代的意思是说，艺术家所要解决的是如何在创作中既能忠实于生活，又能吸引读者的问题。为了解决这一难题，哈代以普通人的平淡生活为聚焦点，主张"人类精神和肉体方面非同寻常的爱情"。这里所谓"非同寻常"指的是事件，而非人性，因为"人性绝不可以是变态的，否则就会失去可信性"③。哈代的主张很明显，即普通人的生活也许会很平淡，但作家只有在平凡与不平凡之间、在人类精神和肉体之间寻求某种平衡，这样才能够既提升作品的现实性，又可以引起读者的兴趣。

综上所述，哈代所谓的"真实坦率"，实际上就是反对虚伪，不要虚伪，即以真诚的创作态度、真实的艺术手法来对抗当时英国小说的浮夸之风。哈代提出的"真实"具有两层含义：一是真诚，与虚伪相对应，侧重于形态；二是写实，与虚构相对应，侧重于效果。大致看来，哈代关于小说真实的观点更接近于传统现实主义，因为早在哈代创作小说之前，他就对现实主义艺术有所接触和理解，并被狄更斯和萨克雷的现实主义作品所吸引，在小说创作中对真实的追求意图可见一斑。

在关于小说的真实方面，哈代与左拉具有很大的相似性。左拉

---

① Harold Orel ed., *Thomas Hardy's Personal Writings*, London: Macmillan Press Ltd., 1996, p. 127.

② Miohael Millgate, *The Life and Work of Thomas Hardy*, London: Macmillan, 1984, p. 183.

③ F. Emily Hardy, *The Life of Thomas Hardy 1840 – 1928*, London: Macmillan & Co. Ltd., 1962, p. 150.

着意强调小说的"真实",将"真实感"的获得视为文学的生命。在左拉的诸多小说中,"真实"的体现和读者真实感的获得,主要从三个方面来实现:一是以大量的文献资料与数据为创作依据;二是绘画式的事无巨细的背景描写;三是突破道德禁忌,大胆直率地书写性爱丑陋。以小说《萌芽》为例,左拉在小说中展示的形形色色的煤矿工人及他们的恋爱、婚姻、生育等日常生活,可谓记录详细。对此,同时代有一些评论者和读者虽然认为《萌芽》没有揭示工人斗争的本质,但都不约而同地认为《萌芽》的材料极具真实感。

哈代在主张对普通生活进行深入描述的同时,肯定了想象在文学创作中的重要作用。如哈代曾指出,"人类的想象魅力无穷,比起物体漂亮的外表更加动人"[1]。显然,哈代对于想象较为重视与左拉明显不同。在左拉看来,在小说中虚构故事情节是必要的,不应该拒绝想象和推理的手法,但是,小说家的任务就是提供对生活的记录,因而虚构和想象在小说创作中的作用微不足道,地位微小而处于隐形的次要地位。左拉的意思很清楚,地位微小并不代表完全没有一点儿想象,只不过是将想象隐藏在真实中。例如,《娜娜》是一部关于妓女的小说,左拉为了避免虚构想象对真实感的破坏,通过借阅他人相关记载、亲自到妓院去观察、访问交际花和演员等,由此写出的《娜娜》自然不是纯虚构想象的产物。《娜娜》中关于低级剧院的色情演出、上流社会的堕落腐败、妓女秘密生活的描写无不吸引着读者,《娜娜》也正因其真实而轰动了法国。这从侧面反映出,比起哈代对小说想象的强调,想象在自然主义创作中的作用微乎其微。从小说真实与想象的观念来看,哈代的文学主张与左拉自然主义虽有相似之处但并不相同,因此不存在必然的影响关系。

二 关于小说与两性

在《英国小说中的真实坦率》一文中,哈代在提倡真实的基础

---

[1] Norman Page, "Art and Aesthetics", in Dale Kramer, ed., *The Cambridge Companion to Thomas Hardy*, Cambridge: Cambridge University Press, 1999, p. 38.

上，谈到了小说如何去表现两性关系的问题。为了论述起见，不妨摘录文中的段落来看：

> 人生既然是一种生理现实，要对他做坦率真实的塑造描绘，且不谈其他，必然要大量牵涉到两性关系，还要大量牵涉到以真实的两性关系为基础的结局，取代那种崇尚虚假粉饰的结局。①
>
> 如果那些谨小慎微的人所反对的仅限于两性关系方面淫秽的描写或是处心积虑要破坏社会秩序基本原则的任何罪恶观点，那么所有那些真诚的文学爱好者就都会和他们协调一致了……一个本来应该纯属描写的问题，竟莫名其妙地当作了主题问题。②

阅读其作品就能发现，哈代不仅在《英国小说中的真实坦率》中谈论了两性关系，而且在他创作的多部小说中对两性关系亦有探索，具体体现在两个方面。一是揭示人物在灵肉冲突中的抗争及其内心世界的变化，如《德伯家的苔丝》中的安玑·克莱、《无名的裘德》里的裘德在性观念上都面临着灵与肉的抉择，游离于理性压抑与性本能的吸引之间。二是批判对性本能的压抑束缚，如《无名的裘德》中的淑、艾拉白拉沉溺于肉欲之中，将男性作为满足性欲的工具。哈代正是以两性最基本的关系为出发点来呈现真实的人生，主张和谐的两性关系应该与精神世界达到契合。与哈代不同，自然主义的理论中几乎没有谈到两性关系的相关内容。若要细究，自然主义小说中的两性关系仍然离不开人的生理本能和遗传特性，如左拉的《戴蕾丝·拉甘》中罗朗与拉甘之间的关系，更多的是强调一

---

① ［英］哈代：《英国小说中的真实坦率》，张玲译，载《文艺理论译丛》(3)，中国文联出版公司1985年版，第277页。

② ［英］哈代：《英国小说中的真实坦率》，张玲译，载《文艺理论译丛》(3)，中国文联出版公司1985年版，第281页。

种生理关系。

在哈代看来,"小说要像'雅典人那些不朽的悲剧那样,反映人生,暴露人生,批判人生。人生既然是一种生理现实,要对它作坦率真实的塑造描绘,且不谈其他,必然要大量涉及两性关系,还要大量涉及以真实的两性关系为基础的结局,取代那种崇高虚假粉饰的结局'"①。阅读《德伯家的苔丝》《无名的裘德》等作品可以发现,哈代在小说中引入了关于性的问题(确切地说是情欲的问题)。因而在连载时,哈代的一些小说被迫删除了那些所谓的"让年轻人脸红"的句子和片段才得以发表。②与左拉相比较,哈代的"威塞克斯"小说中出现的芳丽未婚先孕、苔丝未婚生子、亨查德与露塞塔未婚却保持暧昧关系、芭斯谢芭婚前委身于特洛伊等情节表明,生活在维多利亚时代的哈代,将威塞克斯的宗法乡村社会与维多利亚时代的主流伦理社会进行比较与抗衡,试图建立起自己的两性伦理道德观。英国作家劳伦斯曾指出,哈代的男女主人公"都在为了生存而艰难抗争,问题是确切地说什么是抗争的首要因素,很明显,威塞克斯小说中首要的因素是为了获得或者摆脱爱而抗争"③。劳伦斯如此评说的主要原因,在于哈代创作小说的时期正处于世纪之交的变革时期,正是不同价值观念的冲突时期,这使得自我个体在两性关系方面的态度也相应地发生了变化,也使得哈代的视角与思想超越了时代局限而具有了某些现代主义的特征。正如有学者所言,对维多利亚时代的作家而言,"性与下层人士紧密联系而非上层阶级应该讨论的话题。像哈代这般的远见并不受到尊敬"④。因此,哈代在性方面的逆流之举受到批判即在情理之中,但并非受到自然主义

---

① [英]哈代:《英国小说中的真实坦率》,张玲译,载《文艺理论译丛》(3),中国文联出版公司1985年版,第278—279页。

② Merryn Williams, *A Preface to Hardy*, Beijing: Peking University Press, 2005, p. 30.

③ [英] D. 劳伦斯:《哈代的"艺术家的偏爱"》,吴敬瑜译,载陈焘宇编选《哈代创作论集》,中国社会科学出版社1992年版,第88页。

④ John Richetti ed., *The Columbia History of the British Novel*, Beijing: Foreign Language Teaching and Research Press, 2005, p. 534.

的影响所致。

三 关于小说与科学

在《小说科学》一文中,哈代阐述了"小说科学"的缘由、内涵及其评价标准等,在此摘取相关片段:

> 鉴于艺术是附加了某种东西的科学,鉴于某种科学是一切艺术的基础,所以运用"小说科学"这一词语似乎并无自相悖谬之处……小说科学的意识就是:在任何堪称艺术性叙述的东西能够产生之前,对实际存在的各种事物全面、准确的认识,而这种认识必须在某种程度上凭追求而得,或者凭直觉就能掌握。[①]

> 这门科学的特有之点几乎就是所有其他科学的共有之点。小说的素材既然是人性与环境,那么这门科学因此就可以尊而称之为按事物之真实面貌而制定的事物法则。没有任何一枝孤笔能够将这一法则书写罄尽。"小说科学"就包含在那样的鸿篇巨制——人生的百科全书——之中。[②]

> 最虔诚的现实主义信徒,最彻底的自然主义者,在辛辛苦苦或是轻松愉快地讲叙故事的时候,正如一个干瘪健谈的老妇烤着火讲故事一样,总无法避免运用艺术。只有到他变成了一个机械地再现一切不管什么印象的人,他才堪称为纯科学的,甚至一个根据科学原理办事的创造者。[③]

像左拉这样一位小说家,在他论"实验小说"的作品

[①] [英]哈代:《小说科学》,张玲译,载《文艺理论译丛》(3),中国文联出版公司1985年版,第284页。

[②] [英]哈代:《小说科学》,张玲译,载《文艺理论译丛》(3),中国文联出版公司1985年版,第284页。

[③] [英]哈代:《小说科学》,张玲译,载《文艺理论译丛》(3),中国文联出版公司1985年版,第284—285页。

中……但是在理论上保持而在实践上放弃，理论上归依法则而创作时又凭本能，这种做法久已有之，并不仅限于《萌芽》和《穆莱神父的过错》的作者（笔者注：指左拉）。①

就以上几段论述来看，哈代所谓的"小说科学"并不是将科学的知识或者原理运用在小说中，或者将小说科学化，而是将科学的认识作为小说创作的前提，这种科学的认识不是对科学知识的理解和把握，而是"对实际存在的各种事物全面、准确的认识"，小说的科学就包含在按事物的真实面貌而制定的事物法则中，那些所谓最虔诚的现实主义信徒，最彻底的自然主义者在叙事时，若只是机械地再现现实，而不运用理性思维去对现实材料进行取舍，才会被看成一个纯科学的，甚至是一个根据科学原理办事的创造者。相反，这样的人才能成为一个操作技巧娴熟的人。类似的是，哈代对左拉的"实验小说"持怀疑态度。这说明自然主义文学的科学与哈代所言的小说科学是两回事，因为自然主义的科学在理论层面来看是文学的科学化和文学中的科学基础，在文学实践层面来看则侧重于一种方法或精神，具体表现为将生理学或遗传学的原理与知识运用在小说创作中。如左拉的《帕斯加尔医生》，在小说开头第二章写帕斯加尔医生对他的遗传学研究的思考，其中较具代表性的一句话"这种遗传，是他永无休止地思考的题目啊！"②无疑传达出自然主义与遗传学（科学）的密切联系。

比较而言，哈代所谓小说的"科学"与自然主义文学的"科学"并非一回事，因此也不存在影响关系。但是，哈代和左拉将科学介入小说创作，并非简单借鉴具体的科学成果，而是强调和指向一种"科学精神"。在此基础上，如何认识小说与科学的关系就显得

---

① ［英］哈代：《小说科学》，张玲译，载《文艺理论译丛》（3），中国文联出版公司1985年版，第285页。

② ［法］左拉：《帕斯卡尔医生》，汪阳译，上海译文出版社1996年版，第35—36页。

尤为必要，并且问题的关键不在于小说与科学的结合是否合适，以及如何看待小说中的科学因素，关键是看小说与科学结合的内在机制，或者说将小说与科学在哪个层面结合才能促成文学的变革。无论以何种方式结合，文学中的科学作为一种文学认知的视角或者文学的跨界尝试，其中心目的在于人类如何面对科学的发展，如何认识和描述世界。

第六节　劳伦斯的文学观与自然主义

劳伦斯的文学思想散见于一些论文中，如《道德与小说》（*Morality and the Novel*，1925）、《关于小说》（*The Novel*）、《小说何以重要》（*Why the Novel Matters*，1936）、《小说与情感》（*The Novel and the Feelings*）、《直觉与绘画》（*Introduction To These Paintings*，1929）等。也有一些体现在劳伦斯的文学研究与批评著作《托马斯·哈代研究》（*Study of Thomas Hardy*）、《美国经典文学研究》（*Studies in Classic American Literature*）中。在这些著述中，劳伦斯对小说的功用、道德等方面发表了自己的见解。那么，劳伦斯关于小说的见解与自然主义的相关理论是否具有相似之处？若有，这些相似之处是不是受到了自然主义影响所致？对此问题，这里主要围绕小说的功用、小说的道德、小说的艺术三个方面进行具体分析。

一　关于小说的功用

不同时代的不同作家对小说的看法各不相同，对小说功用的看法各有侧重。在《小说为何重要》一文中，劳伦斯提出了一个重要的观点，即"小说是唯一光彩夺目的生活之书"[1]。这句话看似简

---

[1] D. H. Lawrence, "Why the Novels Matters", in Anthony Beal, ed., *Selected Literary Criticism*, London: William Heinemann Ltd., 1955, p. 105.

单,却在一定程度上可以视为劳伦斯小说观的基本出发点,劳伦斯关于小说的其他论述都由此衍生和演化而成。劳伦斯对小说这一形式之所以推崇备至,原因在于小说能够提供全部的生活,"除了生活之外,没有任何东西是重要的"①,因而小说的重要性就在于对"生活"的书写。

劳伦斯所谓"生活"有何含义?具体包括以下三个方面:第一,对"生命"关系的书写。劳伦斯曾指出,"小说是生命之书"②。"什么也不如生命重要。至于我自己,我只能在活生生的东西中才能找到生命,而不是在别处。"③ 对"生命"的重视无疑是劳伦斯书写生活的重要内容。在不同的文学体裁中,劳伦斯将小说视为重建人格、获得生命的重要途径,并且将那种具有生命的活生生的关系视为书写"生活"的重中之重。第二,对事物"相对性"的书写。劳伦斯认为,"小说是一大发现,比之伽利略的望远镜或别人的无线电都伟大,小说是迄今为止人类拥有的最高表现形式。为什么?因为它太无力表现绝对的东西了"④。劳伦斯认为,小说不能变得绝对,是因为事物之间的关系具有相对性,并且说教和说谎都无法在小说中自圆其说。与此相对应的是,劳伦斯的"相对性"又与事物的整体联系在一起的,这突出地表现在自我的内在构成上。第三,对"血性意识"的书写。何为"血性意识"呢?1913年1月17日,劳伦斯在给厄尼斯特·科林思的信中谈到"我最大的宗教,就是对血和肉体的信仰"⑤。劳伦斯在小说中提倡书写"血性意识",就是要将人所具有的那种潜在本能书写出来,体现出生命力的勃勃生机。有学者指出,在劳伦斯的社会和美学构想中,劳伦斯是"一个最富有血

---

① D. H. Lawrence, "Why the Novels Matters", in Anthony Beal, ed., *Selected Literary Criticism*, London: William Heinemann Ltd., 1955, p. 104.
② [英]劳伦斯:《劳伦斯文艺随笔》,黑马译,漓江出版社1995年版,第21页。
③ [英]劳伦斯:《劳伦斯文艺随笔》,黑马译,漓江出版社1995年版,第19页。
④ [英]劳伦斯:《劳伦斯论文艺》,黑马译,团结出版社2009年版,第51—52页。
⑤ Trilling Dianna, *The Portable D. H. Lawrence*, London: Penguin Books Ltd., 1947, p. 563.

性的有机主义者"①。

反观之，小说作为自然主义主要的体裁形式，与具有说教功能的传统现实主义小说不同，自然主义格外强调小说的认知功能。为了达到这种认知功能，龚古尔兄弟将文学创作素材看作历史资料，将自己看作分析者，将文本看作文献资料。左拉更是如此，主张作者在叙述中应尽量隐藏，作者只是材料的提供者，一切都可以通过科学从而通过小说去认知，而这样做的目的实际上就是要让读者通过阅读作品来认识社会、环境与人，这突出地表现在自然主义事无巨细的描写方面。特别是左拉作品中关于赛马片段的书写，即便没有亲自参观过赛马比赛、不懂赛马常识的人在读过之后也会对赛马有一个深入了解。当然，自然主义文学除了具有认知功能外，也具有一定的社会功能。比起认知功能，自然主义文学的社会功能就显得比较平淡，而且在某种程度上，纯粹的自然主义作家基本将社会功能的实现交给读者去发挥和评判。

概括地说，在小说的功用问题上，劳伦斯主要强调的是小说的内在功能，即小说是人的内在生命力、有机性生活现象的揭示，小说人物理应是活生生的生命表征。左拉等自然主义作家则强调小说的外在功能，即小说是对环境影响下人与社会现象的实验结果。因此，在小说的功用问题上，左拉和劳伦斯的看法并不相同，由此可以断定二者之间没有影响关系。

二 关于小说的道德

英国学者安东尼·比尔（Anthony Beal）曾经这样评价劳伦斯小说："任何有关小说或文学与道德之间关系的讨论，都必须考虑到他的观点。"② 这意味着，劳伦斯关于小说道德方面的见解不容忽视。

---

① Philip Rice & Patricia Waugh ed., *Modern Literary Theroy: A Reader*, London: Hodder Arnold, 1989, p. 71.

② Anthony Beal, *Introduction to Selected Literary Criticism*, London: William Heinemann Ltd., 1955, p. x.

先来看劳伦斯在小说道德方面的一些表述："小说中的道德是颤动不稳的天平。一旦小说家把手指按在天平盘上按自己的偏向意愿改变其平衡，这就是不道德了。"①　"真正的艺术家是不会用不道德取代道德的。相反，他们总是用更美好的取代粗糙的。一旦你看到更美好的道德，那原先粗糙一些的就相对成为不道德的了。"②　劳伦斯将道德比作一个天平，小说的道德就是平衡稳定的天平。因此，在劳伦斯看来，小说的道德观首先就体现在作者与周围世界的平衡关系上。其次，劳伦斯认为，通俗小说之类就犹如在炒剩饭，并不能揭示事物之间的新关系，因而小说的道德在于揭示真实而生动的关系。再次，劳伦斯认为，小说家都应坚持创作中的道德，因而小说的道德在于作家用美好的道德取代那些粗糙的不道德，但道德具有相对性。如此，劳伦斯的道德观，既有传统道德观的一面，如真实的一面，又赋予道德新的意义，如作者与周围世界的平衡关系。此外，劳伦斯小说的道德与事物的相对性联系在一起，这主要体现在劳伦斯对事物绝对性的批评，即 " '绝对'是多么不道德，它总是掩盖某种重要的事实，使其不见天日！欺骗！"③

再来看左拉关于小说道德的一些表述："作者不是一位道德家，而是一位解剖学家，他只要说出他在人类的尸体里面发现什么就够了。"④　"表达真理的作品才是伟大和道德的作品。"⑤　从作家的身份来讲，作家不是一位道德家，或者作家不能成为道德家，这就意味着作家的主要任务是将自己的所见客观地描述并呈现在读者眼前就可，道德与否则留给读者去评判，正如左拉所言，"我压根儿没有

---

①　[英]劳伦斯：《劳伦斯文艺随笔》，黑马译，漓江出版社1995年版，第11页。

②　[英]劳伦斯：《劳伦斯文艺随笔》，黑马译，漓江出版社1995年版，第47—48页。

③　[英]劳伦斯：《劳伦斯论文艺》，黑马译，团结出版社2009年版，第66页。

④　[法]左拉：《戏剧中的自然主义》，毕修勺、洪丕柱译，载朱雯等编选《文学中的自然主义》，上海文艺出版社1992年版，第404页。

⑤　[法]左拉：《实验小说论》，吕永真译，载柳鸣九主编《自然主义》，中国社会科学出版社1988年版，第487页。

考虑在自己的小说里塞进道德家们所发现的那类肮脏的东西"①。因此，从文本效果来看，左拉主张在作品中既不对邪恶表示愤怒，也不对美德大加赞赏，只有真实的作品和表达真理的作品才算得上是道德的，即"小说家不应该有任何道德观念、任何宗教思想、任何政治见解，而应当熟悉一切道德观念、宗教思想和政治见解"②。但是，不容忽视的是，自然主义文学的道德与小说家所具有的真善美思想联系在一起，尽管自然主义作家在作品中对道德家所谓的肮脏一般不直接作出任何的道德评判。

劳伦斯与左拉关于小说的道德在观念上有何异同？二者的相同点在于拒绝在小说中进行道德说教，都强调真实或者客观性的一面。二者的不同点在于，首先，小说道德观的出发点不同。劳伦斯关于小说道德的出发点在于作家与周围事物之间稳定的平衡关系，而左拉自然主义小说的道德观是以真实性为基础的。其次，小说道德观的侧重点不同，劳伦斯关于小说的道德观侧重于描述真实而生动的关系，而左拉自然主义的小说道德观侧重于真实再现小说实验的结果。总体来看，劳伦斯的小说道德观是一种具有平衡性的关系道德观，自然主义的道德是一种具有客观性的实验道德观。相比于左拉，劳伦斯的小说道德所具有的内涵更加丰富，这与劳伦斯关于小说地位和功用的看法有关。从这个意义上说，劳伦斯和左拉关于小说道德的观点并不存在影响关系。

三 关于小说的艺术

细细体味劳伦斯的诸多小说，劳伦斯在小说创作中最突出的特点可以概括为，生命激情或非理性的主观心理显现。在劳伦斯看来，小说本身并非生命的构成主体，但要成为闪光的具有鲜活生命力的

---

① [法] 左拉：《戏剧中的自然主义》，毕修勺、洪丕柱译，载朱雯等编选《文学中的自然主义》，上海文艺出版社1992年版，第404页。

② [意] 卡普安纳：《当代文学研究》，吴正议译，载柳鸣九主编《自然主义》，中国社会科学出版社1988年版，第547页。

书写主体。如在《查泰莱夫人的情人》的第十二章中，劳伦斯这样描述小树林："蒲公英开着太阳似的花，新出的雏菊花是这样的白。榛树的茂林，半开的叶子中杂着尘灰颜色的垂直花絮，好像是一幅花边。大开着的黄燕蔬，满地簇拥，像黄金似的在闪耀。这种黄色，是初夏的有力的黄色。莲馨花灰灰地盛开着，花姿招展的莲馨花，再也不畏缩了。绿油油的玉簪，像是个苍海，向上举着一串串的蓓蕾，跑马路上，毋忘我草乱蓬蓬地繁生着，楼斗莱乍开着它们的紫蓝色的花苞。在那矮丛林的下面，还有些蓝色的鸟蛋壳。处处都是蕾芽，处处都是生命的突跃！"① 在此可感受到，劳伦斯笔下的树林不再是一种客观的存在，而是显示着生命激情的非理性生命体，散发出生机勃勃的气息，更不用说劳伦斯笔下的性了。

在叙事观念上，劳伦斯的小说之所以呈现出一种非理性的主观激情，与他所接受的非理性哲学影响有关。劳伦斯曾经受到尼采、叔本华、弗洛伊德等人的影响，这些影响早已被许多学者考据证实。如批评者考林·米尔顿（Colin Milton）指出："劳伦斯和尼采对环境与性格的关系，对人类精神的结构和动力，对于人类发展的基本节奏，以及人类持续成长所面对的冒险挑战，他们二者在本质上持相同的观点。"② 艾伦·祖奥（Alan R. Zoll）则认为，"劳伦斯作品与叔本华所有的思想几乎都有关联"③。而弗兰克·克默德（Frank Kermode）指出，"《儿子与情人》人物之间的关系在相当大的程度上符合弗洛伊德关于恋母情结的解释，这无疑是对弗洛伊德概括的一个绝好的说明"④。可见，尼采、叔本华、弗洛伊德的非理性思想构成

---

① ［英］劳伦斯：《查泰莱夫人的情人》，黑马译，中央编译出版社2010年版，第237页。

② Colin Milton, *Lawrence and Nietzsche: a Study in Influence*, Aberdeen: Aberdeen University Press, 1987, p. 2.

③ Alan R. Zoll, "Vitalism and the Metaphysics of Love: D. H. Lawrence and Schopenhauer", *D. H. Lawrence Review*, Vol. 11, April 1978, p. 19.

④ ［英］弗兰克·克默德：《劳伦斯》，胡缨译，生活·读书·新知三联书店1986年版，第23页。

了劳伦斯小说创作的思想基础。受到尼采的影响，劳伦斯赞美生命肉体，重视生命的本能存在，主张个体生命的自我超越。受到叔本华的影响，劳伦斯将生命意志作为人类行动的基本动力，重视人类的性力和精神占有欲。受到弗洛伊德的影响，劳伦斯在性、无意识与文明的对立统一中认为，性与无意识是原初的创造性力量，并将其作为对抗人类社会化和理性化的正面力量。

相比于劳伦斯的叙述艺术，自然主义的叙事艺术可以概括为非个人化的客观叙事。之所以坚持这种客观性的叙事，其根源是孔德的实证主义，这是左拉自然主义理论的哲学基础。实证主义回避先人为主的主观臆测，进而避免对事物的价值进行判断，从而保持中立的价值立场。左拉受实证话语的影响，就体现在对形而上学的观念持反对态度，在作品中大量地使用客观话语即"自由间接话语"，让作者在叙述中隐退，既不在作品中随意地进行主观议论，也不介入文本叙事的进程，以达到客观性的叙述效果。显而易见，在思想基础层面上，劳伦斯受到尼采、叔本华、弗洛伊德等人的影响，在创作中展示出一种非理性的激情力量。左拉因受到孔德实证主义的影响，在创作中展示出一种客观性的冷静态度，避免展示生命的激情，只为真实地呈现世间百态。因此，劳伦斯小说创作与左拉自然主义小说创作存在很大的不同，在思想层面上产生影响关系的可能性很小。

此外，作家的阅读书目及其文学批评有时也能反映出作家在创作观念方面所受的影响，至少是重要的判断参考依据。且看劳伦斯文学批评著述的题名，诸如《本杰明·富兰克林》《库伯的"白人"小说》《库伯的"皮袜子"小说》《爱伦·坡》《霍桑与〈红字〉》《霍桑的〈福谷传奇〉》《达纳的〈两年水手生涯〉》《麦尔维尔的〈泰比〉与〈奥穆〉》《麦尔维尔的〈莫比·迪克〉》《惠特曼》《哈代研究》《陀思妥耶夫斯基》等。从阅读书目来看，劳伦斯的阅读范围主要体现在美国文学、英国文学和少许俄国文学方面，其兴趣则集中在美国文学方面（批评著作《美国文学经典研究》就是这一点最好的明证），而对法国文学涉猎极少，更不用说自然主义作品了。同时，翻阅劳伦斯研究的诸多资料、中外研究述评，以及劳伦斯的书信、日记等，我们很难找到劳伦斯与自然主义之间的交集。这说明，就小说观念和文学批评而言，对劳伦斯与左拉在相同层面上进行的实证，由于缺乏相似性的事实联系和确凿证据，因而难以判定劳伦斯受到过自然主义影响。劳伦斯与左拉之间的些许相似，在很大程度上并非自然主义影响所致，而更多的是巧合或时代使然，毕竟劳伦斯创作的主要年代与左拉创作的时代早已今非昔比。

第四章　自然主义对英国作家文本实践的影响

在大多数情况下，一个作家所受外来文学影响的审美效应，通常会通过其创作的作品显现出来。这些影响既可能存在于作品的风格与意象里面，也可能呈现在人物塑造与主题处理方面，抑或可能隐藏在艺术形式和审美倾向中等。重要的是，除了作家因相同的体验而引致的文学相似性巧合，或者基于共同的历史文化语境而在创作中自觉呈现出某种相似性因素之外，影响的发生过程往往是由外及内而渗透糅合在文本作品中的，其影响形态多种多样。对英国作家作品与自然主义影响关系的探究，除了考察英国作家对自然主义怎么看或怎么说，还须考察英国作家怎么写，分辨其作品中的自然主义究竟有哪些是仿效借鉴？又有哪些是创造性的转换和艺术性的改型？阐析自然主义在其作品中是如何体现的？具体又体现在哪些方面？这些问题都需要从具体作品中去求证，需要在文本细读的基础上确定影响的具体内容、表现形态、功能意义等。因此，本章将结合英国作家的文本实践，重点对作品的主题题材进行分析，对作品情节结构进行解析，对作品技巧方法进行评析，以此探究英国作家的文本实践与自然主义之间的影响关系。

第一节　吉辛小说的自然主义风格

大多评论认为，19世纪80年代，吉辛创作的四部小说《黎明中的工人》《无阶级者》《民众》《赛尔泽》以伦敦贫民区为背景,对贫民生活细致逼真的描写,显示出一定的自然主义风格。19世纪90年代,吉辛创作的《被解救者》《新寒士街》《亨利莱伊克罗夫特私人文件》,对英国文坛的商业主义思潮和许多社会现象如宗教、妇女、贫民等作了精细深刻的描绘,既代表着吉辛在小说方面的创作成就,也体现出较为明显的自然主义倾向。尤其是《新寒士街》,被评论界一致视为吉辛自然主义小说的代表作。在此,本书以吉辛初期的小说和左拉自然主义小说为例,基于异同比较,着重分析《新寒士街》自然主义风格的具体表现。

一 吉辛与左拉自然主义的比较

将吉辛初期的小说与左拉的自然主义小说相比较可见,吉辛的写实主义与自然主义存在一些不同,主要体现在以下几个方面。

第一,虽然吉辛和左拉均对下层社会有所书写,但二者的侧重点各不相同。吉辛所写的下层社会主要是为作品部分人物所处的环境作背景,而主人公并非全是下层社会的人。如《民众》一书的主人公理查德·缪泰默、《瑟尔萨》中的女主人公瑟尔萨·特兰特,前者出身于工人阶级,性格自私虚伪,后者是有文化的新型工人阶级,追求美好生活。左拉笔下的下层社会不仅体现在社会环境方面,也表现在主人公的身份上。如《萌芽》主要的环境就是几座煤矿,主人公艾蒂安·朗蒂耶和其余众多人物皆为矿工身份。《土地》中的诸多重要人物差不多都是农民,主要环境是名叫博斯的农村地区。而《小酒店》的主人公绮尔维丝则是一个洗衣女工,小说内容则是围绕手工业工人的生活和工作环境展开。

第二,吉辛初期的作品在所谓的"客观性"上稍逊于左拉。与左拉自然主义不同,吉辛在创作观念上主张坚定不移的写实主义,追求比较严酷的客观描写,但在作品中仍然存在一些言情浪漫的成分。如小说《无阶级者》以魏玛克与艾达的爱情为主要情节线索,吉辛为了突出二者的曲折爱情,就让魏玛克劝说艾达同哈丽叶特交朋友，而魏玛克实际上早就知道，哈丽叶特所具有的偏狭性格给她造成过伤害，这样的情节安排也为哈丽叶特报复艾达埋下了伏笔。在魏玛克与莫德举行婚礼的前夕，恰恰莫德的父亲又犯了罪遭到逮捕，这就迫使莫德无奈解除婚约，从而为魏玛克与艾达的终成眷属创造了条件。可以说，吉辛为了实现言情的目的，在《无阶级者》的情节发展和过渡上显得有些牵强，这种方式在一定程度上冲淡了客观描写的可信度。

与吉辛的创作相比，左拉在客观性的书写上可谓坚定不移。特别是在人物塑造方面，左拉一般在小说中不写人物的浪漫情感，而主要聚焦于人物的遗传和生理，及其在人物行为动机方面所起的作用。如《戴蕾丝·拉甘》中的拉甘与罗朗。当然，我们也不能绝对地认为左拉的小说人物没有情感，如《妇女乐园》《爱之一页》等作品也以人物的情感活动为线索来展开情节。不过，这些作品均不是左拉最具代表性的自然主义作品。在《小酒店》《萌芽》等自然主义作品中，情感在人物关系和小说情节的发展中不起主要作用，仅仅只是作为人物的点缀而存在，让人感到真正相爱的人不能结合，而结合的两人却并不相爱。如《萌芽》中的艾蒂安爱着卡特琳，却无缘成为她的丈夫或者情人，只是在坍塌的矿井底下才有所表白，在短暂的结合后双双死去。《小酒店》中铁匠顾奢与艾蒂安一样对绮尔维丝爱慕不已，但他们最终也未能结合。与左拉坚持的"非个人化"相比，吉辛从未达到艺术上真正的"非个人化"，自然主义的"非个人化"在吉辛那里或许只是一种创作需要，并非一种创作原则或美学诉求。

第三，左拉的自然主义小说着重表现人物的遗传性格和生理特征，实际上是对科学原理的借用。与左拉不同，吉辛在作品中几乎没有像左拉那样借用科学原理，也就看不到科学原理在人物身上的体现和作用。阅读《新寒士街》就可看到，小说以英国伦敦为社会背景，以吉辛的生活经历为蓝本，把伦敦的社会现实和文化想象浓缩在"寒士街"中，对维多利亚后期的文学商品化和文人作家的生存状态进行了全面深刻的展现，整篇小说几乎找不到科学的影子。在吉辛看来，所谓的真实就是在艺术家头脑中产生的印象，只有忠实地表达这一印象，才是艺术家存在的唯一理由。基于此，吉辛在遵循忠实原则的基础上，摒弃了自然主义模仿现实的实验手法。以文学史的眼光来看，吉辛的小说创作与陀思妥耶夫斯基小说有些接近，吉辛非常赞赏陀思妥耶夫斯基塑造"被饥饿逼疯的人物"的笔力。与陀思妥耶夫斯基相似，吉辛在《新寒士街》中深刻描写了生活在城市底层的弃儿，充分地捕捉了伦敦生活的阴暗面。这是吉辛和左拉在创作方面的明显不同。

第四，左拉在小说创作中不受一般道德观念及流行话语的束缚，敢于突破道德禁忌，敢于明目张胆地书写大多数小说家忌讳的性爱及其细节。而吉辛的小说并不像左拉作品那样竭力去突破原先小说话语的禁区，并试图最终颠覆旧的小说话语。吉辛的作品基本没有涉及性爱等问题，更不用说细节描写了，即使涉及，也只是为了表现情感和幻想。与左拉那种赤裸裸的性描写相比，可以说忽略不计。其中原因，借用《新寒士街》中毕芬的话来说，就是不能完全真实地表现粗鄙的现实。这无疑也是吉辛和左拉在创作上的明显不同。

二 《新寒士街》的自然主义风格

《新寒士街》一般被认为是吉辛最成功的作品，也被视为吉辛最具自然主义风格的作品，那么，将《新寒士街》看作自然主义小说的依据是什么？或者说这部作品在哪些方面受到了自然主义小说的影响？细读小说可以发现，《新寒士街》之所以被誉为"英国文学史上表现穷苦作家生活的最佳杰作"[①]，表现在内容上，就是吉辛选取生活在底层的作家文人生活为主要表现对象，细致入微地对不同文人的生存境遇进行了刻画。就人物塑造而言，在

---

① 文心：《新寒士街·前言》，载乔治·吉辛《新寒士街》，文心译，浙江文艺出版社1987年版，第1页。

《新寒士街》中，突出地体现在吉辛重视环境对人的影响意义，关注环境对人的命运的决定作用，由此吉辛将不同的文人知识分子置于"性格与环境"的辩证形态中进行刻画。尤其是，在文学商品化的年代，市场、贫穷为何使贾斯帕与里尔登在性格与环境方面呈现出一种矛盾性，这是探究《新寒士街》缘何具有自然主义风格的重要问题。

（一）文学的商品化与边缘化

在小说开始部分，吉辛以贾斯帕和里尔登身份境遇的区别为切入点，明确地提出了文学的商品化问题，奠定了整个故事的基本格调。相比较而言，贾斯帕身上具有浓厚的现代商业气息，善于投机取巧、奉承迎合，非常适应当时的社会环境，是一位现实型的作家。里尔登身上具有浓厚的怀旧主义情绪，墨守传统成规、不合时宜，必然会被社会环境所抛弃。相同的环境，不同的性格导致了不同的结局。贾斯帕最后坐享利益，而里尔登最终走向死亡，他们之间的不同追求和命运结局表明，文学价值观的转化与文学性质的变迁，毫无疑问要受到商品经济条件的制约。因为19世纪后期是商品化迅速发展的年代，文学所具有的艺术特殊性被商品化所消解，传统意义上的文学已经失去了精英的高尚趣味，需要以庸俗的感官享受去迎合普通的大众读者。更重要的是，文学的创作早已从高雅的精神生产变成了普通的消费品，追求最大利益是商品化的主要特征。这当然也是造成贾斯帕与里尔登不同命运的主要社会环境。

在《新寒士街》中，文学（艺术）、市场、道德都是商品化过程的不同组成部分，吉辛在这几个相互独立的过程中建构出一种等级关系，或者说因果关系，以自己的经历建构出它们之间的联系：从与社会环境最为密切的市场行为，到与社会关系最为抽象的文学创作，再到它们之间的价值纽带（道德）的探讨。在这个过程中，吉辛的创作不是顾此失彼，而是全盘把握。在创作层面上，纯粹的作家地位开始向精神商品的生产者转变，作家的精英身份逐渐向普通个体还原，作家的艺术价值逐渐向商业价值转化。在市场层面上，文学的商品化在转化文学关系的同时，一方面提高了作为文学消费者的大众读者的地位，另一方面迫使作家必须正视大众读者的世俗趣味和审美需求。在此背景下，作家的艺术追求与商品价值就变成了考量作家成败的关键。这突出地体现在事业的成就感和家庭情感关系上。事业的成败揭示的是社会期望与个人性格的危机矛盾，家庭情感关系的亲疏关涉着身份背景和人际环境。如在贾斯帕的心目中，写作是一门生意，贾斯帕的生意经就是照猫画虎，写出诱惑读者的内容，以尽快转变为金钱。如果要取悦于世俗之流，就必须千方百计地使天才变得平庸。在里尔登的心目中，艺术价值就在于坚守文学性，即使贫困潦倒也要坚守一个作家知识分子的身份。总结起来，这两方面存在的时代危机，源自作家知识分子由精神危机而导致的生存危机。

法国学者布尔迪厄曾言，"文化商品既可以呈现出物质性的一面，又可以象征性地呈现出来，在物质方面，文化商品预先假定了经济资本，而在象征性方面，文化商品则预先假定了文化资本"[①]。就此而言，文学作为文化资本的一种象征，若由政治资本操控或许会转化为意识形态的共同体，如果遭遇了商品化的经济资本暴力，就会被经济资本所主宰和绑架，彻底地被扒下艺术神圣化的外衣，成为商品的附庸，自由的写作和艺术的写作就会成为一种奢望，这样写作就必须依据一定的消费目标来操作。如贾斯帕敏锐地观察到了市场的需要在何处，他明确自己的受众目标，就是为那些富有理智的上中层人士写作，因为这一类型的人希望自己所看到的东西具有一种聪明的元素，但又分辨不出天然宝石和人造宝石的区别。因此，在文化资本面前，道德对于利益的获取仅是一个挡箭牌而已。吉辛之所以将道德价值是否合理的争论悬置，并放弃了价值的评判，

[①] [法]布尔迪厄：《文化资本与社会资本》，包亚明译，载包亚明主编《文化资本与社会炼金术——布尔迪厄访谈录》，上海人民出版社1997年版，第198页。

其意义就在于通过探讨贾斯帕和里尔登不同的身份界定，确立了"作家—市场—读者"之间的经济服务关系。

在吉辛看来，"作家—市场—读者"的经济服务关系恰恰不是为一个雇主服务，而是服务一大群阅读消费者，读者身份的多元化内在地要求文体风格发生转变。在文化资本的逻辑体系中，文学写作处于悖论的境遇中，一方面，文学为了满足大众读者的趣味，就必须商品化，突破传统文学的价值取向而沦为经济资本的象征体，从而丧失了文学艺术最具价值的文化资本。另一方面，文学的艺术价值的消解和传统创作的精英立场，则会使文学作为商品而失去市场，从而失去大众传播媒介的支持。在商品经济的市场逻辑下，商品市场作为大众消费的主体媒介，貌似呈现出客观自由的姿态，实际上却在经济资本的操纵下，以经济利益为标准诱导和规范大众的审美诉求，文学接受的广泛性是其根本原则。当大众传媒服务于经济资本时，受市场支配的文学就被大众欲望所捆绑，商业文学与精英文学的等级秩序就会被迅速瓦解，不同类型之间的文学边界也会被有意地模糊化，这样就会导致文学特别是精英文学边缘化，文学的艺术价值被经济资本解构。

在商品经济化的过程中，文学市场就像一面多棱镜，折射出不同读者的消费意向，而由文学市场支配的文学创作和大众消费之间的关系，则制约着文学的流通和作家的生存境遇，在作品中呈现为一种主观的生活背景。如此，严肃的作家失去了生活保障和人格尊严，文学作品作为作家主体显现的载体也因此堕落于金钱之中。与贾斯帕的投机写作不同，里尔登因坚持艺术初心，所以当贾斯帕的名字在刊物上出现多次之后，里尔登的半打文章还没有写出来，依旧贫穷。贾斯帕成功的原因在于人们不会因为文学的成功才进入上流社会，而是因为进入上流社会文学才会成功。

按照法国学者埃斯卡皮的说法，如果文学的商品化或边缘化作为一个"文学事件"的话，那么，在特定的社会历史中，文学指涉的重心则由文学的美学意义向生产消费关系转型。在资本主义商业市场的催化下，文学对自身商品化的叙述从一种意识形态发展成为一种控制社会主体认知的话语模式。其中的原因，正如英国学者多米尼克·斯特里纳蒂所言，"文化现在正被看成是向贬值和浅薄化开放，因为大众缺乏鉴赏力和辨别力。如果他们的鉴赏力得到满足，那么一切东西都必须降低成一般人或大众的最低共同标准"[①]。确乎如此，市场化的趋势、作家身份的转变、文学的商品化、写作的价值转移、读者的趣味转变，这些因素在作家身上的整合，不可避免地影响到文学创作的内容观念与形式风格。由此，作家的非职业化、作品的大众化、作家身份的商人化则极大地改变了作家的生存境遇。在市场和艺术之间的"边缘地带"，艺术家的生存变成了一种负担，文学创作变成了一种商品交易，文学作品在强大的商业运作中变成了一种机械的快餐。贾斯帕和里尔登的命运由此被改变，是否适应这一社会趋势是双方成败的关键。

吉辛对于社会底层作家命运的忠实再现，透露出一种改善生活的期许，一种求救无门的无可奈何。吉辛并不是一个科学实验的观察者，而是以在场的现实来展示生存的意义和人类的尊严，他对作家悲剧命运的呈现来源于作家的生活体验和情感体验，他所展示的艺术家与被表现主体之间的联系，已经潜入作家心理的深层结构中，真实地书写了不同类型作家的命运之路。

（二）金钱与作家生存状态

在贾斯帕眼中，严肃的文学创作和粗俗的市场之作在本质上没有区别，区别只在于是否善于钻营，口袋里是否有钱。金钱成了文学作品生命的一种延续方式。里尔登第一部作品的偶然成功，却成了日后各种困境的前奏曲，金钱变成了里尔登艺术价值实现的绊脚石，致使里尔登的写作从来没有摆脱他社会底层的经济困境，并让妻子艾米过上她想要的生活。为何如此？这是因为，与贾斯帕不同，

---

① ［英］多米尼克·斯特里纳蒂：《通俗文化理论导论》，阎嘉译，商务印书馆2003年版，第14页。

第四章　自然主义对英国作家文本实践的影响　129

里尔登将文学的市场写作看作一件颇为痛苦的事情："把一门艺术变成生意！我正好被选中来尝试这样一种残忍的愚蠢行为。"① 里尔登的家庭关系因此随着文学创作的收益问题而变得冷淡起来。究其根底，在商品化的年代，造成里尔登失败的根源即贫困。正是贫穷使得里尔登无法再回到从容自如、熟能生巧的状态，有的仅仅是一个错觉而已。吉辛对贫穷的书写，其中一个目的就在于对金钱的书写，其意图既显示了贫困是一种社会的普遍现象，也凸显了金钱作为一个符号象征在作家群体中的映射。

回眸西方文学，文学对金钱的关注由来已久，早在古希腊文学中，就有对金钱的书写，如索福克勒斯在《安提戈涅》里对金钱的诅咒，认为金钱使人变坏，走上邪路。文艺复兴时期欧洲资本主义的萌芽，使得金钱成为西方文学的审美意象，如莎士比亚的《雅典的泰门》以金钱作为试金石对人性之恶进行了深刻反思。古典主义时代的戏剧家莫里哀对金钱也有深刻的书写。如喜剧《吝啬鬼》以金钱为矛盾冲突的焦点，塑造了吝啬鬼阿巴贡贪得无厌的本性。在现实主义时代，资本主义的繁荣使金钱成为西方文学经常涉及的要素，甚至在一些作品中成为形象的主体。如巴尔扎克的《人间喜剧》基本就是对金钱主宰的人间万象的全景式书写，深刻地展示了金钱世界的丰富图景。巴尔扎克的《欧也妮·葛朗台》之所以被读者熟知，其中一个重要的原因就是塑造出了吝啬鬼葛朗台的经典形象。《欧也妮·葛朗台》的主人公与其说是葛朗台，倒不如说是"金钱"。《欧也妮·葛朗台》为人类在金钱社会中的境遇谱写出了一支挽歌。如果说葛朗台是金钱的化身的话，那么欧仁妮的身上则充分体现了人性的存在，二者鲜明地体现了人性与金钱的较量。

作为自然主义倡导者的左拉也不例外，他在生活和创作中并不回避金钱。1862年，左拉在一个出版社谋得一份工作，卖文为生，希望自己的手稿能卖个好价钱，他曾说："我的这些文章并不是写给

---

① ［英］乔治·吉辛：《新寒士街》，文心译，浙江文艺出版社1986年版，第54页。

那些有鉴赏能力的读者的。然而金钱问题又不能不使我写一些这类的东西。"① 左拉对金钱书写最具代表性的作品莫过于小说《金钱》了，小说中几乎所有人都为金钱而疯狂，金钱欲望使人疯狂。左拉还曾写过一篇题为《文学中的金钱》的文章，阐释了文学创作和金钱的关系，提出了"金钱解放了作家""金钱使社会走向平等"的观点，并由此建立起了金钱和自然主义之间的联系。

左拉对金钱重要性的肯定，一方面说明左拉在经济学角度上找到了文学自由创作的重要原因，金钱使作家得到解放而释放出无穷的创造力；另一方面表明左拉的自然主义观念带有现代社会的商品意识，即将文学看作商品，将作家看作社会劳动者，通过劳动的方式获得金钱，这样社会才会走向平等。如巴尔扎克对金钱的渴求成为他创作的动力，《乡村医生》表明金钱能够使人摆脱贫穷。在《金钱》中，左拉将金钱视为社会发展的一种原动力。左拉正是通过金钱才改善了贫困的生活状况。

左拉关于金钱的观点虽不能放之四海而皆准，但左拉对金钱的认知指向并非金钱本身，而是为了反映一个时代的金钱观念，其所提倡的"金钱观"不是一种理想世界的主观构思，而是一种现实世界的真实反映。由此，文学自然主义和文学商品化在金钱的符号隐喻中变得密不可分。在某种程度上，自然主义作家在物质生存和经济理性层面对金钱的肯定性书写，超越了以往对金钱道德层面的简单批判，从辩证的角度揭示了人与金钱、物质与精神的经济理性关系。更重要的意义是，左拉关于金钱的观点，使作为一种文化现象和精神意义的存在形态，从最初的经济符码转变为一种审美意象或文化符码，并将经济符码、审美意象、文化符码整合成合法性的物质实体，完成了金钱价值系统从古典向现代社会的转型。

毫无疑问，处于城市化与商品化迅速发展的时代，吉辛对于贫

---

① [法]阿尔芒·拉努：《左拉》，马中林译，黄河文艺出版社1985年版，第92页。

困处境等的切身体验，可以说比一般人有更多的观察和思考。在英国文学中，托马斯·莫尔、莎士比亚、笛福、斯威夫特等作家大多从批判角度对金钱进行书写，揭示了金钱对人性产生的巨大影响，特别是对人性的腐蚀和异化。不同的是，《新寒士街》对金钱的书写在秉承现实主义传统的基础上，还融合自然主义的创作手法，彰显了商业化趋势与艺术价值之间的悖论，揭示了在工业文明发展中作家的身份危机、生存危机被工具理性所异化的现实。吉辛对文人生活的审美书写所提出的拯救文学性、实现文学艺术价值等问题，无疑会引发读者对文人生存现状的思考。

第二节 莫尔小说的自然主义特色

综观莫尔的文学创作特别是小说创作，基本是从对左拉自然主义的学习中起步的。这突出地表现在，莫尔在开始尝试小说创作时，就刻意地模仿左拉，运用左拉的小说创作方式处理自己的文学题材。更重要的是，莫尔创作的高峰期正是以左拉为代表的自然主义文学的繁荣期，在此期间莫尔集中创作了《现代恋人》《演员之妻》《麦斯林一剧》等多部小说。仔细阅读这些小说，在其中均可以看到自然主义的明显影响。

一 莫尔的小说创作与自然主义

1883年，莫尔出版了第一部小说《现代恋人》。小说描写了一位才艺不高的艺术家，依靠与女人的关系而走红的故事。由于书中对当时英国小说中不多见的性爱和情色直白大胆的描写，出版后不久很快被流动图书馆查禁。后来，经莫尔改写后其又以《刘易斯·塞莫乐和几个女人》（Lenlis Seymour and Some Women）为名重新出版，而其改编更加突出了人的生物性本能的描写。之所以如此，除了对左拉的模仿之外，更重要的是莫尔坚信，"文学不会成为色情作品，因为文学作品的题材是人们的正常生活，普通的生活一经天才之光的点燃,就成为具有普遍性的生活。至少还有其他二十个理由能说明为何艺术并不意味着色情"①。

1885年,莫尔出版了他的第二部小说《演员之妻》,故事主要写女工凯特·伊德最初嫁给一个生病的男人,后来又与一位巡回剧团的演员狄克·勒诺克斯相爱并结婚。凯特·伊德从一个女工成为歌唱演员,物质生活有所改善,但狄克的平庸并没有给她带来幸福,并且此前的生活印迹、青年时的梦想时常出现在她的生活之中,于是凯特沉醉于小说阅读,染上了酗酒的坏毛病,由此导致了她与狄克孩子的死亡,最后凯特也悲惨死去。这部小说是莫尔尝试运用左拉"实验小说"理论而创作的。在《演员之妻》中,有一些相对容易辨认的自然主义特征:环境对性格的影响、环境的文献记录、歇斯底里酗酒的女人、潜意识中奇怪而不可抗拒的情感、肮脏的装饰等。由此,《演员之妻》与《戴蕾丝·拉甘》中的主要人物也大致相似:忧郁病态的丈夫、被压抑导致神经衰弱的妻子、一个爱管闲事的婆婆、懒惰性感的第三者。这种相似有可能是巧合,但小说中的诸多细节证明不单单是巧合,而是莫尔在创作《演员之妻》时有意识地借鉴了左拉的小说。

在《演员之妻》的创作中,莫尔使用了类似于左拉的《爱情一页》(1878)的语言。在《爱情一页》中,凯特和海琳经常陷入深深的幻想之中,在她们共同做针线活和阅读小说时,都经历过莫名其妙的烦恼或兴奋的情绪波动。在对凯特和海琳情绪的描述中,莫尔重复使用的一些语言表达,诸如"幻想""模糊的梦""软弱""凯特闭上了眼睛""烦恼""悲伤""充满泪水的眼睛""遥远的""她少女时代的一个幻影出现了""沉闷""融化""懒散"等,与左拉的《爱情一页》中所使用的词汇有诸多类同之处。同时,莫尔与左拉在小说中对待女演员的态度也一致。在莫尔眼中,女演员身

---

① [英]乔治·摩尔:《一个青年的自白》,孙宜学译,江苏教育出版社2005年版,第97页。

上存在粗俗、嫉妒和滥交的共性，如凯特的首演会令人想起《娜娜》中娜娜的轰动表演，凯特的酗酒和堕落则与《小酒店》中古波与绮尔维丝的命运异曲同工，凯特歇斯底里的疯狂反应等在《小酒店》和《普拉桑的征服》中都能找到。同样明显的是，莫尔对左拉小说使用的重复方法青睐有加，这种重复手法既有故事情节方面的反复，也有人物命运的相通，有时也会涉及主题的重叠。在《演员之妻》中，这种"重复"突出体现在莫尔对女工凯特生理性本能的书写上，具体表现为凯特从不喝酒到酗酒再到不能喝酒的循环，从得到爱情到失去爱情再到向往爱情的反复。在《一个年轻人的自白》中，莫尔将这种"重复"称为"思想的残酷发展"和"赋格处理"。莫尔在穆默妻子身上也运用了这一技巧，尤其是反复出现的作品主题：凯特的遗传和环境冲突导致的酗酒、疯狂、退化——症状的严重程度随着故事的发展而加剧。

《演员之妻》在出版之后就被封杀。莫尔气愤地撰文对流动图书馆进行了猛烈的抨击，抨击流动图书馆一面靠低俗畅销书大发其财，一面将严肃文学作品拒之门外。用今天的眼光来看，《演员之妻》的故事差不多是由模仿合成的，风格看似平庸，主题看似简单，并非属于一流的小说。但是，对于19世纪80年代写的一部英国小说来说，它足够强烈和大胆，这不仅仅因为莫尔对左拉自然主义的学习借鉴，更重要的是，法国自然主义小说使英国作家意识到，自然主义的文学结构、风格审美等与传统现实主义小说的不同。因此，在19世纪末和20世纪初英国小说的变革中，莫尔抛弃了情节浪漫、结局美满的旧传统，借鉴和运用了自然主义的创作手法。可以说，《演员之妻》的文学实验扩大了英语小说的范围，突破了英国传统小说的形式。

1886年，莫尔出版了《麦斯林一剧》，莫尔称其为"一群女友生活的研究"。在《麦斯林一剧》中，莫尔对女性的性失意和性问题直言不讳，与左拉自然主义关于性的书写如出一辙，以致一家杂志声称"再也找不到比这更令人作呕的故事了"。此后，莫尔创作了《春日时光》《迈克·弗莱契》《徒有好运》3部小说，这些作品在一定程度上或隐或显地显示出自然主义的痕迹，但莫尔对这几部小说都不太满意，在后来出版的自选集中也没有选入这3部作品。莫尔曾自嘲这3部小说是模仿者莫尔的作品，不是莫尔的真正作品。

《伊丝特·沃特斯》被认为是莫尔最具代表性的小说，体现了自然主义的诸多特色，因而被视为自然主义在英国最成功的一个范例。对于《伊丝特·沃特斯》，莫尔指出，"这本书也可以说是我的思想和趣味的宣言书，表明了我对最优秀的现代文学作品、最优秀的现代艺术作品的喜爱"①。据此，《伊丝特·沃特斯》中的自然主义思想与趣味是如何呈现的呢？

从故事题材来看，《伊丝特·沃特斯》以下层社会受苦百姓的不幸命运为题材，作品所涉主要人物几乎都属于工人阶级，这与大多法国自然主义小说如龚古尔兄弟的《热米妮·拉赛朵》、左拉的《小酒店》《玛德兰·费拉》、莫泊桑的《一生》等作品在题材上具有相似之处。但与这些作品人物的命运有所不同，伊丝特的命运在一定程度上是上述作品主人公命运的总合。在刻画人物的手法上，莫尔对主人公伊丝特处境的纪实性考察，与当时许多英国现实主义小说有所不同。故此，莫尔对哈代的《德伯家的苔丝》评价不高。在莫尔看来，哈代在小说中将人物的激情场面写得羞羞答答、遮遮掩掩，并不符合实际。所以，莫尔在借鉴自然主义的基础上，大胆地选择了下层女性被诱奸和遗弃的基本主题，在一定程度上是对维多利亚时代小说的挑战。从叙述语言来看，与左拉的大部分自然主义小说类似，《伊丝特·沃特斯》同样使用了客观的叙述话语，主要体现为叙述人隐而不露，不作评论、议论等，为了防止夸张，基本不使用主观色彩较强的语言表述。正如有学者指出，"莫尔总是对介

---

① [英]乔治·摩尔：《一个青年的自白》，孙宜学译，江苏教育出版社2005年版，第227页。

人叙述中的评价保持着克制"①。

在《伊丝特·沃特斯》不多的议论中,莫尔并非完全放弃在环境中刻画性格,举其片段为例:"在彻西的这户人家中度过了六个月,当她的身心已交瘁到极点时,决定她命运前程的机会此时来到了。在环境和性格的斗争中,性格已经趋向有利,可环境不再想进一步召集力量来反对性格。一丝头发足以改变天平上的平衡。"② 在此片段中,莫尔对人物的描写只关注命运或性格的不同,而不去区分好人或坏人,特别是左拉在小说中运用遗传学、生理学的创作手法在《伊丝特·沃特斯》中并没有得到体现,倒是后天形成的性格对人物的命运起到了重要作用。如伊丝特最终挣脱苦海,与她善良要强的性格密不可分,而威廉好吃懒做的寄生性格则决定了他因迷恋赛马赌博而最终死亡。在整体风格上,与左拉的《萌芽》《娜娜》《金钱》等作品中人物表现出的生命激情状态相比,《伊丝特·沃特斯》则显得十分平淡。最主要的原因在于,莫尔在小说中尽情披露的这一切,显然与他本人的经历毫无关系,小说是以"仆人们的观点写仆人的生活","而不是他本人经历的某种形式的反映"③,因而《伊丝特·沃特斯》比追求客观冷静的左拉自然主义小说具有明显的倾向性。

二 《伊丝特·沃特斯》的印象主义叙事

受印象主义绘画观念的影响,自然主义作家注重感觉的瞬间印象,主张用颜色和光线对客体进行整体描绘,呈现给读者一幅幅色

---

① Susan Dick, "George Moore", in Ira B. Nadel & William E. Fredeman, ed., *Dictionary of Literary Biography*: *Victorian Novelists after 1885*, Detroit Michigan: Gale Research Company, 1983, p. 201.

② [英] 乔治·莫尔:《伊丝特·沃特斯》,张介明译,华夏出版社2007年版,第213页。

③ Susan Dick, "George Moore", in Ira B. Nadel & William E. Fredeman, ed., *Dictionary of Literary Biography*: *Victorian Novelists after 1885*, Detroit Michigan: Gale Research Company, 1983, p. 201.

彩清晰、形象逼真的画面,从而获得对物体和场景等的连贯印象。在《伊丝特·沃特斯》中,莫尔灵活地借鉴了左拉的叙事艺术,运用了与隐匿叙事主体不同但叙事效果类似的印象主义手法。美国学者赫尔穆特·格伯(Helmut Gerber)曾说:"《伊丝特·沃特斯》的最大成功是运用了印象主义画家的技巧。"[1]但问题是,莫尔是如何运用印象主义手法的呢?

不妨来看《伊丝特·沃特斯》开头关于"伍德维"的描写:"这是一个荒凉的地方。海的大潮有一次曾几乎淹上了那些高地的边缘。于是,那被沿着海岸汹涌而来的海水冲刷过的砂石海滩如今变得一无所用。在这沙滩和一条蜿蜒的小河河岸之间紧紧地依偎着一个小镇,它的脚已插入水边。"[2]与开头相呼应,莫尔在《伊丝特·沃特斯》的末尾再次对"伍德维"有所描写:"伍德维农场延续到地平线,视线再下降一些。在一排榆树的顶杈之间,露出了小镇联翩的屋顶。过了一座长长的蜘蛛腿似的桥梁,一列火车像蛇一样地在那儿匍匐,黯淡的河水流入了港湾,卵石的河堤护围着低洼地免遭洪水。"[3]物是人非,同样的伍德维,从荒凉的海滩到黯淡的流入港湾的河水,再到一列匍匐的火车等都折射出伊丝特不同的心灵感受。伊丝特在刚到伍德维时,面对荒凉的景象,她对生活还抱有一些憧憬和希望。在伍德维经历了太多的苦难之后,面对眼前的荒芜景象,伊丝特触景生情。同样是荒凉,感受却不相同。细究起来,莫尔这样的艺术手法,主要是为了取得结构的平衡匀称和形式的完美统一。在描写伍德维的相关章节中,莫尔对环境细节、事物色彩及修辞性形容词的选择使用都比较谨慎,叙述语气很有分寸,只为

---

[1] Wolfgang Bernard Fleischmann ed., *Encyclopedia of World Literature in the 20th Century*, New York: Fredrick Ungar Publishing Co., 1977, p. 421.

[2] [英]乔治·莫尔:《伊丝特·沃特斯》,张介明译,华夏出版社2007年版,第3页。

[3] [英]乔治·莫尔:《伊丝特·沃特斯》,张介明译,华夏出版社2007年版,第275页。

带给读者不同的感受。确切地说，莫尔的这些手法都可以在福楼拜的《包法利夫人》中找到，就连莫尔自己也声称《伊丝特·沃特斯》是"纯福楼拜式"的。

为了更好地阐明莫尔与自然主义之间的关系，这里以左拉《欲的追逐》中对女主人公勒内卧室中的描写为例，摘录其中一小段如下："房间里的布置有：带镜子的衣橱，衣橱的两块镜板是用银子镶嵌的；一张长椅子，两个矮圆锦凳，一些白缎小方凳，一个梳妆台，镶着玫瑰色的大理石，梳妆台的脚淹没在柔软的细布和花边的皱褶中。桌上的精制水晶器皿，玻璃杯，盒子，脸盆，具有镶着玫瑰红和白色条纹的古波希米亚风格……"① 欣赏勒内卧室一角的布置，左拉对卧室事无巨细的描写就像在读者面前展示了一幅画卷，将卧室内的家具陈列一一展现在读者面前。但是，与印象主义画家不同的是，自然主义作家在描写中并不一定将色彩和光线作为主要的艺术目的来呈现，而是注重对描写效果客观性的追求，色彩和光线只是作为实现客观的一种陪衬，其原因在于自然主义作家不再重视"讲述使情节快速向前推进的事件；而转向描述一个个画面……"② 如左拉就热衷于以和静物画相似的方式处理诸种纤毫毕现的物象，莫泊桑认为左拉的小说《巴黎之腹》"是一幅不可思议的静物写生"③。这从侧面体现了左拉与莫尔在印象主义描写手法上的不同。

左拉与莫尔的印象主义描写为何不同？这是因为，左拉强调和追求现实世界的纯客观性，而莫尔则把现实世界的主观感受作为客观世界的一部分。与左拉善于细致描写不同的是，莫尔更注重画面的主观感受，印象主义式的描写恰到好处地将伍德维小镇的荒凉气

---

① ［法］左拉：《欲的追逐》，金铿然、骆雪娟译，浙江文艺出版社1987年版，第180页。
② ［德］奥尔巴赫：《摹仿论：西方文学中所描绘的现实》，吴麟绶等译，百花文艺出版社2002年版，第548页。
③ ［法］莫泊桑：《埃米尔·左拉研究》，若谷译，载谭立德编选《法国作家、批评家论左拉》，安徽文艺出版社1994年版，第53页。

象和伊丝特的内心感受有机地融合在一起。再如"庄园是由木围栏圈着的,越过围栏展现在眼前的是一个高于一个山头上的裸露的高地。……农舍对面的山冈则越来越高,树木渐稀,已无法耕作,似乎是把悠长又古老的孤寂集中起来,抛给了这荒凉的山顶"①。裸露的高地、孤寂的山岗、渐稀的树木、荒凉的山顶,从这些描写就可感受到伍德维小镇的繁盛与衰败,显示出荒芜的凄凉基调。对荒原般的伍德维小镇景象的多次印象主义描写,实际上与伊丝特的身世遭遇不无关系。当伊丝特无奈地离开伍德维小镇时,凄凉的情景再次显现:"林荫道上正风雨交加;头顶上的树枝发出凄惨的'嘎嘎'声;小巷湿淋淋的,而赤裸的田野四周镶着白色的雾气,与黯淡的海水相伴,那些农舍也显得一派荒寂,而这姑娘的心此时也如景色一样荒寂。"②风雨交加的天气、树枝发出的凄惨之声、白色的雾气、荒寂的农舍等,印象主义式的描绘将伊丝特荒寂的心情完整地呈现了出来。不只是伊丝特,《伊丝特·沃特斯》中的其他人物也是如此。

譬如,当小说中的人物身处困境或逆境时,连一向繁华的伦敦都失去了往日的色彩:热尘滚滚的街道,犹如困倦疲惫的人打着哈欠,天空的卷云遮蔽和掩罩着公园小山顶、圣乔治宫和热闹过的街道,荒凉公园的树木疲倦地摇曳着树叶,失去了昔日的风采。简单的词汇,将客观的环境与主观的心情像一幅可描绘的画一样展示出来,给人以强烈的可感性。在《演员之妻》中,莫尔刻画出了与天空相对的尖顶和屋顶轮廓,在手的皮肤上反射的断断续续的火光,穿过云层的光轴,以及沐浴在阳光下或被烟雾和蒸汽淹没的烟囱罐与红色屋顶。莫尔对屋顶的描写将色彩的主观印象与客观的事物巧妙地结合起来,展示了群体场景与凯特处境的强烈对比。概言之,

---

① [英]乔治·莫尔:《伊丝特·沃特斯》,张介明译,华夏出版社2007年版,第54—55页。
② [英]乔治·莫尔:《伊丝特·沃特斯》,张介明译,华夏出版社2007年版,第58页。

莫尔小说的人物感受并非客观实在而是主观印象的展示。

莫尔的印象主义式描写将文学和绘画结合起来，实现了由可视到可感的审美转化，突破了现实主义小说的典型化描写，将主观感受寄予环境的象征中，达到情景交融的艺术效果。透视莫尔的印象主义式描写手法，既有左拉的影响，又有莫尔自己的艺术创造。莫尔和左拉的印象主义绘画叙事之所以有所不同，说到底，归因于"个人"（个性）与"非个人"之间的间距，这种间距是作家的创作个性和艺术追求使然，体现出同一类型文学表现方式的多样性。莫尔在《伊丝特·沃特斯》中印象主义描写手法的运用，已经超越了左拉自然主义"非个人化"的创作原则，显示出独特的艺术风格。《伊丝特·沃特斯》中自然环境的印象主义描绘，就像勃朗特小说中的山庄、哈代小说中的艾顿荒原、艾略特笔下的荒原等一般，让人感受到19世纪末期英国开始出现的衰退之势和荒原景色呈现的沮丧烦闷之感，这种感受与那时许多作家的主观感受、心境体悟具有一致性。莫尔对荒原景象进行的印象主义描绘，将人的内在心灵转化为外在自然的情感传递和意念呈现，有效地将情与景结合起来。与同时代的英国作家相比，莫尔的文学创作成就或许稍有逊色，但从其文学创作的尝试来看，莫尔在世纪之交对英国文学创作的探索，使其具有了重要的文学史意义。

第三节 毛姆小说中的自然主义倾向

毛姆对法国文学的热爱、医学院的求学经历、社会生活体验、对莫泊桑的痴迷等，使得毛姆的小说创作具有了明显的自然主义倾向。在题材方面，毛姆聚焦于社会下层的小人物，描写人的自然天性和生理本能。在创作手法上，毛姆在创作中力求真实客观，注重细节描绘，运用对话的修辞方式等。归纳起来，毛姆在创作中呈现的自然主义特征集中体现在对人物性格的自然主义描绘、对话修辞的自然主义呈现、审丑艺术的自然主义建构三个方面。

一　人物性格的自然主义描绘

自然主义将真实感看作小说的最高品质，对作家而言就是要回到自然，以观察者和实验者的角色客观地记录，抛弃无意义的虚构想象，将事实材料摆在读者面前，只有这样才能让读者获得真实感，达到文本的真实性。毛姆早期的小说《克雷杜克夫人》可以说体现了自然主义的这一特点。在《克雷杜克夫人》中，毛姆用一个医生的眼光对伯莎状态的描写可谓逼真，毛姆这样描述道："她躺在床上，脸色惨白，眼里充满恐怖。双唇不动，双眉间有一道竖着的细细的皱纹。"① "伯莎张着凝滞、可怕的眼睛躺在那儿，那双眼睛似乎是刚刚看到了新鲜的东西一样，闪现着呆滞的光芒。脸色比以前更白，嘴唇已无血色，脸颊下陷。看起来她就像是死去了一般。"② "伯莎躺在那儿，显得极度的筋疲力尽。她仰面躺着，两只手臂完全无力地摆在身旁。过来一段时间的极度痛苦使她的脸变白了，两眼半闭，呆滞而无生气，下巴颇像死人那样悬垂着。"③

在上述三段描写中，毛姆对伯莎弥留之际状态的逼真描写，让读者感觉伯莎就在眼前。正是作品中关于死亡描写的真实性，《克雷杜克夫人》为毛姆赢得了声誉。1897年11月13日的《观察者》写道："看了书中所描写的贫困，真叫人哽咽不已，难以进食了。"而9月1日的《文艺协会》则说，"那些希望看到对生活的真实描写，而不是粉饰生活的人，倒也觉得不难从书中看出社会真情来"④。事

---

① [英]毛姆：《克雷杜克夫人》，唐荫荪、王纪卿译，花城出版社1983年版，第150页。
② [英]毛姆：《克雷杜克夫人》，唐荫荪、王纪卿译，花城出版社1983年版，第156页。
③ [英]毛姆：《克雷杜克夫人》，唐荫荪、王纪卿译，花城出版社1983年版，第160—161页。
④ 参见[美]特德·摩根《人世的挑剔者——毛姆传》，梅影等译，湖南人民出版社1986年版，第58页。

实上，主张表现生活真实的毛姆，其他小说也是如此。如在《人性的枷锁》中，毛姆对贫民的书写可谓客观中立。当菲利普当实习医生时，他观察到来看病的人，包括工厂工人、马车夫、渔民等，他们因为贫穷只能去慈善医院，经常手里拿着推荐信排成一队等待免费诊断。当菲利普进入贫民区行医时，穷人的生活环境让菲利普大感吃惊。在环境脏乱的路边，破旧不堪的房子一间挨着一间排列，歪歪斜斜的屋顶没有光线，房间墙上到处都是虫蛀痕迹，空气污浊令人难以呼吸。在这种环境下，贫民的思想和行为都会受到影响和扭曲，死亡也就变成了平常之事。如此，材料的真实、人物的真实、细节的真实在毛姆的小说中得以充分地展示，这无疑证明了毛姆在描写方面的真实性追求和深厚的写作功底。

毛姆曾言："我是个研究性格的学生，在不同的作家为我的调查所提供的自我揭示中，我得到了巨大的快乐。我看到哲学背后的那个人，为在某些人身上发现高贵气质而受到鼓舞，也为在另一些人身上发现的怪异而感到有趣。"[①] 毛姆将人物的性格与环境置于小说创作的重要地位，小说人物的行为动机和所处环境相互依存。在《兰贝斯的丽莎》中，活泼开朗的年轻姑娘丽莎朝气蓬勃，处处洋溢着青春活力。丽莎所到之处，总能给大家带来欢声笑语，但是丽莎出生于贫民窟，父亲早逝，母亲嗜酒，缺乏父爱的家庭环境使她与健康成熟的有妇之夫吉姆产生了恋情。生活在贫民区的人根本无法接受这种恋情，丽莎与吉姆的交往并没有给她带来幸福。在甜蜜的爱情和短暂的幸福之后，怀孕的丽莎在孤独中静静地离开人世。在生命垂危阶段，丽莎躺在床上，没有温情和关怀，自己的母亲和接生婆霍奇斯太太却在悠闲漠然地喝着白兰地，谈论着过往的夫妻生活。

在自然主义作家看来，"人不是孤立的，他生活在社会中，社会

---

① [英]毛姆：《总结》，孙戈译，译林出版社2012年版，第158页。

环境中，我认为社会环境同样具有首要的重要性"[1]。在《人性的枷锁》中，小说主人公菲利普为了实现自己的人生目标和自我价值，不得不从一个地方迁移到另外一个地方，不同的环境对菲利普的生活、宗教、爱情等方面产生了不同的影响。在牧师学校，菲利普在心理上自卑而沉闷。他的跛足常常受到同学们的耻笑，而戈登先生对学生常常大发脾气，有时甚至掐着学生的脖子来进行教育。菲利普身边的同学全是贵族乡绅家的孩子，让他一开始就产生了低人一等的自卑心理。更令他苦恼的是，学校的教育方式和食堂的饭菜常常令他反胃。无法忍受的菲利普在伯父的推荐下去德国学习。与牧师学校不同，舒适的异国风情给菲利普带来了愉悦的心情，没有人再去嘲笑他的跛足，美丽的自然风景也让他的性格变得开朗，他开始结交新朋友，与周围的陌生人聊天交谈，认识了具有艺术品位的海德威。在众多的知识分子中间，菲利普开始意识到宗教信仰的问题。在牧师学校时，菲利普对宗教抱有极大的热情，但他的虔诚并没有得到上帝的眷顾，特别是没有治好自己的腿疾，由此对宗教产生了怀疑。在异国他乡，威克斯和海德威对宗教的一些观点直接影响了菲利普对宗教的态度，他感到宗教就像外界强加给他的一个包袱，刻板的教条和冰冷的教堂并不能改变自己的命运。在菲利普对宗教从怀疑到放弃的态度转变中，不同的环境改变了菲利普的性格。在海德威的建议下，菲利普又到巴黎去学画。在巴黎求学时，菲利普的性格和胸怀变得更加宽广，开始关注更加广泛的社会问题，对自己的生活有了新的认识。在感情方面，周围同学对爱情的随意态度，引发了菲利普对性爱的向往和幻想。在学习绘画的过程中，最让菲利普震惊的是普林斯·范尼的死。普林斯的艺术追求和勤奋努力并没有改变他的生活困境。菲利普之所以放弃绘画，是因为自己对于美的感知过于迟钝和拮据的经济状况。从伦敦到海德堡再到巴

---

[1] 柳鸣九：《自然主义文学巨匠左拉》，载柳鸣九主编《自然主义》，中国社会科学出版社1988年版，第49页。

黎，菲利普的性格随着环境的变化而变化，他的困境是那个时代小人物生存困境的真实写照。这与自然主义对下层人物的关注相契合。

二 对话修辞的自然主义呈现

毛姆曾经提到"当我执笔写《兰贝斯的丽莎》时，我总是想要是莫泊桑会怎样来写"①。作为毛姆的第一部小说，《兰贝斯的丽莎》与莫泊桑小说最为相似的地方就是在作品中采用了大量的对话，人物对话占了作品的 3/4 多，悬念的设置、巧合的对接、情景的戏剧化等都以对话的方式呈现，构成了《兰贝斯的丽莎》的叙述主体。

细品《兰贝斯的丽莎》中的对话，其形式不单单是一种叙述方式，更多的是一种修辞手法。譬如，丽莎登场时的情节对话：

> "这是你的新衣裳吗，丽莎？"／"怎么，不像是旧的吧，"丽莎说。"哪儿来的？"另一个朋友带着妒忌的口气问她。／"街上拾来的，还有哪儿来！"丽莎鄙夷地回答她。／"这套衣裳正是我在威斯敏斯特桥大道的当铺里看到过的。"一个男人有意说这话逗弄她。／……／"见你的鬼！"丽莎愤怒地说。／"你再跟我噜苏，我给你个嘴巴子。我这衣裳，料子是西区（注：指伦敦西部的高级住宅区）买来的，叫我的官廷服装师给我做的，这下你可以少耍贫嘴了，朋友。"②

再来看莫泊桑《一生》中约娜与父亲的对话：

> "你说这样的天气怎么能动身呢？／"然而她撒着娇，甜蜜

---

① [美]特德·摩根：《人生的挑剔者——毛姆传》，梅影等译，湖南人民出版社1986年版，第52页。
② [英]毛姆：《兰贝斯的丽莎》，俞亢咏译，上海译文出版社1997年版，第7—8页。

蜜地央求他："啊！爸爸，我求求您，我们走吧！到下午天一定会晴的。"/"但你母亲可绝对不会答应呀！"/"行！我担保她会答应的，我去跟她讲就是啦。"/"好吧，你要能说服你母亲，我这方面就不成问题。"①

比较以上对话，其中的共同点在于，两段对话连续多句都没有标明说话者是谁，即"某某说"的方式，而是一句一句的问答式设置，让小说背景、人物关系、性格特征在人物对话中自然地展示出来。在丽莎与他人的对话中，我们可以了解到丽莎是一个性格开朗、心直口快的女孩子。在约娜与父亲的对话中，我们能够感到约娜那种温柔的诉求和真实的期待。

毛姆为何喜欢运用对话的修辞方式呢？个中原因正如他所言，"我似乎天生就思路清晰，对于写出简单易懂的对话有种诀窍"②。结合其作品就可看到，对话修辞一方面展现出毛姆的天赋才华，另一方面是毛姆将对话作为自我表达的方式。如小说中丽莎、萨莉、肯普太太、汤姆、吉姆、布莱克斯顿太太之间的对话，或对爱情、婚姻直接发表意见，或对一件事、一个人物发表各自的见解，蕴含着对爱情、婚姻、自由等问题的思考。

毛姆运用的对话修辞达到了怎样的艺术效果呢？追根溯源，在于自然主义式的真实客观性的追求，既显示出生活的原生态，也在审美效果上打破了逻各斯的思维定式。在写作《兰贝斯的丽莎》时，毛姆在对许多情节对话构思的过程中，将自己的朋友、同事等看作作品中的人物，认为生活不仅是可过的也是可写的，要为评论家留下足够的空间。之所以如此，寄人篱下对社会底层的深刻认识、学医经历养成的观察记录习惯、临床实践形成的冷静态度等，这些都使毛姆形成了自然主义的艺术视野。如吉姆坦然承认丽莎怀孕之事，

---

① [法]莫泊桑：《一生》，盛澄华译，人民文学出版社2004年版，第3页。
② [英]毛姆：《总结》，孙戈译，译林出版社2012年版，第23页。

这原本应引起读者极其惊讶的事件，他们之间的对话却显得客观而无动于衷，在高潮中显示出平淡。因而，毛姆小说中的对话因缺乏"文学性"而受到指责，但不可否认的是，自然主义的对话所达到的客观效果却是值得肯定的。英国学者赛琳娜·黑斯廷斯就认为，毛姆的对话写得极妙，体现了毛姆非凡的洞察力和幽默感。[1]

与自然主义作家相比，毛姆创作《兰贝斯的丽莎》的意图并不在于叙述一连串的事件，而是在再现现实生活情境中建构人性的精神图景。情景叙事作为自然主义作家时常采用的一种叙述方式，就是将不同的生活场景链接起来，连缀成合乎现实生活逻辑的故事情节。对话的方式便成了链接和连缀生活场景与故事情节的重要媒介，其目的不在于推动故事情节的发展，而是实现生活情景的客观化。如左拉在《小酒店》《娜娜》中聚会上的对话描写，体现了上层社会的奢华和虚伪。《萌芽》中矿工的多次集会和罢工游行中的对话，则让冲突爆发出一种激烈的暗流。不过，在自然主义的场景叙述中，对话作为一种叙述点缀，在场景的转化中使小说呈现出戏剧性。如莫泊桑的小说场景就是如此。在战乱中，不同阶层身份的人围绕一辆马车而将逃难的情节展开，马车好似舞台，羊脂球与其他人犹如演员，在对话形成的张力中展示出纷繁复杂的社会缩影。

与左拉、莫泊桑不同，毛姆的《兰贝斯的丽莎》不是把人物的矛盾和冲突建构在外部世界的表层，而是构置在人物话语的内在关系中，即通过对话的方式，通过人物的所思所想，来反映特定情境中特定人物的生活现状。毛姆用对话代替了叙述，用对话来设置和解密悬念，使对话成为有力的表达手段。基于此，毛姆将读者引入小说的阅读理解中，在戏剧化的冲突中激发出读者的想象力，使读者主动参与对话意义的建构，从而建构出"作者—文本—读者"的审美关系，以此凸显作品的客观真实性，进而以读者参与的方式建

---

[1] ［英］赛琳娜·黑斯廷斯：《毛姆传》，赵文伟译，安徽文艺出版社2015年版，第46页。

构生命存在的本真形态，呈现出自然主义的审美效果。

三 审丑艺术的自然主义建构

丑和审丑意识在各国文学中都有不同的表达方式，侧重点和描写程度也各不相同。如前面提到的毛姆对伯莎弥留状态的描写，不是避重就轻简略带过，而是注重细节的把握，将脸色的惨白、头发的稀疏、老兽般的爪子等在生命衰亡时的颓势展示出来，在丑陋中看到了生活的无奈。在《戴蕾丝·拉甘》中，左拉对卡米耶尸体的描写颇具代表性："卡米耶是丑陋的……他的身体就像一堆腐肉，他死前一定忍受过巨大的痛苦，可以看得出两个肩膀已经脱臼，锁骨刺穿了双肩。在他那发青的胸脯上，肋骨发黑，根根外露，左胁裂开。两条腿张着，里面是一片暗红色的肉。整个上身都腐烂了。两条腿比较硬实一点，直挺挺地伸着，上面布满了污秽的斑痕。双脚耷拉下来了。"① 左拉对卡米耶尸体的描述，让每个阅读它的读者都会产生一种强烈的、想呕吐的感觉。左拉热衷于对尸体等可怖景象的描写，就像外科医生解剖人的尸体一样，毫不顾忌地、细致地描绘肮脏丑恶的事物。

毛姆和左拉同样是描写死亡，描写死者的尸体，但读者读后却有不同的感受。比起左拉对腐烂尸体的详细露骨的描写，毛姆对死去产妇的描写就显得保守一些，并且与左拉不同的是，毛姆对死后产妇的状态是以菲利普的视角来描写的，这种写法在一定程度上缓和了赤裸裸的丑陋效果。当然，无论是哪一国自然主义创作中的审丑意识和丑的艺术呈现，都具有一定的审美价值。因为对于文学艺术来讲，存在于自然界中的一切都可以作为艺术创造的反映对象。毛姆与左拉扩大了小说摹仿描写的范围，对传统文学中曾经被认为是丑陋的事物进行描写，超越了传统审美观念。在革新传统的意义

---

① ［法］左拉：《泰雷兹·拉甘》，韩沪麟译，百花洲文艺出版社2009年版，第67页。

上，对于重视读者的左拉和毛姆来说，他们虽然对丑陋的认知描写程度有所不同，但他们小说中关于丑陋的书写，在强化人们对真善美认识的同时，也改变了人们对传统小说的审美认识，让读者在审美感受中体悟作家对于重建人类美好秩序的愿望，这显然是毛姆艺术探索与自然主义审美追求相通的地方。

第四节 贝内特小说的自然主义书写

在文学史上，贝内特的"五镇"系列小说被认为是他最具特色的小说，被看作连接英国小说和欧洲写实主义潮流的纽带。在此意义上，自然主义对贝内特小说创作的影响突出地表现两个方面，一是对生活现实的客观呈现；二是对道德禁忌的大胆书写。

一 生活现实的客观展示

传记作家斯温纳顿（Swinnerton）曾记载："贝内特十分清楚，他是用男孩般的新奇洞察力和天真无邪的丰富情感去观察'五镇'。若他的创作离开了'五镇'，就失去了其特有的魅力。"[①] 因此，贝内特第一部关于五镇的小说《五镇的安娜》，以陶都"五镇"为背景，展示了制陶工业与陶工生活的面向。在小说中，贝内特如数家珍地展示了祷告会、收租、周末学校和阴暗内室等独具风格的细节，细致深入的观察、详细入微的描写，无不体现在日常琐碎的书写中。在颇具英格兰特征的"五镇"里，小说的女主人公安娜自然淳朴，体贴厚道，善解人意，具备陶都人固有的善良质朴，然而在生活中受制于父亲的专制，命运又具有悲剧性。贝内特这样写作的目的似乎在刻意将安娜塑造成旧传统的反叛者与新道德的典范。在安娜身上，贝内特寄托着对当时陶都社会精神和工作生活的希望。正因为如此，贝内特小说的主题在某种程度上即是生活本身，是五镇的陶

---

① Margaret Drabble, *Arnold Bennett*, New York: Alfred A Knopf, 1974, p. 26.

都，安娜则是五镇的象征。

贝内特认为："我看生命是好的，我不要改变它，我要将它照原样写下来。"① 毫不夸张地说，贝内特一生的文字事业，离不开陶都带给他的无尽的创作灵感。乔治·斯图尔特（George Sturt）在给贝内特的信中，对《五镇的安娜》作了如下评论："你自己拒绝显露感情，毫无激情，你既不说某人好，也不说某人坏，等等——这些都没错。但是你似乎不愿激起读者的感情，仅仅招呼他们过来观看，且对他们的同情表示拒绝。"② 这充分说明了贝内特写作的客观性。在《五镇的安娜》中，贝内特几乎事无巨细地描述了陶都的大街、酒吧、戏院、广场、公园、商店、火车站、教堂等场所，特别是那些家私拥挤的起居室，黑暗、寒冷、脏乱的卧室，昏暗、狭窄、污浊的厨房，看到这些描写，就会使人感受到作品中这些场景是真实存在的。因而，贝内特被视为英国作家中最擅长传递场所和描写环境的作家之一。

在此摘录《五镇的安娜》《热米妮·拉赛朵》中描写环境的片段来进行分析。

在早上，这并不是一个令人愉快的房间，因为窗户很小，外面还在刮西风。在桌子和三张马毛椅子旁边，放着一张扶手椅子，一张曲木摇椅和一台缝纫机。一张旧的布鲁塞尔地毯覆盖着地板。壁炉上方挂着一副用褪色的褐色木框裱成的木刻《世界之光》。在另一面墙上陈列着一些黑色边框的家庭照片。天花板上挂着盏双头吊灯，其中一头被一块标有省气的煤气灯灯罩和玻璃流苏拉歪了，吊灯上方的天花板严重褪色。烟囱口的一边放着三尺高的柜子，一些纸板盒子，一个工作提篮。③

---

① Margaret Drabble, *Arnold Bennett*, New York: Alfred A Knopf, 1974, p. 32.
② James Hepbur ed., *Letters of Arnold Bennett*, Vol. 3, Oxford: Oxford University Press, 1990, p. 172.
③ Margaret Drabble, *Arnold Bennett*, New York: Alfred A Knopf, 1974, p. 39.

第四章　自然主义对英国作家文本实践的影响　◇◇◇　149

　　房间里的壁炉上摆着一只桃花木方盒，里边装着一座钟；钟面宽大，上印粗体数字，时钟显得沉甸甸的。座钟两侧的玻璃罩下各有一个烛台，由三只交颈天鹅组成，脖子上绕着一个金色箭袋。壁炉旁边放着一张伏尔泰式扶手椅，椅垫是小女孩和老妇人常织的那种绒绣图案，两只扶手裸露在外。墙上挂着两幅具有贝尔登情趣的意大利风景画。还有一帧水彩花卉，画的下角用红墨水写着日期。①

　　比较以上两段内容，贝内特、龚古尔兄弟对房间（卧室）进行的详细的描述，其精细程度几乎不分上下。这与两位作家的叙述艺术主张相关，如龚古尔兄弟提倡的文献记录法、贝内特的拒绝显露感情。表述不同，但内涵一致，可谓异曲同工。英国作家威尔基·柯林斯（William Wilkie Collins）将贝内特、威尔斯、高尔斯华绥看作20世纪初英国社会现实主义小说的代表作家，并指出三者的区别在于，"贝内特满足于记录，威尔斯想改变每样东西，而高尔斯华绥则倾向对一种社会文明进行道德改良"②。相较之下，贝内特对社会和生活进行不偏不倚、不折不扣记录的创作手法，是其与自然主义最为相似的一个特点。

　　在关于丑陋的描写上，如果说毛姆、吉辛和莫尔对丑陋的描写主要侧重于人物，那么，贝内特对丑陋的描写则侧重于环境。《五镇的安娜》开篇就有一段五镇的环境描写："这里的房屋都是由红褐色的砖砌成，一栋栋地排列在街道两旁，形状丑陋，缺乏诗意。"③"城镇里那些工厂作坊的烟囱林立，在白天喷出一道道浓烟，染黑了四周的田野。在夜晚，烟囱喷出的阵阵火花，映照出五镇中黑漆漆

---

　　① ［法］龚古尔兄弟：《热曼尼·拉瑟顿》，董纯、杨汝生译，人民文学出版社1986年版，第3页。
　　② Alan Sillitoe, "Arnold Bennett: The Man Form the North", *Introduction in Arnold Bennett The Old Wives' Tale*, London: Penguin Books Ltd., 1968, p. 9.
　　③ Arnold Bennett, *Anna of the Five Towns*, London: Penguin Books, 1936, p. 9.

的建筑物。"① 在贝内特的五镇小说中，我们经常可以看到五镇作为一个工业城镇，烟囱林立，白天从烟囱中冒出滚滚浓烟，将周围的田野染黑，夜晚从烟囱中喷出阵阵火花，将五镇黑漆漆的建筑物映照出狰狞的面目。丑陋的红褐色砖房使拥挤的街道显得平淡无奇，狭隘、肮脏的环境常常使人感到畏惧。五镇的天空总是浓云密布，弥漫着黑雾和灰尘，灰闷闷的天空让人感到一种令人窒息的绝望感。

与毛姆等不同的是，贝内特善于在丑陋中发现生活的美，他曾在日记中记录了自己对伯斯利镇那种丑陋的赞美："伯斯利的景色……充满了奇妙的魅力。烟雾把它的丑陋转化成了一种超越于建筑师的工作和时光之上的美。"② 事实上，不仅仅在《五镇的安娜》里，包括在"五镇"系列的其他小说中，贝内特对五镇细致入微的观察和冷静客观的描写，准确地捕捉到了19世纪后期英国北方工业城镇社会物质与精神生活的全貌，为我们全面地认识和理解19世纪后期英国社会的变迁和发展提供了重要参照，其艺术魅力可以与巴尔扎克的《人间喜剧》、左拉的《卢贡—马卡尔家族》系列小说相媲美。

此外，有学者指出，《五镇的安娜》和巴尔扎克的《欧也妮·葛朗台》在情节人物、艺术风格等方面存在互文性。将《五镇的安娜》与《欧也妮·葛朗台》进行比较可以发现，这两部作品确实存在着相同的文本构成。尽管《五镇的安娜》是否直接受到了《欧也妮·葛朗台》的影响尚不明确，但从两部作品的互文性可以看出，《五镇的安娜》作为一个男性作家书写女性的文本，在艺术上已经突破了文本的封闭系统，对传统现实主义文本有所超越，"文学—文本"与"文本—生活"所体现的"主体—主体"之间的关系不仅超越了传统现实主义文本的主体性关联，而且在艺术上充分实现了对

---

① Arnold Bennett, *Anna of the Five Towns*, London: Penguin Books, 1936, p. 20.
② 文美惠：《阿诺德·班奈特和他的"五镇小说"》，载柳鸣九主编《自然主义》，中国社会科学出版社1988年版，第391页。

女性自由境遇的关注和理解，深刻地诠释了女性的自由。

二 道德禁忌的大胆书写

自然主义在英国的传播之所以受到阻碍，一个很重要的原因就是法国自然主义文学中的性爱描写，特别是左拉作品中那种赤裸裸的性行为描写，在19世纪末20世纪初的英国文坛引起了不小的冲击。面对这种冲击，如何处理性爱变成了英国小说创作不得不面对的问题。对于一般读者而言，自然主义的性爱描写除了使他们感到好奇和惊讶之外，也使他们意识到英国传统现实主义小说的禁忌，正在被来自海峡对面的文学所打破。而对于一些评论家和作家而言，自然主义的性爱描写不再是简单的描写问题，而是如何摹仿和怎样摹仿现实的问题，是关乎小说观念革新甚至如何创作小说的问题。

在创作过程中，贝内特除了卷入维多利亚时代关于性的争论之中，左拉等自然主义作家对待性爱的大胆态度也对贝内特的小说创作有所影响，或许贝内特能够描写出冗长的、令人恶心的场景，或许会模仿左拉在小说中坦率地描写性爱，尽管贝内特的坦率程度比起左拉来，《五镇的安娜》比起《戴蕾丝·拉甘》《土地》和《小酒店》还不及一半，其书写方式也不一定适应英国读者的口味。贝内特其实已清楚地认识到，英国社会在很长时间内将性爱视为文学创作的禁忌，对其所表现出来的某种民族保守主义和偏执态度根深蒂固，文学批评家和小说家在文学领域内并不能很好地区分题材，亦不知如何恰当地处理，更不用说英国大众的阅读困惑了。在这种情况下，贝内特面临的问题是，若在作品中描写性爱，一是如何表现才能够忠实于自己的艺术观念，即全面地表现生活；二是如何做到不直接冒犯英国大众的道德观念和审美口味。当然，写作设想与接受实际有时候往往不同。

1905年，贝内特发表了小说《神圣与亵渎的爱情》。据说，小说甫一出版，那些道德保守者一看到小说标题，就立即向贝内特发起了攻击。对于小说的创作设想，贝内特指出，"我向达夫雷（笔者

注：一位出版家）勾勒了小说的情节。我认为他并不感到震惊，并且问我英国公众是否能够忍受。然而，从粗略的梗概中他是无从判断的"①。在当时的英国社会环境中，贝内特这一构思设想显然具有冒险性。从小说的最终出版来看，《神圣与亵渎的爱情》的故事情节讲的是卡洛塔·皮尔与伊斯本洛夫的性爱同居故事。这样的情节设计的确对英国公众来说是不小的洗礼。一位宣称曾将贝内特当作"严肃"作家的匿名者，在《波尔公报》上发表文章指出，"《神圣与亵渎的爱情》的标题是胡说八道术的胜利。它包含着一些莫名其妙的含义，与他不顾体面写成的粗劣庸俗故事毫不相干……一句话，这是一部耸人听闻的恶劣小说"②。若将《神圣与亵渎的爱情》看作贝内特对自己先前艺术实践的背离的话，那么，我们就难以理解贝内特的第一部小说《北方来的年青人》中的相关片段了，如主人公里查德在投入妓女的怀抱时，"他的脊背像黄油一样酥了，一阵震颤的快感掠过全身"③。对比而言，问题的关键不在于贝内特如何描写性爱，因为他并没有沉溺于性爱描写而是有所节制，关键在于贝内特如何对待小说的创作禁忌，因为"先锋"小说家眼中的"严肃"和一般读者心目中的"严肃"并不等同，"先锋"小说家眼里的"严肃"是对待艺术的"严肃"，大众读者心目中的"严肃"则是道德意义上的"严肃"，二者实际上是一个问题的两个方面，只是立场不同罢了。况且，在创作《北方来的年青人》时，贝内特大体上迎合了维多利亚时代英国人的道德规范。

与《北方来的年青人》相比，《神圣与亵渎的爱情》中的性爱描写所占的比重却比较多。但在 20 世纪六七十年代，许多批评家都

---

① Newman Flower ed., *The journals of Arnold Bennett 1896 – 1910*, Vol. 1, London: Cassell & Company Ltd., 1933, p. 197.

② James Hepburn ed., *Arnold Bennett: the Critical Heritage*, London: Routledge & Kegan Paul, 1981, pp. 192 – 194.

③ Arnold Bennett, *The Man Form the North*, Bloomington: Indiana University Press, 1973, p. 147.

第四章 自然主义对英国作家文本实践的影响　　153

不约而同地认为贝内特的性爱场面写得不好，说其中的省略技巧用得太多。对于这一点，英国批评家约翰·卢卡斯（John Lucas）认为："贝内特根本就没有能力想象一个在性爱上有血有肉的女人……作为热情的法国迷，他很有可能尝试以女性的角度描写性。"① 前面提到，贝内特在描写性爱时一边要忠实于自己的艺术观，一边又要做到不直接冒犯英国大众的道德观念和审美口味。从中不难判断，除了对性爱描写进行尝试外，贝内特性爱书写中省略技巧的频繁使用仅仅是表面原因，学术界认为迎合"新女性"或模仿左拉也并非主要原因，更重要的原因在于突破维多利亚时代的保守道德观。在《神圣与亵渎的爱情》中有大量情节表明，贝内特谨慎地公开挑战大众所固守的神圣道德观。这或许是贝内特描写性爱的意图所在，他对性爱描写的尝试或许并不那么成功，但"对于《神圣与亵渎的爱情》似乎是完全认真的"②。

1917年，贝内特开始构思他的另一部小说《窈窕淑女》。对于这部小说的写作初衷，贝内特说，"我想写一部较短的小说，讲一个法国高级妓女的故事。我认为可以把什么事都讲出来，同时又不触怒英国公众"③。实际上，这一写作初衷仍旧延续了贝内特创作《神圣与亵渎的爱情》时的意图。1918年，当《窈窕淑女》出版后，其命运却与《神圣与亵渎的爱情》有点不同。为何不同？根据英国评论家乔治·拉福尔格（Georges Lafourcade）的说法，在第一次世界大战期间，贝内特已经明确地认识到，"旧有的平衡已被打破，现在可以向读者提供道德与现实之间的一种新式且能接受的妥协方法了"④。这种妥协事实上是一种新的挑战。为何是新的挑战？最主要

---

① John Lucas, *Arnold Bennett: A Study of His Fiction*, London: Methuen, 1974, p. 71.
② John Lucas, *Arnold Bennett: A Study of His Fiction*, London: Methuen, 1974, p. 72.
③ Newman Flower ed., *The journals of Arnold Bennett 1911–1921*, Vol. 2, London: Cassell & Company Ltd., 1933, p. 196.
④ Georges Lafourcadedoi, *Arnold Bennett: A Study*, London: Frederick Muller, 1939, p. 176.

的原因是《窈窕淑女》的主人公是妓女。以妓女做主人公，这在维多利亚时代来说，绝对可以算得上是一种审美趣味的挑战，因为当时词典中都不允许出现"妓女"一词，更别说将其当作小说的主人公了，所以《窈窕淑女》在创作方面的挑战性，绝对不亚于《北方来的年青人》和《神圣与亵渎的爱情》。但这一次贝内特慑于公众的压力，并没有将性爱进行详尽的描写，而是采取了更为节制的手法。与《北方来的年青人》《神圣与亵渎的爱情》相似，贝内特在《窈窕淑女》中对霍普性爱行为的多处描写进行了省略。尽管如此，《窈窕淑女》以妓女为主人公的故事情节刺激了英国公众的道德神经而受到批评。作品叙述了女主人公康塞普辛的丈夫在第一次世界大战中战死后，当康塞普辛把这一消息透露给霍普时，霍普脑海中却闪现出淫欲的念头。贝内特在作品中将第一次世界大战中的爱国行为与人的生理欲念结合在一起，自然会遭到道德主义者和爱国主义者的双重责难，《窈窕淑女》因此受到出版商和读者的多方攻击。

《老妇谭》被认为是贝内特最成功的小说，这部小说在性爱描写方面甚为节制。如与姐姐康斯坦丝忽略不计的性爱表现相比，妹妹索菲亚的私奔丑闻轰动五镇。与生理情欲的追求不同，索菲亚私奔的出发点不是性爱，而是源于索菲亚具有的某种好奇和冒险的性格。而且，与左拉、龚古尔兄弟一样，贝内特对索菲亚为了爱情理想而与杰拉德私奔的叙述，并没有将维多利亚时代的道德标准强加在他们身上，或者对私奔是否道德做出评价。这可以说是贝内特对自然主义观念的具体实践。此外，从贝内特的日记可以了解到，莫泊桑是贝内特心底叹服的榜样，《老妇谭》的创作就是以莫泊桑的《一生》为蓝本的。根据贝内特的日记记载，1903年秋，贝内特就在酝酿《老妇谭》了。话说有一天，贝内特在一家经常光顾的餐馆用餐时，发现桌子对面坐着一个憔悴、丑陋、肥胖的中年妇人，这位中年妇女立马引起了贝内特的注意和兴致。在外貌上，贝内特意识到这位中年妇女也曾经年轻漂亮过，只不过时间将她变成现在这个模样。曾经熟读莫泊桑《一生》（《一个女人的一生》）的贝内特，看到这个中年妇女感慨万千,希望书写出自己的"一个女人的一生"来,但贝内特希望比莫泊桑写得更好且与其不同,贝内特便给中年妇人派了一个妹妹,因而《老妇谭》不是一个女人的故事,而是两个女人的故事。

在《一生》中,莫泊桑忠实而详细地再现了让娜和于连新婚之夜的性爱场面,而《老妇谭》中关于索菲亚与斯盖尔斯私奔的性爱描写,不过是简单的亲吻与抚摸而已,并没有太大尺度的呈现。反观左拉,在性爱描写方面就显得大胆而具体。如《土地》中对帕尔米尔·福昂和希拉里恩·福昂兄妹的乱伦、农民们极其残忍的行为及其下流的语言书写等。《小酒店》中对古波、绮尔维丝和朗蒂耶三人之间混乱的性关系、酗酒导致的人的道德沦丧、古波与绮尔维丝的疯癫及死亡的详尽描写等。比起左拉,贝内特小说中的性爱描写在程度上就显得逊色许多。况且,以英国公众对贝内特的攻击反观自然主义对人性阴暗面的书写,就不难理解英国上层为何难以接受左拉的自然主义小说。

若将贝内特与巴尔扎克相比,巴尔扎克就显得较为保守。《人间喜剧》虽有不少地方涉及了"情欲"描写,但大多侧重心理层面而极力避免肉体层面,涉及生理内容时往往蜻蜓点水。因为巴尔扎克所处的时代比左拉所处的时代还要保守,并且巴尔扎克作为一个保王党,接受的是上流社会的道德观念,强调作家的社会教育责任,处处维护上流社会的贵族精神,因而不会轻易突破上流社会的道德观念去书写禁忌。左拉之所以在创作中打破禁忌,主要原因在于他经常强调全面精确的现实,主张真实以外不存在道德。如在《卢贡—马卡尔家族》的20多本小说中,差不多每部小说都是左拉突破禁忌的诗学实践和体现。贝内特之所以敢于书写性爱,左拉毫无疑问是贝内特效仿的榜样,尽管在程度上无法与左拉相比,与莫泊桑也有一定的距离。但就具体书写而言,贝内特对自然主义的借鉴运用似乎更接近莫泊桑和巴尔扎克,或者是将莫泊桑和巴尔扎克集于一身。何况,作为出生于英国中产阶级下层的贝内特,虽然会对英国中产阶级下层的种种弊端有所批评，但在潜意识中会维护这一阶层的价值观念，因而在一定程度上会对其传统道德观念的批判持保留态度，由此对性爱禁忌的书写显得有所节制。

基于上述分析可见，贝内特与法国自然主义作家存在诸多相似之处，这源于贝内特对自然主义的接受，特别是受到当时法国文学观念、左拉等人的影响，才使贝内特的文学创作具有了自然主义倾向。贝内特与法国自然主义的一些不同之处表明，他在接受自然主义的基础上，又有了自己的理论探索和文学创新。实事求是地讲，贝内特关于小说的理论探索和文学实践虽然受到了一些批评，但客观上却给20世纪之初的英国现实主义带来了新的艺术观念。

第五节　哈代小说中的自然主义因素

"性格与环境"小说被认为是哈代小说创作的最高成就，备受评论界重视。仅从名称上来看，就能使人感到，哈代小说的主人公或人物的命运和"性格与环境"有很大的关联。相似的是，自然主义小说同样注重人物的性格与环境，那么，"性格与环境"小说与自然主义小说有何关联呢？

一　性格与环境的辩证

19世纪的现实主义文学主张塑造"典型环境中的典型人物"。哈代通过对人物所处环境特别是具有浓郁乡村特色的"威塞克斯"世界的描写，将人物的性格展示与环境作用结合在一起。因此，哈代人物的典型性主要体现在从"性格与环境"的角度来塑造人，自然、社会环境和人物性格之间的对立统一贯穿于哈代小说之中。

在大多数情况下，环境的变化会引起人物心理乃至性格的变化，从而对人物的命运产生影响。小说在塑造人物的过程中，如何处理性格和环境的关系是关键问题之一。哈代在1893年的一封信中述说道："为了这个目的，我宁愿社会分化成由各种性格组成不同的群体，社会将以不同的方式对待这些群体。"① 具体来看，哈代笔下的人物性格可以分为两类：一种是内向性格型人物，以苔丝、裘德、盖伯瑞尔为典型代表，他们在性格方面具有内向力，主要表现为对自我欲望的克制、美好情操的追求、利他原则的恪守。另一种是外向性格型人物，以克林、亨察尔为典型代表，他们在性格方面具有外向力，主要表现为对环境的抗争、改造等方面。同时，这两种性格在作品中的演变和发展又时常面临着严酷的自然环境和社会环境，有时会像盖伯瑞尔那样取得胜利，而更多的像苔丝和裘德那样向死而生，克服种种障碍以开拓自身的命运之路，这无疑使哈代笔下的主人公性格具有了崇高的人格特质和审美意蕴。

有研究指出，"哈代作品的中心主题是命运。所谓命运就是一定的人物与一定的环境相互作用，由此产生的不可避免的结果"②。实际上，哈代作品的中心主题并非都是命运，但人物的性格命运却与环境紧密联系在一起。如哈代笔下的苔丝通过她含蓄深沉的内在性格与环境的无声较量，特别是苔丝用极其平凡的切面包小刀杀死亚雷时，苔丝将那种外在的力量转为坚韧的忍耐力。《还乡》中的托马沁外表年轻漂亮、性情温柔恬静。作为荒原之女，托马沁从小生活在荒凉偏僻的艾顿荒原，但很好地适应了那古老丑陋而远离文明城市的地方。于托马沁来说，荒原的春夏秋冬四季美好而宁静，从不令人厌恶。《卡斯特桥市长》中的韩洽德最后失败的原因之一，就是面对迅速发展的工业社会，不再如从前那样适应生存环境。

达尔文进化论作为哈代社会向善思想的基础，马沁、维恩的适者生存，裘德、韩洽德、尤苔莎的劣者淘汰都阐释了哈代的进化向善思想。一个重要的原因就在于，无论哈代是否属于自然主义作家，但在"性格与环境决定人的命运"层面上，哈代小说与自然主义主

---

① Rosemary Sumner, *Thomas Hardy: Psychological Novelist*, London: Macmillan Press, 1981, p. 189.
② Lance St John Butler, *Studying Thomas Hardy*, Essex: Longman Group Ltd., 1986, p. 27.

题基本一致。溯其源，哈代顺从父母意愿，从小就接受神学的教育，信奉"善有善报，恶有恶报"的"天意"。但随着年龄的增长、知识的增加，受达尔文的《物种起源》、穆勒的《论自由》、孔德的《实证哲学教程》等书的影响，哈代开始对维多利亚时代亚现实主义道德教化的"不自然的大团圆结局"有所质疑，同时意识到人类并非上帝的杰作，而是比动物高级的普通生物，人所受的遗传、气质、环境影响不可抗拒，需要在不断的竞争中斗争才能生存，这种竞争机制不断推动社会向前发展，正所谓"物竞天择、适者生存"。因此，从虔诚基督徒转变为进化论拥护者，哈代的创作是与"自然主义的出现与达尔文主义的生物决定论和斯宾塞等人的社会决定论思想密不可分的"[1]。

在自然主义作品中，环境对人物性格形成的作用不可忽视，但对人物性格的形成起决定作用的是生理和遗传。如在《戴蕾丝·拉甘》的序言中，左拉揭示了自己的创作意图在于科学探索，在于在活人身上进行尸体解剖而已。左拉在创作《卢贡—马卡尔家族》系列小说时，就事先绘制了马卡尔家族的遗传树形图。在小说《帕斯卡尔医生》中，左拉则借帕斯加尔之口，向读者详细地展示了家族遗传的谱系："在直接遗传里，有亲属选择：属于母本选择的有：西尔维尔、莉扎、黛齐雷、雅克、鲁伊泽、你自己；属于父本选择的有：锡多尼、弗郎索瓦、热韦泽、奥克塔弗、雅克·路易。另外，有三种混合遗传：属于连接混合遗传的有，于尔絮勒、阿里斯蒂德、安娜、维克托尔；属于传播混合遗传的有：昂图瓦纳、厄热纳、克洛德……"[2] 由叙述可见，左拉之所以如此重视遗传与环境，如此书写遗传谱系，实际上是要揭示在"机体的遗传性"和"社会环境"的相互作用下人的精神行为和肉体行为的关系，并最终以"自然的

---

[1] 李维屏、张定铨等：《英国文学思想史》，上海外语教育出版社2012年版，第387页。

[2] [法]左拉：《帕斯卡尔医生》，汪阳译，上海译文出版社1996年版，第106—107页。

人"（即受欲望和本能驱使的人）来区别于传统小说所表现的抽象、形而上学的人。毋庸置疑，在性格与环境层面上，哈代与左拉等自然主义存在较大的差异，也就谈不上影响关系的存在了。

二 自然环境的描写

在多部小说中，哈代对荒凉的艾顿荒原、景色迷人的弗罗姆峡谷、树木繁盛的林地森林等自然景色的描写不仅占据了较大的篇幅，而且独具特色，以至于有评论认为"哈代的小说起码是前期的小说的主人公就是大自然"[①]。此评价是中肯客观的。这是因为，哈代自出生到青年时代一直生活在英国南部多塞特郡（Dorset County）的上巴克汉普顿（Higher Bockhampton）乡村，年幼的哈代时常漫步于阴凉的林间小道，喜欢踏足于坐落在村后的荒原上，喜欢徜徉在家乡的福莱姆河旁。在浓荫盖窗、古朴自然的乡村环境中，哈代从小就深受大自然的熏陶，对大自然有着敏锐与细腻的感受，并且"这种感受使他情不自禁地留意到，大自然里的树木、山峦以及房子等都具有自身的表情和性情"[②]。诚然，哈代的小说将自然环境与人物的内心世界联系起来，为形形色色的人物登场和行为心理变化提供了背景。因此，哈代小说中的自然描写大都与人的主观情感联系在一起，或将自然景象拟人化，或以自然意象表达情感，或将自然环境的描写与故事情节交织，以达到情景交融的艺术效果。

譬如，哈代在《德伯家的苔丝》中写道：

> 在这些旷山之上和空谷之中，她那悄悄冥冥的凌虚细步，和她所活动于其中的大气，成为一片。她那袅袅婷婷、潜潜等等的娇软腰肢，也和那片景物融为一体。有的时候，她那想入

[①] 马克飞、林名根：《一个跨世纪的灵魂——哈代创作述评》，海南出版社1993年版，第112页。
[②] Thomas Hardy, *The Letters of Thomas Hardy*, Waterville: Colby College Press, 1954, p. 285.

非非的奇思深念，使他周围自然界的消息盈虚，神圣含上情感，一直到它变得好像是她个人身世的一部分。因为世界只是心理的现象，自然的消息盈虚，看起来怎么样，也就是怎么样。半夜的风暴和寒气，在苞芽紧裹的枯林枝干中间呜噎哽咽，就是一篇告诫，对她苦苦责问。淋漓的雨天，就是一个模糊飘渺的道德神灵，对他那无可挽救的百年长恨痛痛哀悼。①

感受此段，在威塞克斯的自然背景中，哈代的自然景物描写将主体和客体（人的面貌灵性和自然界的景色）、内在与外在（人物情绪和心境的外化）、人物心理和自然景物水乳交融、内在的平衡与流动的美感相得益彰。比如，在《德伯家的苔丝》关于日出的描写中，哈代笔下的大自然犹如拟人化了的人物，如他把八月的朝阳描绘成金发美少年，把沐浴在曙光中的大地描绘成多情的女郎。在哈代眼中，自然不是单纯的景观，而是始终和人融为一体，充满着灵性、人性和神性，自然四季的变化也时常和故事情节的发展交织在一起，由此使自然环境描写独具特色，富有艺术魅力。这得益于哈代对大自然的精细观察，难怪伍尔夫称赞哈代是"大自然的一位细致入微，炉火纯青的观察者"②。

与哈代的自然景物描写不同，自然主义作家坚持纯客观的自然描写，如左拉曾指出，"小说家遵循着现实，向这个方向展示场景，同时赋予这场景以特殊的生命……这便是在对我们周围的真实世界做个性描绘时构成独特性的方法"③。在左拉的《萌芽》开篇，能看到这样的段落：

---

① ［英］哈代：《德伯家的苔丝》，张玲译，人民文学出版社2015年版，第104页。
② 乔继堂主编：《伍尔芙随笔全集》（1），王义国等译，中国社会科学出版社2001年版，第455页。
③ ［法］左拉：《实验小说论》，吕永真译，载柳鸣九主编《自然主义》，中国社会科学出版社1988年版，第466页。

夜，阴沉漆黑，天空里没有星星。一个男人在光秃秃的平原上，孤单单地沿着从马西恩纳通向蒙苏的大路走着。这是一条十公里长、笔直的石路，两旁全是甜菜地。他连眼前黝黑的土地都看不见，三月的寒风呼呼刮着，象海上的狂风一样凶猛，从大片沼泽和光秃秃的大地刮过来，冷得刺骨，这才使他意识到这里是一片广漠的平原。举目望去，夜空里看不到一点树影，脚下只有象防波堤一样笔直的石路在伸手不见五指的夜色中向前伸展开着。①

在这一片段中，我们几乎看不到主观的因素，纯粹是客观的写实，左拉环境描写的意图一目了然。与左拉的自然环境描写相比，哈代在这方面的创作"摒弃如实再现（或现实主义）的手法，而凭借极其富有个性，甚至异乎寻常的想象力"②，呈现出超越现实主义或者类似浪漫主义的特征。哈代和左拉在自然环境描写方面的差异显而易见。

三 小说中的科学因素

在哈代的小说中，到底有没有如自然主义一样的科学因素呢？答案是肯定的。剑桥大学教授毕尔（Gillian Beer）的专著《达尔文的密谋》（*Darwin's Plots*，1983）、美国学者莱文（George Levine）的著作《达尔文与小说家们》（*Darwin and the Novelists*，1988）在探讨维多利亚时代的科学与文学的关系问题时，已对哈代小说与科学的关系有所论述，尤其是哈代小说中的地质学和遗传学。问题是，哈代小说创作与地质学、遗传学的关系，是否与自然主义相关？

在哈代小说创作与地质学的关系方面，有资料记载，1869年，

---

① ［法］左拉：《萌芽》，黎柯译，人民文学出版社1982年版，第3页。
② Norman Page, "Art and Aesthetics", in Dale Kramer, ed., *The Cambridge Companion to Thomas Hardy*, Cambridge: University Press, 1999, p.38.

霍勒斯·莫尔（哈代的好友兼导师）赠送给青年哈代一本19世纪业余地质学家曼特尔的《地质学奇迹》，哈代认真阅读并终身珍藏。1938年，一份美国加利福尼亚的书讯记载："曼特尔（吉迪恩·阿尔杰农）：《地质学奇迹》，1848年第6版，共2册。不错的书，两册的封面里都贴着有签名的纸条，上面是哈代18岁时的签名。第2册559页上还有哈代的修改手迹。"① 这两个证据表明，哈代曾经认真地阅读过曼特尔的《地质学奇迹》，其对哈代的物质世界观有所影响。在哈代的《文学笔记》中，还记载着一条关于地质学家莱伊尔的记录，即"查尔斯·莱伊尔先生乘火车经过一段铁路路堑时，从火车车厢热切地向外凝视，似乎路堑切面悬挂着一幅幅漂亮的画一样——迪恩·斯坦尼的演讲"②。哈代对莱伊尔及其地层学的关注由此记录可窥见一斑。处在科学大发展时代的哈代，受到自己感兴趣的地质学思想的影响是很有可能的。

在哈代早期的小说《一双蓝眼睛》中，地质学的影响最为直接而集中。小说除了叙述地质生物演化的历史，还将人物的化石采集、地质观察等作为主题表达的重要表征。在哈代的其他作品如《德伯家的苔丝》《卡斯特桥市长》《还乡》中，我们依然可以发现地质学的影响，不过这种影响大部分采用切入地层似的穿透性视角或地质隐喻等方式间接地呈现。如在《德伯家的苔丝》中，哈代这样描写苔丝和伙伴们挖萝卜的一百多英亩整块土地："地面在燧石层之上，是由白垩质岩层中的矽酸类矿脉风化而成，混杂有千千万万松散的白色燧石，有的像球茎，有的像牙齿……"③ 可以看出，哈代对这块土地的描述直接运用的是精确的地质学语言，以隐喻的方式展示出

---

① Ingham Patrcia, "Hardy and the Wonders of Geology", *The Review of English Studies*, Vol. 31, 1980, p. 62.

② Lennart A. Thomas Björk, *The Literary Notebooks of Thomas Hardy*, Vol. 1, London: Macmillanm, 1985, p. 116.

③ ［英］托马斯·哈代：《苔丝》，孙法理译，译林出版社1993年版，第311—312页。

第四章　自然主义对英国作家文本实践的影响　　163

在寒冷的冬季辛苦劳作的场景。

在哈代小说创作与遗传学的关系方面，英国学者帕特里夏·英厄姆（Patricia Ingham）和安吉丽克·理查森（Angelique Richardson）等对哈代小说中的家族遗传问题已经有所关注，研究侧重于探讨哈代小说的创作语境与19世纪遗传学发展的关系。依据史料来看，哈代所处的时代，遗传学说在英国社会上的影响越来越大。当时的研究表明，遗传在人性中具有决定性作用，身体特征的遗传会扩展到个性和行为的遗传。在此影响下，遗传学说被看作一种时尚的理论，许多令人困扰而无法解释的社会问题最后会被归结为一种生物学问题，遗传学在19世纪被用来解释穷人中反复出现的性混乱、酗酒和犯罪现象。① 与此不同的是，在哈代看来，一切行为都由遗传决定，任何人物都是家族遗传的产物，从人物面容就可看到多代祖先的影子，只不过在白天不易表现而在夜间活灵活现。更为重要的是，哈代认为遗传学说具有可靠性与科学性，因而除了密切关注遗传学的发展动态，还在小说创作中有所体现。例如，在《德伯家的苔丝》中，哈代这样描写苔丝的外貌："丰满的面容和发育成熟的体形，使她看上去超过了她的实际年龄，像个成年妇女。她从母亲那里遗传了这种与年龄实际不符的外形……"② 不难看出，哈代对苔丝外貌的描写，差不多是以遗传学的方式呈现的，家族的遗传使苔丝呈现出成年人的面貌。哈代在多部小说中之所以将人物塑造得如此形象逼真，实际上与哈代将具有贵族血统的人物点缀其间，将遗传学用于人物的塑造有一定的联系。

然而，哈代将现代科学成果应用于文学创作的方式，非常接近自然主义作家的写作方式，但是否属于自然主义文学传统，实际尚难随意定论。这是因为，哈代把遗传学、地质学作为一种世界观与

---

① Angelique Richardson, *"Heredity" in Thomas Hardy in Context*, Cambridge: Cambridge University Press, 2013, p. 332.
② ［英］托马斯·哈代：《苔丝》，孙法理译，译林出版社1993年版，第38页。

认识论，确实与自然主义的"实验小说"存在一定的相似性，但这种相似性并不足以证明哈代的部分小说创作受到了自然主义的影响，或者说就是自然主义的翻版。这种相似性在很大程度上倒是能够说明，在科学发展的时代，哈代传承自然主义泛历史价值的可能性。

第六节　劳伦斯小说的自然主义效果

有学者指出："性爱是一种社会现象。它以社会现象的资格，与性爱以外的社会现象共存。在性爱的内涵里面，确实包含着人的生理反应，但问题是，对这种生理反应的承认和肯定却来自外部。"① 也就是说，当性爱作为一种社会现象时，作家对待性爱的态度、如何描写性爱将直接影响着某一时代读者对作品的接受，而读者对作品的接受又不可避免地受到某一时代道德风尚和审美意识的影响。劳伦斯和左拉所处的年代相隔不远，所处的环境尽管存在差异，但他们的作品在刚出版时遭遇的命运却一样，在审美效果上存在相似之处，这使劳伦斯的小说呈现出自然主义的审美效果。

《查泰莱夫人的情人》甫一出版，就有评论者对其批评和发难，如英国学者 W. C. 皮利宣称《查泰莱夫人的情人》是"一部可以毫不含糊给我国文学抹黑的淫秽透顶的坏书"，"法国色情文学的炮制者在淫猥程度上也无法望其项背，巴黎偏僻小街的书摊上出售的那种下流的色情书刊与之相比也大为逊色"②，并强烈建议禁止该书在英国的发行。在《评劳伦斯》一文中，T. S. 艾略特严厉指责劳伦斯作品中的人物，在"谈情说爱时不仅丧失了几个世纪所形成的高尚

---

① [日] 桥爪大三郎：《性爱论·序》，马黎明译，百花文艺出版社 2000 年版，第 3 页。
② [英] W. C. 皮利：《著名小说家的淫秽作品》，蒋炳贤译，载蒋炳贤编选《劳伦斯评论集》，上海文艺出版社 1995 年版，第 38 页。

的文雅的风度。而且似乎重新陷人进化的变形过程中。恢复到人猿鱼类以前的原生质的丑陋的交媾状态……他的作品使人们感到非常厌恶"[1]。诸如此类的批评在当时铺天盖地。相类似的是，左拉的《戴蕾丝·拉甘》在刚出版时也难逃骂名。一个署名为费拉古的批评家愤怒斥责《戴蕾丝·拉甘》是"淫秽文学"，批评该书汇集了当代文学中几乎一切肮脏的东西，足以激起人们的愤慨。对比来看，劳伦斯和左拉作品在性爱描写的接受效果上尽管有一些相同的地方，但从创作观念来看，劳伦斯与左拉的创作审美倾向却并不相同。这主要体现在劳伦斯和左拉对待性爱的态度方面。

劳伦斯认为，"性和美是同一的，就如同火焰和火一样"。"性和美同在，源于性和美的智慧就是直觉"[2]。从审美倾向来看，劳伦斯将性与美联系统一起来，视为不可分割的存在统一体，且认为艺术直觉是源于性和美的一种智慧。劳伦斯将性与美相联系较好理解，难以理解的是，劳伦斯为何将艺术直觉视为源于性和美的一种智慧呢？究其根底，劳伦斯所谈的艺术直觉与其绘画艺术有关。在劳伦斯看来，文学艺术是对生活的直觉描绘和对生命的总体把握，而劳伦斯在绘画方面的艺术造诣与他的文学艺术相类似，侧重于对生活的描绘和生命的直观表现，聚焦于人与自然、男人与女人之间的关系，以此展现人体之美和强烈的生命力。如劳伦斯的画作《薄伽丘故事》描绘的是《十日谈》中的故事场景。画中人物大多赤裸身体，男的阳刚强壮，女的丰乳肥臀，画面肉感十足，具体而稍显夸张的人体形象给人以一种强烈的视觉张力，表现出生殖与性爱的自然、健康与纯美。如此创作，其原因在于劳伦斯在绘画中极力地将人体生命与大千世界融合在一起，在创作中相互影响、相互补充，如劳伦斯像塞尚凸显出苹果的"苹果性"一样，在绘画中对肉体和

---

[1] ［英］T. S. 艾略特：《评劳伦斯》，蒋炳贤译，载蒋炳贤编选《劳伦斯评论集》，上海文艺出版社1995年版，第35页。

[2] ［英］劳伦斯：《性与美》，黑马译，湖南文艺出版社2004年版，第3页。

性爱的描摹展示出人体的本来面目和形体的自然魅力。这一点与他的小说描写可谓异曲同工。例如，劳伦斯临摹的莫瑞斯·格雷阿根的水彩画《田园牧歌》，画面展示的是一对青年男女在树林中幽会的情景，画中的男子衣衫褴褛，四肢强壮发达，一个丰腴的女子满怀喜悦地躺在他的怀中，一轮红日在不远处冉冉升起。细读劳伦斯的《查泰莱夫人的情人》，这一画面与小说中的康妮和梅勒斯在庄园树林里幽会的场景极为相似，将人与自然融为一体，进而达到灵与肉的和谐之美。因此，劳伦斯的绘画与文学在某种程度上是互文性的存在，其作品中关于性的描写也往往呈现出一种绘画的艺术效果。

　　面对来自各方的指责，劳伦斯依旧将性视为美的构成部分，这源于他有意识地从理论层面对色情和淫秽进行了区分。在《淫秽与色情》一文中，劳伦斯指出，"性的感召也是各有不同，类型不同，程度各异。或许可以说，轻度的性感召算不上色情，而渲染重的就算是了。这是一种荒谬之说"①。在劳伦斯看来，艺术中的性感或性刺激甚至艺术家有意唤起的性感觉都算不上是色情，性本身是没有错的，所谓的色情就是玷污性，是对人体的侮辱，是对活生生人际关系的污辱，而真正的色情作品除了那些在见不得人的地方偷传而不能公开的作品，还包括对性和人类精神侮辱的作品，或者说把人的裸体丑陋化或下贱化而令人作呕的作品，抑或那些人们茶余饭后传诵的打油诗或从吸烟室里的公差人那儿听来的肮脏故事等。对此，劳伦斯曾为《查泰莱夫人的情人》辩护，"让普通人震惊是一种愚蠢的欲望，绝不可取。如果说我用了禁词，也是有道理的——不使用淫词，不使用阳物本身的阳物语言（phallic language），我们永远也别想把阳物的真实从'高雅的'玷污中解救出来，对阳物真实最大的亵渎就是'将其束之高阁'。同样，如果这位贵妇人嫁给了这看林人（她尚未嫁呢），'这不是阶级中伤（class-spite），而是冲破阶级

---

① ［英］劳伦斯：《性与美》，黑马译，湖南文艺出版社2004年版，第176页。

的界限（in spite of class）'"①。从其辩词来看，劳伦斯在性方面的审美倾向一目了然。如果我们将其看作淫秽小说或色情小说来阅读，实际上是没有理解劳伦斯小说中性爱描写的艺术初衷和审美理想，正如霍嘉特所言："如果这样的书我们都试图把它当成淫秽书，那就说明我们才叫肮脏。我们不是在玷污劳伦斯，而是在玷污我们自己。"②

与劳伦斯不同，左拉主张"自然主义只是一种方法，一种实验的方法，它完美地适应于我们这个生理学的时代"③。在左拉看来，实验的要义就在于，"掌握人体现象的机理。依照生理学将给我们说明的那样，展示在遗传和周围环境影响下，人的精神行为和肉体行为的关系；然后表现生活在他创造的社会环境中的人，他每天都在改变这种环境，而他自身也在其中不断地变化"④。基于此，左拉曾坦率地承认，只要细心阅读《戴蕾丝·拉甘》，"就会看到每一章都是对生理学上一种奇特病例的研究。一句话，我只有一个愿望：既然眼前是一个强壮的男人和一个欲壑难填的女人，那么就找出他们身上的兽性，甚至只对他们的兽性进行观察，并把他们抛到一场惨剧之中，一丝不苟地记下他们的感觉和行为"⑤。这表明，左拉等自然主义作家在进化论、生理学和遗传学等的启发下，将人的生理性作为塑造人物的主要维度，把视线集中在人的个体情欲和肉体描写上。

劳伦斯之所以时常被视为自然主义作家，源自自然主义的性爱

---

① ［英］劳伦斯：《性与美》，黑马译，湖南文艺出版社2004年版，第158—159页。

② Richard Hoggart, *Introduction*, *Lady Chatterley's Lover*, London: Penguin Books Ltd., 1961, p. v.

③ Emile Zola, "Naturalism in the Theatre", in George J. Becker, ed., *Documents of Modern Literary Realism*, Princeton, New Jersey: Princeton University Press, 1963, p. 196.

④ Emile Zola, "Naturalism in the Theatre", in George J. Becker, ed., *Documents of Modern Literary Realism*, Princeton, New Jersey: Princeton University Press, 1963, p. 183.

⑤ ［法］左拉：《〈黛莱丝·拉甘〉第二版序》，老高放译，载柳鸣九选编《法国自然主义作品选》，天津人民出版社1987年版，第728页。

描写一方面是对肉体的肯定,健康、正常的性爱以审美探求为目的,是维护男女关系的纽带和社会存在的前提;另一方面性爱是作家艺术形而上的追求和形而下的美感实践。为人性而写性爱,是作家艺术探索的重要组成部分。当然,与劳伦斯将绘画与性相联系不同,自然主义的绘画效果并不体现在性爱的描写上,而是主要体现在对具体环境的描写上,很大程度上追求的是一种印象主义的效果。

举例来看,在《欲的追逐》中,左拉用长达几页的篇幅对女主人公勒内的卧室进行描写,这里仅摘录其中一小片段:

> 两个房间的墙壁上都同样挂着深灰色的亚麻丝织物,上面有金银线和彩色线绣的大束玫瑰花、大束白丁香花和金色的花蕾。窗帘和门帘都是用威尼斯镂空花边做的,丝绸的衬衣是灰色和玫瑰色相间的带子做成的。在卧室里,壁炉是用白色大理石砌成的……它的精工镶嵌的天青石和珍贵的镶嵌品形成玫瑰花、白丁香和金色花蕾形状的壁饰。一张灰色和玫瑰红的大床看不见木头……镂空花边和绣着花朵的丝绸,从天花板直垂到地毯上。①

左拉对勒内的卧室场景的描述不是从一个固定的视角出发的,而是采取由外及内的游移视点,以摄影的方式从多个不同的视角来观察和描绘。从卧室门到窗帘,再到壁炉、地毯等家具摆设逐一进行描写。在描写过程中,左拉重视色调的和谐和笔触的节奏感,用"深灰色""白色""红色""金色"等词汇来描述卧室中不同物件的颜色。在描写生活场景时,左拉通过精确的观察彰显细节的真实,并通过精细的印象派笔法,力图将各种印象图景串联起来,以辨别出具体事物的细微差别。实际上,诸如此类的段落在左拉的《娜

---

① [法]左拉:《欲的追逐》,金铿然、骆雪娟译,浙江文艺出版社1987年版,第179页。

娜》、龚古尔兄弟的《热米尼·拉赛朵》中都能找到,这里不再赘述。

　　基于以上的辨析,可以得出结论,劳伦斯与自然主义之间不存在影响关系。说劳伦斯与自然主义没有影响关系,是依凭劳伦斯与自然主义之间几乎没有事实材料联系的实证判断,而劳伦斯与自然主义之间的审美关系,则是基于以自然主义理论为基础对劳伦斯作品进行的审美分析,特别是劳伦斯的作品与自然主义作品在性描写方面的某些一致性。因此,劳伦斯与自然主义之间不是先天的影响关系,而是后天的审美关系。至于一些关于"劳伦斯与自然主义"的论题,基本是以自然主义理论对劳伦斯作品的分析,更多的是一种审美批评,并不是影响关系的实证批评。

第五章　英国作家受自然主义影响的艺术特征

由于文化差异、接受心理、民族特性等因素的影响，文学从一国传播到另一国都会发生一些变异，有时甚至是面目全非的变异。这是因为，变异既是文学交流发生影响的普遍现象，也是文学接受创造的结果形态。以变异的视角审视，自然主义在英国传播与影响的结果，其实就是自然主义与英国文学传统、作家创新结合在一起，且以新的面目呈现在读者面前。当受到外来影响而产生新的艺术形态时，模仿往往只是借鉴的一种手段而已，独创才是艺术追求的目的。况且，在大部分情况下，由于作家自身独特的生命体验和价值追求，在模仿外来文学的过程中，往往会被激发出新的创作灵感和别样体悟，从而创作出既有影响者影子，又不同于影响者的作品来。与法国自然主义相比，英国自然主义在文学追求和艺术倾向上都发生了不同程度的变化，呈现出一些总体的美学倾向和诗学特征。为此，本章试图从文本叙述、主题表达、诗学范式三个方面进行阐析，进而探究英国自然主义的独特性与异质性。

第一节　文本叙述方面的美学向度

受到自然主义的影响，吉辛、莫尔、贝内特、毛姆等作家在基本遵循自然主义小说观念的基础上，运用不同的修辞艺术来体现自身的生活体验和创作理念，这使英国自然主义在文本叙述方面呈现出别样的美学向度。

一 隐含作者与真实作者的背离

由美国批评家韦恩·布斯提出的"隐含作者",最基本的意义指向作者立场的"第二自我"或文本背后的价值倾向。这一概念至今尚存争议,但对隐含作者的分析,"有利于引导读者摆脱定见的束缚,重视文本本身,从文本结构和特征中推导出作者在创作这一作品时所持的特定立场"[①]。尤其是,对隐含作者的分析有助于准确地理解作者创作的真实意图。

在《新寒士街》中,吉辛的体验书写首先需要处理的是作者和人物的关系问题,进而是人物和隐含作者的关系问题。也就是说,吉辛如何描述小说人物的行为和性格,将不同的人物传达给他的读者。一般来说,叙述者主宰着故事情节的推进节奏和人物行为的设置方式,而隐含作者主宰着叙事文本的意识形态、价值标准和风格效果。在这里,我们不打算区分《新寒士街》中隐含作者、叙述者之间的区别,但是可以看到,小说中的贾斯帕、玛丽安、里尔登等人物在《新寒士街》中并非固定,而是时常与隐含作者一致,这在叙事学上属于一种可靠的叙述。在大部分情况下,叙述者与隐含作者相背离,属于一种不可靠叙述。不可靠叙述的功能在于使隐含作者有意放纵叙述者的叙事,在叙述者之间形成一种错综复杂的对话关系,呈现出一种反讽效果。正是因为叙述距离的存在,才使《新寒士街》在"生存—死亡"的链条上显示出一种多元的审美风格。

在《新寒士街》中,始终存在着相互对立和互为补充的双重声音。表面来看,贾斯帕和里尔登作为不可靠的叙述者,贾斯帕的声音令人厌恶,里尔登的声音令人同情。深层来看,隐含作者的声音则是知识分子对大众文化的反讽,以建构商品经济社会中的文人知识分子形象,凸显出贫富分化中知识分子的生存异化形态。然而,

---

① 申丹:《再论隐含作者》,《江西社会科学》2009年第2期。

就吉辛的叙述来看，当里尔登追求的传统知识分子形象被颠覆，文化精英的身份遭到质疑后，他不得不接受从中心到边缘的位移，这使里尔登常常对自己的创作行为和价值定位陷入困惑。贾斯帕从文人作家到文学商人的角色转变，并不一定受到人们的尊敬，但这种转变或许是当时许许多多知识分子精神生活面临的波动，由此导致的角色转变不可避免。在现实生活中，许多像贾斯帕一样的人在不断地挑战传统知识分子的价值追求和道德底线。在此意义上，吉辛塑造贾斯帕形象所要展示的是，在世纪转型时期英国知识分子内部出现分化的一种历史必然性。

通常而言，以叙事为主的小说一般由叙述者展开叙述，并通过情节的发展演变来吸引读者。即使作品中的叙述者与作品的隐含作者重合甚至等同，但不可否认的是，叙述者和隐含作者并非同一。就以毛姆来说，毛姆在小说中采用了"人物"—叙述者"我"来叙述故事，如《月亮和六便士》中的叙述者"我"和毛姆一样，都是一位作家。在《刀锋》中，叙述者是一位作家且名字也叫毛姆，但毛姆与叙述者仍然保持着一定的审美距离，这种审美距离的存在使得小说中的作者与叙述者之间形成了一种极为特殊的关系，这种特殊关系的存在消除了叙述者和隐含作者的区别，在客观上增强了小说的真实性，模糊了现实和小说之间的界限，提升了小说的价值内涵。

再如在《老妇谭》中，当索菲亚去世之后，康斯坦斯不断回忆起她们在一起的情景，并以康斯坦斯为视点来凸显姐姐的哀悼："她瞧着索菲亚的尸体，心里不是可怜自己，而是充满了对妹妹一生灾难的怜悯……短短一阵冲动的爱情，接着将近 30 年的公寓生活！索菲亚连小孩也没有，没有尝过生小孩的痛苦和快乐。一生没有一个真正的家，到晚年才回到这小镇，虽然见过世面，又有什么用处！而现在，这就是她的结局！"[①] 对于恪守传统习俗的康斯坦斯来说，

[①] Annold Bennett, *The Old Wives'Tale*, London: Random House, 1999, pp. 178 – 179.

她无法理解索菲亚所选择的人生道路。这种不同一方面源自康斯坦斯与索菲亚的性格和人生经历，康斯坦斯勤俭持家、善良宽容，对生活无怨无悔，对未来充满希望，而索菲亚敢于按照自己的想法去追求自由，为实现梦想而甘愿付出青春。另一方面，传统道德观念在19世纪后期的英国虽已开始衰落，但仍是一些小城镇的主流文化意识，这又在一定程度上影响着康斯坦斯与索菲亚的人生选择。

在《伊丝特·沃特斯》中，莫尔对伊丝特的心理活动有一段叙述："她决心要使他尊重她。开始的时候她还是隐隐约约地感到这是唯一所希望的，而此时这感觉已经上升和明确为一种思想。她决心决不屈服，而是继续她的信念：他必须认识他的罪孽，然后再来向她求婚。而最重要的是，她渴望着看到威廉的忏悔。充满了她的整个生命的那种天生的虔诚，不知不觉中使她相信忏悔是他们幸福的基本条件。"① 在这一段中，莫尔通过自由间接引语的运用，在形式上再现了伊丝特的主体意识和内心感受，将读者的目光吸引到伊丝特的情感困惑中。自由间接引语的"间接"不是简单地以第三人称（他或她）来叙述，也不是以含混不清的叙述声音来记述伊丝特的心理，而是叙述者对伊丝特心理世界的"摹仿"，这种"摹仿"已经突破了19世纪小说中那种作家全知全能的上帝叙述视角，更加接近伊丝特的话语和心理。同时，莫尔在叙述中保持时态和人称的同步，打破了线性叙事的时间结构，将过去、现在、将来交叉，将伊丝特的时间观念在心理维度上重新排列，把过去的心理和现时的期待进行重新组合，让读者体会到伊丝特心理意识的"未言"部分。

细究起来，隐含作者与自然主义之所以能结合，源自二者追求的客观性。依据布斯所见，隐含作者的提出最初的动机就在于对作品客观性追求的质疑。与隐含作者的介入动机不同，自然主义在创作中追求一种绝对的客观性。二者在创作中是否相矛盾？仅从表面

---

① ［英］乔治·莫尔：《伊丝特·沃特斯》，张介明译，华夏出版社2007年版，第52页。

来看，隐含作者的客观性与自然主义的客观性追求似乎相互排斥，尤其在隐含作者、叙述者、小说作者相混淆的时候。但是，从深层来看，隐含作者作为一种修辞手法，却与自然主义具有艺术本质的一致性。因为自然主义追求的绝对客观性作为一种美学追求是可以成立的，然而在实际的创作中，没有哪一个作家可以做到消除主观性。

自然主义真实性的实现，除了作家在创作过程中的所谓"隐退"，还在于隐含作者在作品中的修辞作用。与真实作者侧重于描述事实不同，隐含作者侧重于展示深层意义。隐含作者与作家的叙述意图呈现方式的不同，使得作品意义主题的多元化，在特定语境中实现了对作品丰富内涵的审美化强调，实现了主客观叙述结合的理想化建构。在此过程中，读者时常因不能有效区分二者而造成误读，当然并非真正的误读，而是将读者的参与阅读与文本意义的产生结合在一起。如此，就可以使隐含在情节叙述中的意义明确化，又能发掘出作家的深层叙事意图。

翻阅英国文学史，实际上也有与隐含作者相类似的表述，即"作家的引退"。如斯蒂芬对菲尔丁的评价，即"伟大的艺术作品的最高道德……取决于作者是否能以不偏不倚的观察者身份，来揭示善之美以及恶之丑"[1]。斯蒂芬所言的"不偏不倚的观察者"其实与"隐含作者"的概念类似，与"作者引退"的指向基本一致。在19世纪五六十年代，《北不列颠评论》和《民族评论》等刊物就发表过许多主张小说作者引退的文章。[2] 类似的观念表明，英国文学在隐含作者与真实作者的问题上已经有了较深认识，也说明欧洲文学在叙事方式上有了一定的转变。术语概念表述虽有差异，但都指明了文学发展的趋势和审美倾向。这无不表明，英国作家对自然主义的

---

[1] 转引自 Alan Dugald McKillop, *The Early Masters of English Fiction*, Lawrence: University of Kansas Press, 1956, p. 77。

[2] Richard Stang, *The Theory of the Novel in England 1850 – 1870*, New York: E. P. Dutton & Co., INC., 1984, pp. 95 – 96。

借鉴创新，与自然主义和隐含作者之间的契合不无关系。

二 人的生物性与社会性的统一

在自然主义者看来，小说家应该"像生理学家对有生命的物体所做的那样，对性格、情感、人类以及社会的事实进行分析"①。换言之，自然主义人学观的独特之处，就在于将人看作有生命的物体，在塑造人物时将人置于一定的环境中，将生物性放在第一位，注重人的生理本性，而相应地弱化了（但不是否定）人的社会属性。吉辛、莫尔、贝内特、毛姆等作家受到自然主义的影响，对人物的生物性关注程度虽有不同，但与法国自然主义着重（或仅仅）关注人物的生物性相比，他们更加注重人物的社会性，并将人的生物性和社会性结合起来，聚焦于底层人物的精神追求和对悲剧命运的抗争历程，以揭示人物生存状态的历史性与时代性，向读者展示了19世纪后期维多利亚时代的社会文化和精神状况。

在《新寒士街》中，贾斯帕将自己的生活追求建立在金钱基础上，在爱情方面显得自私、冷漠。当然，贾斯帕也是一个有血有肉的青年，当玛丽安出现的时候，玛丽安那象牙一般的面孔和庄重的神情令贾斯帕难以忘怀。在爱情之弦的触动下，贾斯帕被玛丽安那种清新脱俗的女性气质深深吸引，有一种想接近玛丽安的欲望。然而，贾斯帕对爱情的态度却是矛盾的。在贾斯帕眼中，"爱情既合乎理性又不合乎理性，既是出于本能又受到思想的鼓舞，既有生物性又有社会性。它把人的本性和许多方面结合起来"②。贾斯帕知道，要想适应社会商品化的趋势和满足金钱的需要，就必须抛弃合理的爱情，他对玛丽安的情感完全是掺杂了金钱等物质回报的爱情。这些决定了贾斯帕必须娶一个有钱的姑娘才行。当贾斯帕得知玛丽安

---

① ［法］左拉：《实验小说论》，毕修勺、洪丕柱译，载朱雯等编选《文学中的自然主义》，上海文艺出版社1992年版，第137页。

② ［英］乔治·吉辛：《新寒士街》，文心译，浙江文艺出版社1986年版，第14页。

只不过是一个落魄文人的女儿,并没有多少遗产可继承时,他就立即决定放弃追求玛丽安,而去追求继承了大笔遗产的艾米。

与贾斯帕不同,玛丽安是吉辛笔下值得同情的一位女性。为了实现父亲的文学梦,她一边对自己所从事的工作感到厌倦,一边却身不由己地向文学市场妥协。玛丽安对父亲的孝顺来自自己对文学市场的深刻认识,她可以放弃文学,但不能放弃父亲。之所以顺从地孝敬父亲,是因为玛丽安和她的母亲除了说说日常小事,很少有其他方面的情感交流,她们之间看似充满母女之情,但彼此之间却没有多少信任。玛丽安所处的时代是一个追求物质和金钱的时代,文学的艺术价值已经被商业价值所冲击,这使得知识分子的社会地位无奈地由"中心"逐步滑向"边缘"。父亲尤尔情绪的暴躁时常来自写作事业的不顺利,他将一切不如意归结为没有娶到一位有文化的妻子。由此,玛丽安与母亲之间的关系貌合神离,特别是尤尔在情绪低落时对妻子大加指责,并坚决反对玛丽安与贾斯帕之间的交往。究其根源,尤尔和玛丽安的精神危机和生存困境是时代所然,是社会环境对人物性格的影响所致。

在《五镇的安娜》中,贝内特似乎将《老妇谭》中康斯坦斯和索菲亚的生活轨迹置于安娜一人身上。安娜是一个在生活习俗上恪守传统,而在情感追求上具有反叛精神的女性。当安娜在父亲的允许下与亨利·迈诺斯订婚后,她认为一个女人嫁给一个好男人是人生完美的重要基础,她在帅气和精明的迈诺斯面前总是恪守传统的妇道,虽然她有时候不太赞同迈诺斯在生意中投机取巧的方式,但是精心服侍迈诺斯,幻想自己对迈诺斯的忠诚可以换来美好的生活,然而一切并不遂人愿。总的来看,安娜从一开始的柔弱温顺到坚定自信,从开始拒绝接受外界环境的改变到矛盾心理中的自我转变,深刻地反映了维多利亚时代的道德观念到爱德华时代思想文化观念的转变过程。

莫尔对伊丝特形象的塑造、自我意识的书写和性格情感分析,以及对维多利亚时代后期女性现实生活和精神心理变化的描述,其本意不是去描写一个仆人的一生，而是要通过伊丝特从不满到反抗再到完全追求自我的人生历程来揭露社会生活的残酷、社会价值观的虚伪，寻求女性独立自由的道路，倡导女性自我意识的主导立场。莫尔写作《伊丝特·沃特斯》的意义也在于此，伊丝特自我意识的实现是在自我与他人、社会的关系冲突中逐渐走向和谐的。虽然伊丝特自我意识的实现并非一帆风顺，但伊丝特的自我意识从冲突到和谐的实现过程，从根本上是对社会女性话语的重新阐释。

在《英国小说人物史》中，李维屏从六个方面总结了19世纪英国小说人物的演变和特征。[①] 概括起来就是，人物性格的多重性和人与环境之间的关系；女性小说家的出现与作家对女性形象的塑造；时常采用自传体的小说形式；在道德冲突、理性感性矛盾中，真实地再现典型环境中的典型人物；以现实主义为主导，在后期逐步地转向自然主义和悲观主义；在叙述上以全知叙述视角为主导，引入多种叙述方法。若结合这些特点，通过以上分析就可发现，英国受到自然主义影响的作家对小说人物社会性的关注，不仅是对文学创作和作品主体的关注，而且是对这一历史时期人的各种存在境遇的思考，其原因在于，当时"越来越多的小说家和批评家倾向于将人物视为小说的'原动力'，小说人物既要带动情节，又要扮演某种代表一定价值取向的角色，并经常在文本中发挥某种艺术作用（如充当叙述者或旁观者等等）"[②]。当小说人物在推动情节发展时，除了充当叙述者或旁观者的角色，还承载着一定的社会意义，诸如理想与正义、平等与自由等价值观念，这使得小说人物具有了社会性。吉辛、莫尔、贝内特和毛姆的小说亦不例外，他们同样需要面对人与自然、人与社会、人与人（自我）在社会转型时期的对立和冲突。他们创作的承载着社会发展变迁的小说，有时甚至比其他关于人类

---

① 参见李维屏主编《英国小说人物史》，上海外语教育出版社2008年版，第139—140页。

② 参见李维屏主编《英国小说人物史》，上海外语教育出版社2008年版，第3页。

经验的记载，更能生动深刻地捕捉到社会发展中个体所面临的困境。

对于自然主义，柳鸣九指出，"十九世纪末的自然主义思潮中，作家们……将目光注视到社会底层，把社会矛盾与劳苦大众的生活带进了文学领域"①。与之相类似的是，英国具有自然主义倾向的作家在表现世纪之交英国的社会和经济活动时，着重于表现那一时代底层人民普遍的生活状况和精神困惑，无论是安娜在父权压制下对女性权利的争取，还是吉辛对文人知识分子出路的探索，抑或伊丝特自我意识的觉醒等，对小说人物的生存抗争、个体心理及其相关社会问题的审视，都与19世纪英国小说人物出现的变化（即人物由高贵向平凡、由中心向边缘的演变）息息相关，同时与社会的发展变迁、道德语境和审美取向等紧密相连。这也是英国自然主义的人物塑造与以前有所不同的深层原因所在。

第二节 主题表达方面的审美倾向

19世纪后期，英国正处于维多利亚时代的末期，国力比较强盛，社会较为富裕，但在社会繁荣的背后普遍存在着大量丑恶的社会现象和问题，诸如贫穷、妇女地位低下、文艺商品化等问题，这些问题自然会成为文学反映的对象。在一定程度上，维多利亚时代后期的许多英国小说带有历史的性质，因而这一时期的英国小说创作对社会下层小人物、工业化、贫民窟和女性命运尤为关注，并对资本主义社会充满期待。吉辛、莫尔、贝内特和毛姆这些具有自然主义倾向的作家，在面临社会转型时期的对立和冲突时，通过叙述底层人物的精神追求和对悲剧命运的抗争历程，揭示了人物生存状态的历史性与时代性，在主题方面显示出理想主义、悲观主义的美学倾向。

---

① 柳鸣九：《自然主义·前言》，载柳鸣九主编《自然主义》，中国社会科学出版社1988年版，第4页。

一 理想主义倾向

"理想主义"作为文学作品的一种价值倾向和精神诉求,以不同的形态存在于每一历史时期不同作家的身上,是作家在审视现实的基础上,对现实生活不足的批判、改造和构想。"理想主义"在文学作品中有时是具体的形象描述,有时是抽象的观念表征。英国具有自然主义倾向的作家大多从现实中的小人物和小事件入手,以理想世界的缺席来反观现实社会,以期解决现实的各种问题。

在《新寒士街》中,如果说贾斯帕代表着对现实的一种世俗妥协,那么里尔登则代表了吉辛的写作理想,即不随波逐流,专心于艺术的探索,在贫困中依然坚守着知识分子的品质。吉辛生活在现实中,却常常流离于现实,总是对过去怀有一种眷恋,因而吉辛"在理论上是一个社会主义者,但在实际上却是一个坚定不移的个人主义者……吉辛小说的核心主题是金钱、婚姻与大众。然而,在吉辛思想深处,不受经济限制的哲学和诗歌则占据着主导地位"[①]。诚然,吉辛所向往的理想生活是摆脱穷困的压迫,生活在田园乡村,无忧无虑地享受读书的乐趣。然而,理想和现实总是存在差距的。生活在维多利亚时代后期的吉辛,将自己看作社会特立独行的一分子,整天所要面对的是如何消除贫困的困扰。《新寒士街》中的毕芬似乎更能代表吉辛的理想。毕芬是一个典型的具有贵族气质和文学修养的作家,终身未娶。为了坚持自己的艺术理想,毕芬甘愿忍受清贫和孤独,将自己所有的心血倾注于小说创作。当然,《新寒士街》与左拉自然主义小说的主要区别不在于理想主义色彩的浓淡,而在于左拉小说主人公的理想大多与物质利益有关,显得务实而世俗,而《新寒士街》中里尔登的理想与精神追求有关,显得高雅而不切实际。

在《老妇谭》中,贝内特描述了姐姐康斯坦斯和妹妹索菲亚不

[①] A. C. Ward, *Gissing*, London: Langmans, Green & Co. Ltd., 1959, p. 6.

同的生活经历和人生历程。姐姐一辈子待在五镇，默默地承受着生活的孤独，而妹妹一直在试图逃离五镇，对生活保持着一种清醒的反叛。最后，姐妹俩在五镇相聚。贝内特在塑造这两个人物时，将理想和现实的冲突置于传统和现代的平台上，姐姐身上一直保持着传统的女性意识，妹妹身上则体现了一种带有现代性的女性意识，姐妹俩共同寄托着贝内特的人生理想。

《伊丝特·沃特斯》中的伊丝特温柔善良，渴望爱情，追求理性与情感的统一，这些都是男权社会所不允许的。莫尔在自传中写道："我父亲的死让我获得了自由，我像是被松开的对着阳光的树枝一样成长。他的死让我有力量创造自我——从一个被家庭限制的狭隘的自我中创造出一个完整的、绝对的自我。这个将来的自我，这个理想的乔治·摩尔吸引着我，像一个幽灵一样在引诱着我。"[1] 照此来说，莫尔通过描述自己与父亲的关系，目的是揭示伊丝特的困境。在一次一次的打击中，伊丝特从一个困境走入另一个困境。追求自尊与自主的艰难过程，使得伊丝特一次次地饱受男权意识的歧视与摧残，偏离了原本属于她的生活轨道。但是，伊丝特身处逆境而不甘堕落，大胆反抗男权文化的压制，最后完成了对自我生命的超越。

对于个体来说，除了真实的现实生活，还有美好的理想。针对社会和生活的各种问题，自然主义小说往往不会提供一个答案，原因在于社会生活有时并没有现成的答案可供参考，在于"自然主义小说的主人公通常在作品结束时，仍然在半空中继续无休止的奋斗"[2]。英国具有自然主义倾向的作家以敏锐的洞察力，在书写现实的同时也在表达理想。自然主义作家对客观世界的真实描写，基于现实生活，又高于现实生活。面对社会的不足，作家心中就会有两个现实并存：一个是自在的现实，即现存的社会秩序；另一个是自

---

[1] ［英］乔治·摩尔：《一个青年的自白》，孙宜学译，江苏教育出版社2005年版，第233页。

[2] Lilian R. Furst & Peter N. Skrine, *Naturalism*, London: Methuen & Co. Ltd., 1978, p. 47.

为的现实,即理想的社会秩序。如果说文学中的"乌托邦冲动"自古有之,那么就维多利亚时代的文学而言,这种乌托邦冲动还烙上了一种特殊的时代印记,既蕴含着破除阶级藩篱的乌托邦憧憬,也饱含着强烈的对于未来美好生活共同体的构想与诉求。

比较而言,19世纪的浪漫主义作家在作品中主要以感性的方式,给人们展示自为的现实,以影射现存的现实。现实主义作家在作品中则以批判改良者的姿态展示现存的社会秩序,而自然主义作家则主要以旁观者的姿态冷静地观察社会,以期建立理想的社会秩序。通过吉辛、莫尔、贝内特等作家及其作品可以看出,理想的人类社会应该体现出个体和社会的一种和谐状态,使个体存在于合理的社会制度中。但生活在世俗现实中的作家,也不可避免地带有世俗性,这种世俗性理想的表达,一方面是想摆脱不合理的社会现实,另一方面是对现实社会的期待憧憬。无论哪种方式,都是作家对理想世界的一种精神诉求,是作家对现存不合理状态的修正和改良,其目标是作家对"自为存在"和"人为存在"的完善和升华。概言之,英国具有自然主义倾向的作家对理想主义的书写,既是作家或者人类个体在精神上共通的理想追求,也深刻地反映了人类内心深处的一种集体无意识,贯穿其中的张力将个体乌托邦和共同体理想转化为化解时代焦虑的动力。

二 悲观主义倾向

在维多利亚时代的英国文学中,哈代总是与悲观主义联系在一起,其实这也是当时许多作家作品中呈现出来的一种倾向风格,这种倾向风格既源自社会现实,也源自作家内心世界的冲突,蕴含着作家对现实世界的新思考,彰显出传统价值观念亟须更新的思想现实。

如果说《新寒士街》是描写"孤独凄凉"的文人作家的小说,那么吉辛就是贫穷、落魄、失败的记录者。这是因为,小说主人公里尔登的生活经历中充斥着"贫穷",他的一生可以用"悲惨"来形容。里尔登出生在并不富裕的家庭,但从小接受过较好的教育,爱好文学和学问，立志成为一名作家。遗憾的是，爱情和婚姻并没有给他带来写作的动力，一方面，结婚之后的里尔登感觉没有从前写作时的灵感，迟迟写不出自己满意的作品，而他又是一个追求完美、注重文学艺术价值的人，杜绝写作那些只有商业价值的作品。另一方面，艾米当初嫁给里尔登主要是因为仰慕他是个作家，能够带来金钱和名誉，而里尔登却迟迟写不出作品，使得婚后的经济生活捉襟见肘，因而艾米芳心他移，最后里尔登在多重打击下患病而亡。很明显，里尔登特有的身份和角色让他无法在文学交易中找到自己的位置，这使得里尔登的命运呈现出一种悲观主义的感伤情调。不止里尔登，《新寒士街》中多名文人作家的死亡结局，都不同程度地意味着19世纪后期文学商品化给作家带来了前所未有的生存危机。吉辛敏锐地捕捉到了这一点，正是通过作家的命运沉浮，吉辛将知识分子的精神向度和人格魅力通过自己的独特体验展现出来，使小说呈现出一种复杂的悲剧感。贾斯帕和艾米的结局是美满的，但《新寒士街》仍是一部具有悲观情调的小说，吉辛通过自己的许多经历体现了他忧郁低沉的人生态度，也许小说中的阴暗面颇为狭隘和特殊，但关于文人作家艰难处境的描写可谓波澜壮阔而充满忧伤。

在《五镇的安娜》中，女主人公安娜由于受到五镇狭隘的道德观念的束缚，虽然为了自己爱的权利公开挑战父亲权威，但最后仍然不得不放弃对美好爱情的追求。因此，贝内特"对人生的描摹大多蒙上一层淡淡的悲观主义色彩，描绘人们默默地接受理想的破灭和顺从命运的摆布"[1]。安娜处于五镇的社会环境中，很难摆脱父权制社会的束缚。美国学者瑞查德·蔡斯（Richard Chase）曾指出，"自然主义理论认为命运有时是由外部力量强加于个人的，其主人公只受环境而非自己意志的支配，因而他们往往看起来缺乏自我"[2]。

---

[1] 侯维瑞主编：《英国文学通史》，上海外语教育出版社1999年版，第581页。
[2] Richard Chase, *The American Novel and its Tradition*, London: Gordian Press, 1957, p. 199.

第五章 英国作家受自然主义影响的艺术特征

确乎如此，通过作品我们就能看到，在特尔赖特、安娜之间的主体间性关系中，安娜主体性的压制，无不伴随着他人主体性的扩展，安娜与其他人之间的主体性是不对等的，在父权制社会中，安娜与特尔赖特之间的主体性平衡关系被消解殆尽，《五镇的安娜》的悲观主义倾向由此而生。与《五镇的安娜》不同，《老妇谭》对主人公在时光流逝中逐渐成长、发展、成熟最后衰亡的人生历程的描摹，大多蒙有一层淡淡的悲观主义和宿命论色彩。如果说，时间是小说《老妇谭》的叙事对象，那么，在时间的流逝中，时间不仅代表着自然界的一种力量，也意味着人的命运不可抗拒，时常被环境、社会中的神秘力量所驱使，从而让人产生一种人生徒劳的感觉。

对于经历了丧母之痛、童年受辱、信仰缺失的毛姆来说，不幸的童年使得毛姆难以忘怀痛苦的人生经历。在海德堡大学里，菲利普在阅读叔本华的作品后意识到，人的欲望与生活世界之间的悖论，导致掌握知识的多寡与承受的痛苦程度一致。这些悲观主义思想正好与毛姆的人生经历一拍即合，毛姆的悲观主义论调由此而形成，这种悲观主义基调也明显地体现在《人性的枷锁》等作品中，但在一定程度上为毛姆挣脱精神枷锁提供了一把钥匙。正因如此，在毛姆笔下几乎没有完美无缺的人，或者说没有绝对的英雄和十足的恶棍，也没有纯粹的理想化角色。无论是《月亮与六便士》中的思特里克兰德，还是《人性的枷锁》里菲利普抑或《刀锋》主角拉里，他们的行为都彰显出推翻世俗的价值标准、追求美好人性的心理矛盾、摆脱来自人性与社会的束缚、追求自身内心的愿望目的。

由上可见，这一时期英国具有自然主义倾向的作家，他们作品中的人物除了面临社会出现的各种问题，还面临着道德困境与精神危机，由此不可避免地带有一定的宿命论情调。在自然主义作家看来，"人作为一种动物，它的演化过程是由遗传、环境和时代的影响所决定。这种极其悲观的观念剥夺了人所有的自由意志和对自己行为的责任。因为人的行为仅仅被看作外部环境不可避免的结果，这些因素完全不受他的控制"①。这一观点显然失之偏颇，因为遗传、环境和时代的影响并不能完全剥夺人所具有的自由意志而失控，它们只是对自由意志的实现有所影响。

为何会出现这种困境？或者说，英国具有自然主义倾向的作家为何会对作品人物作出这样的处理？除了来自社会时代的原因之外，不能忽视的原因是，科学技术的发展对社会思想和宗教信仰的冲击。

19世纪后期，悲观主义思想曾在英国一度盛行。究其根源，生理学、遗传学、心理学等科学的发展，在促使人们重新审视曾经认同的客观世界时，也会使人产生一种莫名的幻灭感。尤其是自达尔文的《物种起源》发表以来，进化论的观点深入人心。进化论认为社会和人类个体的发展都是由低级到高级的进化，物竞天择，适者生存。人物的悲剧命运似乎归于不可知的外部力量，进化论的动态观念改变了以往社会认知方面的静态观点，将社会和人类的进化看作一种历史发展的必然结果，揭示了万物并非由上帝创作，而是生存竞争逐步演变的产物。这一时期的许多作家都受到了进化论不同程度的影响，他们在面对社会的发展变迁时，也会产生不适应之感，或者确切地说是一种非理性支配下的"直觉"。这种情况，正如英国哲学家穆勒在谈到18、19世纪英国人的思想倾向时所说，"如果说18世纪崇尚'理性'，那么现在我们崇尚的则是'直觉'。我们不仅把一切称为'本能'，而且认为直觉是不以任何理性因素为基础的"②。当直觉不以任何理性因素为基础时，直觉在很大程度上就是一种进化论意义上的本能。

在"本能"与"直觉"的双重制约下，个体命运不再受到理性的庇护，而是必须直面现实的丑恶，但改善现实的多重阻力，又使个体不可避免地产生了悲观的态度，由此出现了悲观主义的倾向。

---

① Lilian R. Furst & Peter N. Skrine, *Naturalism*, London: Methuen & Co. Ltd., 1978, p. 18.

② Jeremy Hawthorn, *The Nineteenth-Century Brithish Novel*, London: Edward Arnold, 1986, p. 325.

特别是，在悲观主义盛行的时代，爱因斯坦的相对论揭示了物质世界的统一性，弗洛伊德的精神分析学说促使人类探索人的无意识心理，叔本华的唯意志论等观念动摇了西方的传统价值体系，使得人类在情感上尚未找到心灵停泊的港湾。由此，吉辛、莫尔、毛姆这些跨世纪的作家在创作中具有悲观主义的倾向也就不难理解了。值得注意的是，英国具有自然主义倾向的作家在创作中所体现的悲观主义与作家创作的悲观意识并不等同，也就是说，具有悲观主义倾向并不意味着这些作家就是悲剧作家，而悲观主义作为一种主题表达，在某种程度上丰富了这些作家作品的自然主义内涵。

第三节　诗学范式方面的形态呈现

在受到自然主义影响的同时，吉辛、莫尔、贝内特、毛姆等人结合自身人生体验和艺术的思考创造，其具有自然主义倾向的作品在文本形态方面体现出不同于法国自然主义的诗学范式，主要表现为基于个体体验的自传性、多元艺术手法的融合性范式。这些诗学范式不仅在形式上提升了小说的主题内涵，而且在整体上凸显出英国自然主义的文本特征。

一　基于个体体验的自传性

自然主义作家大多以社会生活为书写对象，亲自实地选取题材。与此不同，英国具有自然主义倾向的作家在创作中大多以自己的人生经历为蓝本，在诗学方面呈现出明显的自传性倾向。如毛姆的《人性的枷锁》、吉辛的《新寒士街》等对自己人生经历的记录与书写。

毛姆的小说之所以畅销不衰，一个很重要的原因在于，他的文学创作的素材基本来源于自身的生活经历和体验感悟。《总结》一书对此有所记录："母亲的早逝以及随之而来的家庭解散，童年时期在法国学校的悲惨遭遇以及由口吃带来的困难，在海德堡时由那些简朴单调又令人兴奋的日子所带来的喜悦,当我首次进入理智的学习生活,便有在医学院那几年令人腻烦的经历和伦敦生活的刺激;所有的这一切都蜂涌入我脑海中,无论在我睡梦中还是在我散步时,无论在我排演剧目还是参加晚会时,它都成了我的一种负担。这使我下定决心,我只有以小说形式把它们写下来,才能重新获得心灵的平静。"① 在毛姆的小说中,母亲早逝、口吃被嘲、异地学画等经历,都可以找到对应的情节,毛姆的人生经历被他融合在小说创作中。

《人性的枷锁》主要叙述了跛足的少年菲利普从童年开始30年的生活经历。将作品主人公菲利普和毛姆做一比较的话,就会发现毛姆和菲利普在人生经历方面竟十分相似,《人性的枷锁》的自传性倾向不言而喻,其自传性突出地表现在三个方面:第一,菲利普和毛姆都经历过不幸的童年。二者都是父母早亡而寄居于叔父家,在教会学校因生理缺陷而受到侮辱。菲利普的跛足经常受到同学的嘲笑,这使他的性格变得孤独敏感。第二,菲利普和毛姆对自由的诉求和向往。一是因厌恶教会学校的虚伪而退学去海德堡;二是因不满人与人之间的冷酷无情而在旅行中寻找精神自由。第三,菲利普和毛姆都是不可知论者,愤世嫉俗,终因悲观厌世而成为无神论者。可见,毛姆的人生经历对其创作产生的影响甚大。

吉辛笔下的"寒士街",历来是雇佣文人聚居的地方,聚居在寒士街的文人通过为报刊撰写文章糊口度日,贫穷似乎是这些文人的标签。吉辛也不例外,他的家庭和生活一直充满着不幸和悲剧,与妓女玛丽安成家后居住在伦敦的贫民区,对贫民窟的恶劣环境深有体会,这些经历为《新寒士街》的创作提供了重要的素材。与同时代其他小说家相比,吉辛无论在题材选择方面,还是在主题思想方面,更多地依赖于自己的生活经历,但恰恰就是这种方式,使吉辛小说呈现出与法国自然主义小说不同的特点来。致力于吉辛研究的

---

① W. Somerset Maugham, *The Summing Up*, London: Pan Books Ltd., 1976, pp. 126–127.

美国学者约翰·哈泼林（John Halperin）认为："在英国小说家中，吉辛小说自传性之强无与伦比。阅读吉辛的小说，如果不掌握有关他的生平的详细知识，等于是蒙住眼睛瞎读。研究者若用现象学或狭隘的结构主义方法，是难以理解吉辛的小说主题的。"① 体悟《新寒士街》中人物的经历，里尔登为生计被迫卖文所忍受的煎熬，贾斯帕等写作者在英国文坛的挣扎沉浮，惠尔普代尔在美国的冒险等诸多情节，实际上都是对吉辛人生遭遇的书写，是吉辛个人境遇的体现。因而《新寒士街》完全可以看作一部记载作家自身经历和精神变化的传记体小说。试想，若不是吉辛有那样的亲身经历，吉辛又怎么能够入木三分地刻画出穷困潦倒的文人作家形象呢？

以安娜的放弃作为《五镇的安娜》的结局，贝内特的同情心在创作中起到了非常重要的作用。玛格丽特·德拉布尔（Margaret Drabble）曾这样说："贝内特是为数不多的、在创作时对家庭妇女真正地抱有同情的作家之一。"② 贝内特自己也强调说："《五镇的安娜》从头到尾都充满热情，书中的每一个角色都给予了极大的同情。"③ 贝内特为何对女性表现出极大的同情呢？追溯起来，这与贝内特的工作经历有关。贝内特曾担任过多年的《妇女》杂志编辑，这使他有机会编辑女性作者的稿件，深入地了解女性在教育、心理、品位等方面的所思所想，更好地思考女性问题。这段经历对贝内特的创作影响深远。在谈到小说人物塑造所获取的素材时，贝内特认为，"答案就在于他要在他自己身上发掘素材。从根本上讲，一流的小说是而且肯定是带有自传意味的"④。这表明，贝内特在处理人物

---

① Jacob Korg, *Geoge Gissing: A Critical Biography*, Washington: Washington University Press, 1969, p. 71.
② Margaret Drabble, *Arnold Bennett*, New York: Alfred A. Knopf, 1974, p. 408.
③ James G. Hepburn, *Arnold Bennett: The critical heritage*, London: Routledge & Kegan Paul, 1981, p. 161.
④ Arnold Bennett, *The Author's Craft*, London: Hodder & Stoughton, 1914, p. 61.

时，并不是凭空编造，而是与自己的人生经历结合在一起。按照约翰·维恩（John Wain）的说法，《老妇谭》是"一个男性作家对充满想象和情感的女性世界进行的敏锐洞察和深刻理解"①。阅读贝内特的小说，最为人称赞的大概就是这一点。在贝内特的《五镇的安娜》《北方来的年青人》等作品中，同样可以看到贝内特对女性内涵的阐释和女性问题的理解。简言之，贝内特对女性问题的思考，其落脚点在于女性的自由问题。如在《五镇的安娜》中，贝内特除了对父权制进行批判外，还有一个重要目的就是探讨女性的自由（选择）问题。溯其根源，贝内特对女性自由的关注来源于自己的人生经历。在童年时期，贝内特因家族信奉正统的卫理斯教而受到父亲的压制，又因患有口吃而被父亲软禁在家中，同时也因与其他孩子的联系被阻断而倍感孤独。因而，贝内特时时想冲出父亲的牢笼，直言不讳地指出，"我们父子之间从来没有太多想要说的"②。不幸的是，当贝内特获得作文大奖后，却遭父亲强迫而放弃写作，从 16 岁起就子承父业成为律师。毋庸置疑，摆脱父亲的压制和束缚是贝内特内心的渴求。对于自己灰色的童年记忆，贝内特表现出强烈的不满："我不喜欢上学，也没有在生活中从家庭教育中获得何种乐趣。临近 40 岁时，我突然才发现对知识的获取是很有意思的事。"③ 可见，贝内特对女性的关注来自痛苦的童年记忆，《五镇的安娜》中的特尔赖特、《克雷亨格》中的克雷亨格、《老妇谭》中的巴内斯等无不是父权制的形象化身。在这些人物身上，我们都可以看到贝内特父亲的影子。

二 多元艺术方法的融合性

曾有学者认为，吉辛的《新寒士街》是一本"从现实主义转向

---

① Arnold Bennett, *The Old Wives'Tale*, London: Penguin Books, 1983, p. 7.
② Arnold Bennett, *Our Women*, New York: George H. Doran Co., 1920, p. 226.
③ John Batchelor, *The Edwardian Novelists*, London: Gerald Duckworth & Co. Ltd., 1982, p. 154.

象征主义的作品"①。之所以有这种看法,其中的重要原因就在于《新寒士街》中包含的诸多象征意象。象征手法的运用可以说是现代主义小说的一个特征。在《新寒士街》中,最突出的意象莫过于作品书名本身了。将"新寒士街"作为书名,吉辛既为我们提供了一种反思社会的历史视角,也昭示着19世纪后期文学场面临的剧变和危机。与"新寒士街"密切相关的则是"大英博物馆阅览室"。"大英博物馆阅览室"是《新寒士街》情节叙事的重要场景,杰罗姆·巴克利(Jerome Buckley)敏锐地注意到,《新寒士街》中几乎所有人物都在阅览室的大圆屋顶下写作。②罗伯特·塞利格(Robert Selig)则进一步发现"大英博物馆阅览室"是小说中作家们进行活动的一个轴心场所,也是象征作家异化的中心标志。③吉辛正是通过阅览室的象征意象,利用它的暗示性、朦胧性和个性化特点,来表现文人知识分子的精神情感和内心世界。同时,吉辛通过阅览室的象征性赋予了其丰富的时代意义,意味着资本主义商业化对文人作家思想与理想的无形禁锢。

此外,《新寒士街》中的"列车""教堂钟声""大火""毛发斑白的老马"等意象,将维多利亚时代的社会生活和人物的内心世界连接了起来,增强了作品内涵的表现力和故事的叙述效果,以引起读者对作家生存状态的反思。特别是在《新寒士街》中那种人与人之间(尤其亲人之间)原本最真挚、最单纯的关系被金钱所异化。如贾斯珀在文学市场的投机取巧、莫德对贾斯珀的介怀,实际上都是以金钱为价值尺度的,而里尔登对文学艺术的执着与妻子艾米的自私自利,无不生动地反映了当时人们对名誉、金钱的渴望状态,

---

① John Peck, "New Grub Street: Some Suggestions for an Approach through Form", *The Gissing Newsletter*, Vol. 14, No. 3, 1978, p. 12.

② Buckley Jerome, "A world of literature: Gissing's New Grub Street", in Jean-Pierre Michaux, ed., *George Gissing: Critical Essays*. London: Vision and Barnes & Noble, 1981, p. 134.

③ Robert Selig, "The valley of the shadow of books": Alienation in Gissing's New Grub Street", *Nineteenth Century Fiction*, XXV, September 1970, p. 192.

以及由精神贫乏和生活困苦所导致的异化。

莫尔在接受自然主义的同时,还受到兰波、魏尔伦的象征主义文学,马奈的印象主义艺术,以及屠格涅夫的现实主义小说的影响。正因如此,莫尔的每一部作品都给读者提供了莫尔文学创作手法的一面,难怪王尔德称赞,"莫尔向公众展现了他的教育"[①],这在某种程度上指明了莫尔文学创作的多样性。有学者对《伊丝特·沃特斯》的艺术特点归纳道:"它借鉴印象主义的绘画技巧,在景色的描写中融入了主观感受;如趋向意识流的把叙述和描写、真实和幻觉交织共呈的心理刻画;如超越流浪汉小说的圆型结构:同一个地方,同样的景色十八年以后再次呈现于伊丝特眼前,不但隐含着人生的轮回,而且创造了一种音乐的回旋感。"[②] 这一归纳切中肯綮。

与莫尔不同的是,毛姆的小说创作除了善于把所见所闻和亲身经历写入小说,还在叙事上为小说赋予戏剧的特点。毛姆在《总结》中坦言,"当时著名的剧作家亨利·阿瑟琼斯看了我的第一部小说后,曾对一个朋友说,照这样发展下去,我会成为一代最成功的剧作家之一。我猜想他在我的小说里看到我笔法的率直,且我会用有效的方式表达场景,这种场景给我一种剧场感"[③]。此言表明,毛姆的创作手法并非传统的现实主义,而是通过戏剧化的创作手法,将现实主义、自然主义等各种叙事风格有效地融合在一起,将穿插、剪裁、反高潮等巧妙地结合在一起,从而营造出戏剧化的多元艺术效果。

法国学者伊夫·谢弗雷尔指出,"自然主义的诗学确实不与文本

---

① 转引自 Susan Dick, "George Moore", in Ira B. Nadel & William E. Fredeman, ed., *Dictionary of Literary Biography: Victorian Novelists after 1885*, Detroit Michigan: Gale Research Company, 1983, p.203。

② 张介明:《一本不该忽视的书》,载[英]乔治·莫尔:《伊丝特·沃特斯》,张介明译,华夏出版社2007年版,第5页。

③ [英]毛姆:《总结》,孙戈译,译林出版社2012年版,第23页。

一起开始,更不是与文本一起结束:在很大程度上,当然因作家的不同而有所区别,它是对历史的迎击"①。在此意义上,英国一些作家受到了自然主义的影响,但其创作并非拘泥于自然主义,而是综合运用现实主义、自然主义、现代主义的艺术手法来表现主题思想,呈现出多元化的艺术特征。问题在于,为何英国的自然主义文学不是纯粹的,或者说英国作家为何会将自然主义的手法与其他艺术手法融合在一起呢?

首先,在19世纪20世纪之交,在各种新元素和文化因素的影响下,英国传统的以写实为主的文学,内涵和外延都有不同程度的变异。法国艺术家丹纳曾指出,"时代把自己的特征印在艺术家心上,艺术家又把特征印在作品上"②。也就是说,时代的发展为作家创作提供了素材和源泉,作家在自己作品里展现出时代的宏伟画卷和艺术气息。英国学者霍尔布鲁克·杰克逊指出,19世纪末20世纪初的欧洲社会,诸多领域都呈现出实验的表征,特别是到了现代主义文学的全面发展时期,似乎"人人都是自然主义者了"③。美国学者卡罗琳·戈登则认为,"在现在这个时代,文学上有两种倾向:自然主义和象征主义,或以自然主义为基础的象征主义"④。在19世纪的最后30年,英国文学领域还出现了各式各样的文学流派和现象。诸如以王尔德为代表的唯美派主张为艺术而艺术和享乐主义倾向;以吉卜林为代表的帝国主义派则主张文学应为殖民主义角色辩护,大力宣传扩张主义,为殖民主义侵略政策服务;以罗塞蒂为首的前拉斐尔派倡导超政治的象征主义,美化宗教保守制度;以斯蒂

---

① [法]伊夫·谢弗雷尔:《自然主义诗学》,载[法]让·贝西埃等《诗学史》(下),史忠义译,百花文艺出版社2002年版,第624页。
② [法]丹纳:《艺术哲学》,傅雷译,人民文学出版社1996年版,第36页。
③ [英]弗里德里克·迈克尔·费尔斯:《现代主义》,载[英]马·布雷德伯里、[英]詹·麦克法兰编《现代主义》,胡家峦等译,上海外语教育出版社1992年版,第174页。
④ [美]卡罗琳·戈登:《关于海明威和卡夫卡的札记》,刘国彬译,载叶廷芳编《论卡夫卡》,中国社会科学出版社1988年版,第205页。

文生为代表的新浪漫主义，则与传统现实主义分道扬镳，主张表现那些充满浪漫奇遇、明朗愉快的生活理想。在多种文学观念并存的世纪之交，自然主义作为一种对既定现实秩序进行革新的文学范式，在对传统小说进行颠覆和解构的同时，其革命性已经远远地超过了现实主义，与描写生活未定性的现代主义具有内在的一致性。

总的来看，基于英国道德稳定的历史使命与本民族文学传统的双重制约，英国作家依据自身人生体验，直面社会转型时期的精神困惑，对自然主义的自我鉴定与艺术抉择，突破了自我创作的瓶颈。这意味着，自然主义对英国作家的影响发生不仅体现在译介效仿的阶段，更重要地体现在英国作家对自然主义的借鉴创新，也体现在对社会历史的认知体悟。如果社会变迁的内在动力之一是社会秩序的冲突的话，那么，文学变迁的内在动力之一则是"陌生化"。何况，自然主义不是一个静态的实体，不会一成不变。与法国自然主义相比，英国自然主义除了在人物形象、主题意义、修辞艺术等方面体现出一种相似性和差异性外，还在文本叙述、主题表达、诗学范式方面呈现出一些总体的美学倾向和诗学特征。这不仅反映了英国作家对自然主义文学各要素的不同态度，也体现出作家借鉴自然主义手法对社会现实、个体精神、价值追求等方面的不同处理。这些差异在某种程度上符合文学多样性的发展规律，也使得自然主义文学在不同国家呈现出丰富多彩的面貌。

第六章　英国自然主义的时空坐标与价值重估

如何以更加客观、公允的态度去重新评估自然主义对英国文学产生的影响，既是关乎评判英国自然主义价值地位的问题，也是涉及英国自然主义文学史书写的重要话题，还牵涉英国自然主义变迁的历史构成问题。要对英国自然主义进行客观评价，就需要将英国自然主义放置在前后相继的文学脉络中考察，探究英国自然主义与其前后文学之间的"过渡"与"转化"问题，考察英国自然主义在话语转型、小说理念与文本实践等方面的传承与革新。要对英国自然主义进行文学史书写，就需要客观认识英国文学中自然主义影响的历史存在和艺术价值，反思英国自然主义文学史书写的不足，探寻基于文学史实的文学史书写路径。

第一节　英国自然主义与前自然主义的关系

有研究指出，"从17世纪资产阶级革命的自由思潮，到18世纪的启蒙运动，再到19世纪的浪漫主义运动，甚至包括19世纪的科学主义和现实主义思潮，英国社会的每一个重大思想运动和实践活动，都闪现着自然主义创作的影子"[①]。这一方面说明，自英国近代文学诞生以来，自然主义就在英国文学中或隐或现地存在并发展着，

[①] 赵沛林：《世界文学史论》，现代教育出版社2010年版，第139页。

只是在不同时期其形态命名、表现类型有所差别。另一方面表明，"自然主义的影子"既来自对不同历史阶段所谓"自然"的书写，也是以哲学本体方式对待"自然"的一种世界观呈现，还是对社会发展变迁的一种艺术性体现。举例来看，16世纪的英国作家西克塞·霍华德（Hexey Howard，1516—1547）创作的自然田园诗歌，以无韵诗形式对人文主义精神进行了宣扬。17世纪英国作家托马斯·卡茹（Thomas Carew，1594—1640）的《夫人》（1647）和《杂录》（1656），一改古希腊朴素的自然观，从对自然的探索转向人与自然、机遇与心境的关系层面。18世纪英国作家吉尔伯特·怀特（Gilbert White，1720—1793）则以书信体的方式描写自然，升华了自然的内涵认知，而19世纪的英国浪漫主义更是将自然作为书写的核心问题。

英国社会的近代化过程表明，在认识自然、发展科学的过程中，自然主义从单一的朴素唯物主义转变为自然科学的方法论载体，英国文学的发展始终内含着自然主义的意蕴，且与社会文化思潮息息相关。学术界在谈到英国自然主义时，在文学史层面上基本指向两个层面，要么指向推崇自然的浪漫派诗人，要么指向受法国自然主义影响而在英国出现的文学类型。实际上，英国自然主义的内涵指向和存在形态不止上述两个层面，若只从自然主义在英国的传播影响来看，搞清英国自然主义与前自然主义的关系就显得尤为必要。以法国自然主义文学为参照，所谓英国前自然主义文学，主要指的是英国浪漫主义与英国现实主义文学，即在英国自然主义文学类型出现之前且与自然主义有关的文学。基于此，19世纪末到20世纪初英国的自然主义与左拉倡导的自然主义有何内在联系？与英国浪漫主义、现实主义文学的内在联系又是什么？

一　从浪漫到回归：英国自然主义的认知转向

19世纪以来，伴随着资本主义生产力的发展，法国大革命对封建秩序的冲击，传统知识分子对启蒙时代"理性王国"感到失望。

在此背景下，19世纪初期表现理想、推崇情感、充满激情的浪漫主义逐渐成为时代的文学主流。关于浪漫主义的内涵指向、形态倾向等问题至今仍有争论，但可以确定的是，浪漫主义与"自然"紧密地联系在一起，有时甚至被视为"自然主义"的同义词。

在文学批评中，将英国浪漫主义称为"英国自然主义"的人非丹麦批评家勃兰兑斯莫属，他于1875年出版的《十九世纪文学主流·英国的自然主义》（*Naturalism in England*）一书，主要讨论华兹华斯、雪莱、拜伦和司各特等推崇自然的浪漫派作家。在勃兰兑斯看来，"英国诗人全部都是大自然的观察者、爱好者和崇拜者"[1]，华兹华斯、柯勒律治、司各特、拜伦和雪莱等创造了一种支配文学界的"自然主义"潮流。故而，"自然"就成为浪漫主义作家的创作基点和诗意品质。如果说，"人类的普遍情感必定是自然的情感，唯其自然才是恰当的"[2]。那么，浪漫主义时代的"自然主义"，主要指向诗人作家们对大自然景物或环境的崇尚向往，抒发诗人作家面对自然的心理情感，其目标就在于"回归自然"，挣脱工业社会的人性束缚，回归本真人性。确切地说，"自然主义"即"自然"主义。因此，浪漫主义时期英国"自然"主义的核心就在于，在返回大自然的基础上，如何认识"自然"，如何才能"自然"。

在关于"自然"的理解上，英国"自然"主义与法国自然主义并非相同。英国"自然"主义的"自然"主要指向大自然、本真情感、个体天性等，而左拉等人自然主义所谓的"自然"既指向自在和人为的客观之物，也指向与生俱来的内在性情，侧重人的生理性。二者因为"自然"的不同指向，形成了不同的自然主义。同样地，即使是英国浪漫主义诗人，不同的作家对待"自然"的态度也不尽相同。

---

[1] ［丹］勃兰兑斯：《十九世纪文学主流·英国的自然主义》，徐式谷等译，人民文学出版社2009年版，第6页。

[2] M. H. Abrams, *The Mirror and the Lamp: Romantic Theory and the Critical Tradition*, New York: Oxford University Press, 1953, p.104.

在《十九世纪文学主流·英国的自然主义》一书中，勃兰兑斯采用比较文学的方法，分析了英国浪漫主义时期自然主义在诸多诗人作家创作中的演变。例如，在华兹华斯笔下，自然主义主要体现为"永恒的自然之爱""储存的自然之印象""对乡村的虔诚敬意"等。在柯勒律治和骚塞那里，他们的创作同德国浪漫主义接近，将自然主义作为注视大地、海洋等自然现实主题的呈现方法。司各特将民族性格和历史作为自然主义的聚焦所在，穆尔则将思想自由和政治自由作为自己的追求，由此使自然主义变成了自由主义的热情讴歌。在坎贝尔的作品里，自然主义变成了对英国作为海上霸主的歌颂和英国自由主义思想的传声筒。在济慈看来，全部的感官世界是自然主义的出发点，自然主义既不思考自然也不传达福音。在雪莱眼中，自然主义意味着对自然之爱的抒写和诗意的激进主义。

面对不同的"自然"主义，或许我们会产生一个疑问，即勃兰兑斯为何将我们通常认为的许多英国浪漫主义作家称为"自然主义"作家呢？在《十九世纪文学主流·英国的自然主义》一书的序言中，勃兰兑斯指明了自己的写作意图："我的意图是想在本世纪最初几十年的英国诗歌里，追溯出这个国家的精神生活中那股强大、深刻和内涵丰富的潮流的进程。这股潮流涤荡开各种古典的形式和传统，创造出了一种支配着整个文学界的自然主义，然后，它从自然主义走向激进主义，从反抗文学中的传统因袭发展到有力地反抗宗教和政治的反动，并在其自身的深处孕育着此后各个时期欧洲文明的一切自由主义与解放运动的胚芽。"[1]可见，勃兰兑斯的意图在于从国家精神生活的角度对文学进行变革，在对文学传统与宗教政治的反抗中，提倡一种自由主义。换言之，勃兰兑斯的"自然"主义是从浪漫主义延伸而来的，又与自由主义交织在一起。勃兰兑斯所言的"自然"主义与左拉的"自然主义"明显有所不同。

---

[1] [丹]勃兰兑斯：《十九世纪文学主流·英国的自然主义》，徐式谷等译，人民文学出版社2009年版，第1页。

英国浪漫主义时代的不同作家对自然相关主题价值的不同偏好，形成了不同的"自然主义"，进而形成了不同的自然认识论。若循此理路，浪漫主义诗人将"自然"作为抒发情感的媒介，其实已经突破了审美对象的层面，超越了自然的物质形态而具有了认识论的形态。历时而言，从17世纪一直到20世纪，在人们认知自然的过程中，科学起到的认知作用不容忽视，即"在西方世界，自然欣赏的演变由此一直交织着科学对自然的客观化以及艺术对自然的主观化"[1]。特别是，对自然的认知随着科学的发展而深入，而科学的发展又促动英国文学的演变，并且同步为文学之演变提供了新的视角和方法，拓宽了对自然的认知范围，拓展了把握自然的深度。

二 从实证与批判：英国自然主义的方法建构

左拉时常强调，自然主义首先是一种方法，然后才是一种修辞学。何以如此？英国学者弗斯特曾指出，"实证主义哲学体系把接受科学方法看成是获取正确知识的唯一有效途径。实证主义并非要提供什么新理论，只不过提供了一种典型的方法"[2]。或许，实证主义对于自然主义的意义不止于此。由文学史可知，与浪漫主义相似，自然主义文学同样以"自然"为出发点。但是，就获取知识的途径而言，认知自然之维，证实自然之实，探究自然之法，赋予自然之意，实证主义确实为自然主义提供了一种典型的方法。那么，作为方法的"自然主义"指向哪些层面呢？根据左拉等人的自然主义文献，具体而言，自然主义以社会底层生活为主要题材，借鉴遗传学、生理学等塑造人物的方法，书写人的生物性，采用客观性的叙事话语（自由间接引语等）进行叙述，达到"非个人化"的艺术效果。比如，《萌芽》以矿区工人生活为题材，《戴蕾丝·拉甘》对拉甘与

---

[1] Allen Carlson, *Aesthetics and the Environment: The Appreciation of Nature, Art and Architecture*, London & New York: Routledge Press, 2000, p. 3.

[2] Lilian R. Furst & Peter N. Skrine, *Naturalism*, London: Methuen & Co. Ltd., 1978, p. 19.

罗朗的通奸进行生理剖析，《小酒店》以自由间接引语表述女主人公绮尔维丝的语言和内心独白。概括而言，自然主义就是回到自然和人，以自然为基点，以实证主义哲学为基础，通过直接观察和精确描写，在文学创作中借助科学原理、运用实验方法来叙述事件和表达主题。

英国学者达米安·格兰特曾指出："'自然主义'源自自然哲学即科学，描述一种'方法'，有助于获得现实的方法。"① 如是，与英国现实主义相比较，英国作家将自然主义作为一种方法时，是如何获取和认识现实的呢？或者说，在创作实践层面上，英国自然主义与法国自然主义有哪些不同的文学追求和艺术倾向呢？在此以吉辛、莫尔、贝内特、毛姆为例来进行论述。在主题呈现方面，这些作家在表现世纪之交的英国社会和经济活动时，着重于表现那一时代底层人物的生活状况和精神困惑。如贝内特的《五镇的安娜》对安娜女性权利的争取，吉辛的《新寒士街》对人文知识分子出路的探索，体现了这一时期底层人物的精神生态。在处理小说人物方面，上述作家对小说人物的塑造并不完全以生物学、遗传学为出发点，而是在塑造"典型人物"时，借鉴自然主义的人学观，将人物置于一定的环境中来书写人物性格、行为的发展演变，主要体现出"性格与环境"之间的相互作用。如吉辛的《新寒士街》在商品经济化趋势中对文人知识分子命运沉浮的书写。在修辞叙事方面，毛姆《兰贝斯的丽莎》中的对话叙事、莫尔《伊丝特·沃特斯》中非个人叙述的运用，基本是作家在遵循自然主义小说创作手法的基础上，运用不同的修辞艺术，试图构建一种富有秩序和历史感的客观现实。

将自然主义视为一种方法时，还须明确的问题是，与法国自然主义的平淡无奇不同，但与英国现实主义大致相同的是，维多利亚时代晚期英国的自然主义创作在反映社会问题方面多呈现出一种深

---

① ［英］达米安·格兰特：《现实主义》，周发祥译，昆仑出版社1989年版，第43页。

刻的批判性。例如，在莫尔的《伊丝特·沃特斯》中，伊丝特自我意识的实现是在自我与他人、社会的关系冲突中逐步实现的。伊丝特自我意识的实现并非一帆风顺，但伊丝特的自我意识从冲突到和谐的实现过程，从根本上是对社会女性话语在批判基础上的重新阐释。曾有学者将《伊丝特·沃特斯》与哈代的《德伯家的苔丝》进行对比后认为，两部作品的相同点在于都有"私生子"情节；不同点在于"通过苔丝的故事，哈代探索了命运的残忍；通过伊丝特的故事，莫尔解剖了英国当代社会的伪善和不公正"[1]。由此，《伊丝特·沃特斯》所反映的女性自我意识的问题，便具有了深刻的社会现实意义。在《坦承》（Avowals，1919）中，莫尔曾谈到一个细节说，"在1898年，一个十分喜欢孩子的医院护士在读了莫尔的《伊丝特·沃特斯》后，就立即决定放弃自己开办婴儿疗养院的梦想，决心开办一个专门为未婚母亲工作的婴儿服务机构，这种事情此前其实没人关心"[2]。从这一社会效应可以看出，伊丝特的自我意识是理性的，已经突破了19世纪初期女性对情感意识的强调，而更多的是一种理性的权利需求。伊丝特在自我意识的觉醒、成熟过程中，主动与传统女性的主体意识决裂，有意识地同传统社会规范和道德习俗进行抗争，莫尔对传统女性观念的否定批判可谓犀利鲜明。

再如，吉辛一生都生活在社会底层，经历了颠沛流离，因而对人民始终保持一种怀疑的态度。吉辛坦言道："我不是人民的朋友。人民作为一种力量，作为决定时代倾向的力量，他们唤起我的怀疑与恐惧；作为一种可以看得见的群体，它使我远远地避开，并经常激起我憎恨的感觉。在我生命中的大部分时间，所谓人民指的是伦敦的群众，在这种情况下，没有什么温和的词语，可以表达我对他

---

[1] Susan Dick, "George Moore", in Ira B. Nadel & William E. Fredeman, ed., *Dictionary of Literary Biography: Victorian Novelists after 1885*, Detroit Michigan: Gale Research Company, 1983, p.200.

[2] George Moore, *Avowals*, Edinburgh: The University Press, 1919, p.101.

们的想法……我的每一本书都是反民主的。我不敢想当德莫斯（希腊城邦的平民）以压倒优势的力量统治英国时，英国会变成什么样子呢！"[1] 不难看出，吉辛的怀疑态度来自对英国社会现状的思考。因为在英国现代工业社会中，像《新寒士街》中的里尔登、毕芬、玛丽安和尤尔这些具有普遍意义的人，他们的悲哀和愤懑代表着那些不能充分享受生活且难以施展才能的千百万人的生存状态。故而，吉辛在《新寒士街》中以隐喻、象征、对比的方式再现社会底层和边缘群体的生存境遇，将底层人民的贫穷和上层资产阶级的富有进行对照，在对比中形成了强大的艺术反讽。

贝内特对"五镇"的艺术美化，其初衷来自他对英国社会现实的深刻感受，因而他作品中的主人公经常受到命运的摆布，其所建构的"五镇"是一个理想的精神家园，是一个没有男权压制、没有世俗歧视的乐园。1923年，贝内特创作了富有自然主义特色的小说《赖斯曼阶梯》，深入地解剖了一个具有英国民族和时代特色的吝啬鬼厄尔福沃德的形象。《老妇谭》中的康斯坦斯的悲剧之所以发人深思，就在于贝内特对五镇传统势力的解构，对一切摧毁青春活力的陈腐社会结构的批判，这从侧面彰显出贝内特面对英国社会现状时的批判态度。

相较于法国自然主义的客观书写，英国自然主义为何倾向于对社会进行批判呢？细究其因，除了英国自然主义与现实主义文本实践存在的共同性外，主要还在于，随着英国工业革命带来的物质大发展，社会结构相应地发生了急剧的变化。表面而言，维多利亚时代的英国经济繁荣、社会进步，实际上贫富的两极分化使无产阶级和资产阶级之间的矛盾日益激化，借用安德鲁的话来说，即"像所有的时代那样，这是一个自相矛盾的时代，但是19世纪中期的自我矛盾比起当代人的祖辈们面临的自相矛盾来，给他们更显而易见、

---

[1] ［英］乔治·吉辛：《亨利·赖克罗夫特的私人文件》，李霁野译，上海人民出版社2007年版，第73页。

更令人不安的印象"①。对此，与英国现实主义作家相类似，英国具有自然主义倾向的作家大多怀着强烈的社会责任感，不仅在作品中揭露了资本主义现实的诸多罪恶，而且严厉地批判了社会存在的种种弊端，其批判力量源自对时代现实的深刻认知和真实摹写。正因如此，不管英国自然主义作品的主题思想如何丰富多彩，但批判和改良的意图仍是其创作中不容忽视的一个维度。而英国自然主义文本在与现实主义的交织中形成一种张力，其张力的大小程度各不相同，同时所呈现的文学批判性也迥异有别。换言之，英国具有自然主义倾向的作家在注重客观性的同时，将重心从"科学性""生物性"转向现实社会的深刻思考。

总体来看，19 世纪以来，"艺术摹仿自然"的理念在蔓延两千余年后仍然占据着主流地位，浪漫主义对自然世界的衷心向往和理想追求，狄更斯、萨克雷、哈代的现实主义文学成就就可说明这一点。自然主义在英国传播所引发的论争，尤其是关于小说描写的论争更是与摹仿说脱离不了干系。英国传统的以写实为主的文学，其内涵和外延之所以有不同程度的变化，在摹仿自然层面上，英国具有自然主义倾向的作家与英国现实主义作家存在的差异就说明了这一点。在影响接受层面上，这种变化既来自时代历史的发展，也来自自然主义的潜在影响，还来自英国作家的艺术创造。因此，英国具有自然主义倾向的作家在表现世纪之交英国的社会和经济活动时，聚焦于社会普通人的悲欢离合，如安娜在父权压制下对女性权利的抗争，吉辛对文人知识分子出路的探索、伊丝特自我意识的觉醒等。这样，在时代历史层面上，英国自然主义作为一种社会文化观念的反映形式，无论是主体意识的获得或丧失，抑或生存的抗争或妥协，还是对个体心理和社会问题的透视，都在对客观现实审视与批判的基础上展开，蕴含着特定时代的精神生态和价值追求。

---

① ［英］安德鲁·桑德斯：《牛津简明英国文学史》（下），谷启楠等译，人民文学出版社 2000 年版，第 584 页。

第二节 英国自然主义与现代主义的关系

作为自然主义的倡导者，左拉无比自信地认为，"本世纪的文学推进力非自然主义莫属"[1]。左拉所言虽有夸大之嫌，但也表明，在文学史发展的动力链条上，自然主义在建构不同于浪漫主义、现实主义文学新质的同时，影响着现代主义文学的走向与形态。

一 从生理到心理：英国自然主义的逻辑衍变

一般认为，自然主义侧重于对人的生理性的书写，采用不同于传统的肖像外貌的新角度展开人物塑造，以自然的人代替抽象的或形而上学的人，将人还原为生理、自然的人。然而，与以往认知略有不同的是，自然主义并没有将关注点停留在生理学方面，而是将文学的触角伸向了心理学。最明显的例证便是，早在19世纪60年代伊始，左拉就曾在《致安东尼·瓦拉布莱格》的信中表明自己将要着力探索"心理和生理小说"。在给批评家于勒·克拉尔蒂写的信中，左拉同样指出自己"热衷于心理分析方面的问题"[2]。这意味着，自然主义并没有完全摒弃对心理的书写，只不过将其作为生理的组成部分或补充而已。

进入20世纪以后，现代心理学的发展，为重新解释自然主义的生理学提供了参照，自然主义文学提出的"气质"，实际上不单单是一种生理现象，更是一种心理现象。在"气质"与"性格"的相互关系方面，自然主义文学的"气质"形态则为现代主义文学向"心理"形态的转变提供了基础。深入地看，自然主义在现代主义时期的逻辑演变，既是对"客观—主观"关系的重新审视，同时又促使

---

[1] Emile Zola, "Naturalism in the Theatre", in George J. Becker, ed., *Documents of Modern Literary Realism*, Princeton, New Jersey: Princeton University Press, 1963, p. 219.

[2] [法] 左拉：《致于勒·克拉尔蒂》，载程代熙主编《左拉文学书简》，吴岳添译，安徽文艺出版社1995年版，第47页。

人物性格的描写由典型性走向心理性。故而，亨利·詹姆斯将小说揭示心灵之间差异的程度，作为判断一部小说是否成功的标准。在乔伊斯看来，以理性的方式书写人的非理性世界，才能真实地揭示心灵世界的本质。伍尔夫坚信，只有人的内心意识和精神世界才属于"真实和永恒"的东西。上述观点表明，现代主义文学在面对人的心理时，需要的不是静态的模拟虚构，而是对人的内在心理的流动历程进行如实书写。

在英国现代文学诸流派中，英国意识流与自然主义的传承关系，就是这方面的突出例证。概言之，在真实观念方面，自然主义与英国意识流的真实并非孤立分离，从自然主义的外部世界、生理自然转向英国意识流的内心世界、心理自然，扩展了文学的真实范畴和书写空间。在科学介入方面，从生理学到心理学，自然主义与英国意识流借鉴"科学"进行文学的"科学化"，各自建构了文学叙事的规则立场。在主客关系层面，自然主义与英国意识流的承启关系和文学实验，是在贯通"主观—客观"二元关系的基础上，在"理性"和"非理性"的对立统一中确立了一种新的认知形式。

事实上，英国具有自然主义倾向的作家在接受自然主义的基础上，对人物心理意识也进行了初步的探索。譬如，毛姆在表现人的生理本能的同时，也刻画了人物的心理反应。在《兰贝斯的丽莎》中，当年轻的丽莎被已有妻室的吉姆所吸引，致使丽莎在见到吉姆时总能感受到一种奇异的激情。在《克雷杜克夫人》中，雇工爱德华·克雷杜克那"身材魁伟、骨骼粗大""有修长的四肢和宽阔的胸膛""口角很富有诱惑力"的形象深深地吸引着年轻、热情的伯莎。伯莎与爱德华在一起时经常会感到一阵微微的、奇异的激动和一种难以名状的欢欣若狂。在《人性的枷锁》中，菲利普在遇到女招待米尔德丽德后，在被一种不可抗拒的情欲指挥的同时，还有"心灵上的饥渴""痛苦的思念""极度的苦恼"等复杂的心理感受。

与印象主义手法相关，莫尔很早就敏锐地发觉，亨利·詹姆斯的小说每一页都有一本正经的自白的意识流倾向。① 但与亨利·詹姆斯不同的是，莫尔将时间性的情节叙述和空间性的心理描写相结合，将真实的情景与虚化的幻觉交织在一起。在此不妨列举《伊丝特·沃特斯》中的一段："她用食指和姆指夹起了这二点五先令备着解决这困扰人的难题。她想排除这有毒的诱惑，但很快它又抓住了她。假如她没有这二点五先令，那么她星期天就不能去佩克汉姆。她拿到了工资以后可把这钱放回原处。可没人知道它在那里；显然它是滚进去的，翻滚到不易发现的地毯和墙之间。也许它在那里已经好几个月了，也许它已被彻底遗忘了。"② 莫尔从情节叙述到心理描写，由内心独白到心理描写，再由心理描写回到情节叙述，心理描写不断地穿插在叙述中，诸如此类的叙述在《伊丝特·沃特斯》中还有不少，在此不再赘述。值得注意的是，莫尔主张的主观心理描写手法与现代主义的意识流手法又有所不同。

吉辛在作品中对下层生活的偏爱、对丑恶和琐碎的叙述手法师法于左拉，但又与左拉不同。吉辛既不像左拉那样刻意地强调客观和冷静，也不像左拉那种从科学的角度注重对人的遗传性和生理性的呈现，而是更多地以陀思妥耶夫斯基的方式，注重发掘个体心理的复杂机制。因而，吉辛小说倾向于采用回忆的形式探讨人物的心理问题。在这方面，有人认为吉辛和现代法国作家普鲁斯特颇为相近。③ 然而，若将吉辛和普鲁斯特进行比较的话，吉辛在心理方面的挖掘仅仅是作为客观现实叙述的补充，而不像普鲁斯特一样将心理意识作为客观现实来叙述。阅读《新寒士街》和《追忆逝水年华》可以感受到，就心理意识书写而言，吉辛的书写视野和表现手法虽

---

① George Moore, *Confessions of a Young Man*, Susan Dick ed., Montreal and London: McGill-Queen's UP, 1972, p. 211.

② [英]乔治·莫尔：《伊丝特·沃特斯》，张介明译，华夏出版社2007年版，第210—211页。

③ Geoffrey Tillotson, *A View of Victorian Literature*, Oxford: Clarendon Press, 1978, p. 219.

不及普鲁斯特，但作为一位具有自然主义倾向的作家，吉辛的小说创作仍然采用了英国现实主义小说的传统形式，他在小说中对各种复杂心理现象的分析，如毕芬走到普特尼希思去自杀的描述，以及对艾米和玛丽安内心世界的窥探，尤其是在里尔登、毕芬等人身上体现出的自我主义倾向和焦虑意识等，无不显示出一定的超时代性，预示了20世纪英国现代小说的某些倾向。在此意义上，吉辛可以算得上是英国文学转型过程中一位承上启下的小说家。

在现代主义的内转趋势中，内心世界的真实存在自然会成为英国作家创作的理论依据或重要出发点。因为自然主义者普遍认为，"小说不是一件普通的取悦人们的玩意，而是一种勘探并发现真相的工具"[1]，更不用说英国现代主义作家了。例如，莫尔在学习绘画以前就对法国小说中那种绝对的客观和英国小说中那种表层的主观心理表述有所不满，开始探索一种主客观有所融合的表达方式。在《伊丝特·沃特斯》中，当伊丝特在产后把婴儿放到她身旁时，莫尔描写初生的婴儿就像"法兰绒包着的一块红色肉团"，同时在温柔动人的情感叙述中，莫尔将一个未婚生子的女性喜悦、担忧等一系列心理行为全盘托出。与莫尔不同，在《达罗威夫人》中，伍尔夫将克莱莉莎几个不同的情人在一整天的意识流程展示得淋漓尽致。乔伊斯的《尤利西斯》则以自然主义的描写方式，直言不讳地展示了布鲁姆和莫莉大量的情欲意识。就艺术效果来看，英国自然主义和英国现代主义在实现真实方面的途径不同，但在艺术追求上有着相通的地方。这种相通体现在，英国自然主义侧重于客观的书写，但并没有忽视人的心理，只是把人的心理作为生理的一部分，从而具有了现代主义的特征。总的来说，英国具有自然主义倾向的作家将自然主义从生理转向心理，这既是在文学创作方面作出的有益探索，也是英国文学发展的必然趋势。

---

[1] Haskell M. Block, *Naturalistic Triptych: The Fictive and the Real in Zola, Mann and Dreiser*, New York: Random House, 1970, p. 11.

二　从现代到实验：英国自然主义的价值合成

动态地看，自然主义的衰落并不意味着自然主义的消失，而是其文学精神在被广泛接受的基础上，无论是摹仿外部细节者，还是辨寻心灵细微踪迹者，似乎处处体现出与自然主义的关联。这是因为，在现代主义文学时期，自然主义在不同文学流派中呈现的面貌更加多样，界定更加多元，已经不再是单一的方法手段或者诗学观念，而更多地融合为一种价值体系，在文学批评领域更是如此。

譬如，英国学者弗斯特在随意翻阅报纸时，竟然在不到一个月的时间内多达四次碰到自然主义：约翰·厄普代克的《情侣》是平淡无奇的"自然主义"，法国《时装园地》编辑对超短裙流行的"自然主义"情调颇为赞赏，爱丽斯·默多克的《虽败犹荣》与"自然主义"无缘，罗纳德·弗班克不应被视为自然主义者。[1] 作为批评术语，弗斯特所见之"自然主义"在使用上确有随意之嫌，似乎使用"自然主义"之语为时髦必需之举。然而，从语义层面上不难断定，弗斯特所见之自然主义，大致皆可看作一种价值论在不同艺术审美形式中的实践应用。事实上，自然主义在表现主义、未来主义、超现实主义等现代主义文学中的创作实践已经表明，自然主义其实不再简单地是一种方法论，而成为一种价值倾向或艺术导向。对于英国具有自然主义倾向的作家而言，在文本实践中如何进行自然主义价值体系的合成呢？这一问题在前面的章节中已有所涉及，在此需要强调的是，当自然主义作为一种价值倾向时，恰恰正是英国自然主义创作中多元艺术手法的融合，才有效地实现了自然主义的价值合成。

比如，从生平秉性就可知道，莫尔在生活中性情多变，友谊和

---

[1] Lilian R. Furst & Peter N. Skrine, *Naturalism*, London: Methuen & Co. Ltd., 1978, p. 1.

亲情忽冷忽热，使人难以捉摸。这种性情直接影响了莫尔的文学实践，即莫尔对当时欧洲出现的诸多文学流派思潮都有所涉猎。但是，莫尔并不专注于某一艺术形式，而是在不同的文学流派和艺术形式之间转换，在不同的文学群体和艺术团体中变换。如此的性情脾性和艺术体验方式，使莫尔与当时的诸多作家、艺术家如叶芝、哈代、亨利·詹姆斯、康拉德、惠勒斯等先后成为"文敌"，但同时在客观上又促使莫尔进行了各种各样的文学探索。因而，在莫尔创作中，我们看到的是多种艺术的杂糅，甚至连莫尔都不知如何界定自己的艺术风格了。对此，莫尔的哥哥莫里斯批评莫尔是一个机会主义者，甚至讽刺"他什么也不是"。这除了莫尔多变的性情之外，更重要的是来自莫尔内心的矛盾，表现在艺术上，莫尔翻手为云覆手为雨，实在难以给他贴上一个有效的标签。恰如有学者所言，"他有时把自己看成一位拉斐尔前派成员，有时是颓废主义者，有时是象征主义者，有时是自然主义者，有时是易卜生的信徒，有时是意象主义者，有时又是印象主义者。他一生的创作表现出了至少七种明显的文学风格，虽然他晚年最终形成了自己独特的文学风格"[①]。反观之，莫尔作品中自然主义与其他艺术风格的交织，实际上是对自然主义进行了价值融合。这也印证了莫尔既是一位富有激情的艺术冒险者，也是一位执着务实的艺术探索者，在坚定地"追逐自己的思绪，犹如孩子追逐蝴蝶"[②]。

还有吉辛，其在小说创作中多以下层人物为书写对象，自己也被迫身处下层社会，但令人奇怪的是，吉辛对于所处的整个下层社会却持有一种反感的态度。即便对下层人物的同情，也更多地来自自我哀怜。在吉辛看来，他算不上人民之友。作为一种决定时代的力量，人民使他觉得不可信任和可怕。因此，吉辛时常觉得社会可

[①] 孙宜学：《中译本序》，载［爱尔兰］乔治·摩尔《巴黎，巴黎》，孙宜学译，重庆大学出版社2010年版，第6页。

[②] 参见孙宜学《译者序·等待复兴的天才》，载［爱尔兰］乔治·莫尔《我的死了的生活的回忆》，孙宜学译，广西师范大学出版社2001年版，第5页。

憎可恶，似乎他的每一个神经都是反民主的。对于传统的浪漫爱情，吉辛虽不完全否定，但也表示出极大的怀疑，更是对小说中所描写的浪漫爱情嗤之以鼻。由此，吉辛在描写婚前男女出现纠纷而另觅新欢时，往往会牺牲或避开爱情，如《新寒士街》中，贾斯帕另觅新欢是为了钱财，在《被解救者》中则是为了反抗传统思想。当然，吉辛不是为反叛而反叛，而是在寻找一种以思想为纽带的精神共同体，以平衡生活与艺术之间的关系。

至于毛姆，在《人性的枷锁》《月亮和六便士》《刀锋》等作品中所进行的精神探索，在展示现代人精神危机的同时，提供了一条摆脱精神枷锁的路径。而对于小说主人公的精神解放和自由追求，毛姆规划的路线则是寻找自我和拒绝社会。显然，这既是对立矛盾的，又是相互统一的，即只有拒绝来自社会的压制，才能找到自我，而要寻找自我，就要在自我期望、自我实现、自我超越的矛盾中对社会进行反思和批判，以对抗工业文明所带来的虚无主义思想。此外，贝内特对五镇的心情是矛盾而复杂的，矛盾的根源在于，五镇既是贝内特的乡村情结所在，同时又是贝内特寻找突破父权制出路、改善心理迷惘状态的出口。因此，贝内特向左拉、福楼拜等人的学习，其中一个重要意图就在于借助自然主义的方式，在传统和现代的对立中使漂泊的心灵找到归航的方向。

追根溯源，自然主义在对浪漫主义的理想化反叛的同时，实际上也是对工业革命和社会现代性的回应。自然主义对英国文学所产生的影响，触及了维多利亚时代流行的价值标准。正因如此，英国具有自然主义倾向的作家所进行的艺术探索，是对不同的价值形态进行的合成，其有效的融合使观念的碎片、价值的解构成为文学思想的统一体。从现代性的角度来看，这种价值的合成在于对小说进行实验，其探索的过程，实则是"理性主义"与"非理性主义"的观念博弈。为何如此？因为现代主义的"非理性"对现实主义"理性"的挑战、反拨和匡正，自然主义在其中起到了重要的作用。有学者说得没错，"自然主义表明了其本身具有一种突破文本结构规则束缚的倾向，其诗学的首要原则很可能是'不确定性'：模糊、混乱或消解秩序"①。与英国现实主义相比，英国自然主义对文本结构的突破和客观现实秩序的重构，扩展了文学创作的摹仿范畴和审美视野，将人的"理性世界"延伸到"非理性世界"，赋予了英国作家更为开放自由的主体性，同时使英国作家的自然主义创作具有了实验的性质。

整体考察，20世纪以降，"摹仿说"的合理性不断地受到文艺理论界的质疑，并且提出了各种与之相反的理论主张，如"自然摹仿艺术"等。不过，这些相反的主张，仍可以在"艺术摹仿自然"中找到理论之根。其中的原因，正如有学者所言，"精神性文化遗产的传承与渗透不以人的主观意志为转移，常常以潜在的方式进行"②。也就是说，无论是"艺术摹仿自然"还是"自然摹仿艺术"，"自然"的不确定和易变性，使"自然存在"的形式各异，由此文学的摹仿方式也有所差异。从浪漫主义时代回归自然的自然主义，一直到20世纪以来价值向度的自然主义，自然与艺术之间的摹仿并非走向离心状态，而是趋于合成状态。表面上看，英国自然主义文本中的"自然"似乎仅仅指向自然描写，或为文学创作对象的自然，或为创作方法的自然，或为审美对象的自然，或为寄托理想的自然，并依此记录了人类对待人与自然、社会与自然的态度。但从深层来看，不论英国自然主义文本中的自然形态如何变化、英国作家看待人与自然关系的态度如何变化，也不论自然与摹仿关系是否对调，回归自然、回到自然本身依然是英国文学艺术的一种诗学追求。一言以蔽之，"自然"话语的内核演变，从侧面展示了英国作家对文艺本质的理解不断开放和深化的过程。处于19世纪末20世纪初社会发生变革的时期，英国具有自然主义倾向的作家从生理到心理，从

---

① David Baguley, "The Nature of Naturalism", in Brian Nelson, ed., *Naturalism in the European Novel*, Oxford: Berg Publishers, Inc., 1992, p.13.
② 蒋承勇：《十九世纪现实主义"写实"传统及其当代价值》，《中国社会科学》2019年第2期。

现代到实验的文学探索，无不体现着英国自然主义与英国现代主义的内在关系。

第三节　英国自然主义的文学史反思与重构

对于英国文学史而言，人们普遍存在一种偏见，就是将自然主义或者视为一种"外来品种"，或者视为法国自然主义文学的衍生物，或者视为英国现实主义文学的附属品，并且在内容上习惯将"健康的现实主义"和"淫秽的自然主义"相对照，或者刻意避免使用"自然主义"一词，更有甚者直接否认在英国文学中存在自然主义。然而，实际情况并非如此。如何看待英国自然主义的历史存在和文学史意义呢？要客观地评价自然主义在英国文学史上的地位，就需要以文学史实为主，考察自然主义在英国文学文化逻辑中的动态性和互动性。

一　英国自然主义的文学史反思

文学史的书写标准多种多样，追求的目标也各不相同，但文学史书写有一个共同的目的就在于对文学现象依据一定的标准（主题、题材、叙述等）和内在联系（传承、反叛、创新等）进行整体归纳和历史建构，而归纳和建构的关键在于依据文学史实的内在关系寻求一个恰当的标准。然而，寻找标准最大的问题是并没有一个一以贯之的标准可以参照。在此情况下，人们往往就会根据文学史实的相似点去进行归纳和建构，这样就有可能陷入遮蔽文学史实的差异性、机械割裂文学内在关系的误区。因而，站在文学史角度重估英国自然主义，就需要注意以下两个方面的问题。

第一是现实主义标准的绝对至上。在世界许多国家，自然主义和现实主义不仅存在普遍混淆的情况，而且在文本建构中，自然主义与现实主义常常交织在一起。英国自然主义和现实主义的对应性或对等关系时常难以辨析，根本原因是忽视了自然主义与现实主义的差异性。如左拉的小说《土地》的英文版在1889年出版时，就打着"现实主义小说"的旗号。英国学者珊斯培尔就将二者视为同物，区别仅限于它们的客观化程度。美国学者韦勒克则指出，在英美文学批评领域，"浪漫主义""现实主义""自然主义"等术语的使用有着极端的唯名论色彩，相似的术语常常被贴上"任意的语言标签"，术语混用现象较为普遍。对此现象，贝克尔（George J. Becker）曾切中肯綮地概述道："虽然人们对'现实主义'和'自然主义'的含义尚未达成统一的认识，但对两个词的使用却很随便、很草率。对很多人来说，它们不过是可信手拈来的贬义词，尤其是在诸如'赤裸裸的、不加修饰的、缺乏想象的、浮浅的、无神论的'以及最近加上的社会主义的这些意义层面上使用时，更是如此。"① 在大部分情形下，人们差不多直接用"现实主义"指称"自然主义"。当然，这种现象的症结并不能完全归咎于批评者的误用，更不能简单地怪罪于术语的随意使用，而是自然主义理论体系的建构者左拉在一开始对自然主义缺乏理论上的明确界定和内涵阐释，这直接影响着自然主义术语在文学领域内的准确理解和运用。

类似的情形是，19世纪中期，"现实主义"因既未作出明确界定，也未对此进行系统阐释，更未从总体上加以把握，"现实主义"一词在使用时也存在含义不清、应用宽泛的问题。如此导致的结果是，现实主义含义存在着极大的模糊性，这其实也为自然主义与现实主义的混用埋下了伏笔，以至于就连左拉本人也无奈何地坦言，"作家加上自己的印迹使现实变了样，如果他给我们的是经过奇妙地加工、完全带有他个人品性的现实，那有什么关系呢"②。不得不承认，现有的大多数研究对现实主义和自然主义的比较较为混乱。在尚未搞清楚理论脉络、思潮流派的前提下，任意地将自然主义的流

---

① George J. Becker ed., *Documents of Modern Literary Realism*, Princeton, New Jersey: Princeton University Press, 1963, p. 2.
② ［法］米歇尔·莱蒙：《法国现代小说史》，徐知免、杨剑译，上海译文出版社1995年版，第165页。

派与诗学相比较，或将自然主义的创作方法与诗学理论相比较，宽泛而缺乏可比性。更为重要的是，现实主义作为流派或者方法，与其他流派或方法相比不应享有或被赋予特权，因为每个文学流派或者方法都有其独特的方法论和美学原则。

在大多数时候，学术界在谈及自然主义在英国没有形成运动或团体的原因时，差不多都将其归咎于英国悠久的现实主义传统。细究其理，此种观点虽有一定的道理，但在深层上遮蔽了问题的重心。就英国自然主义的本土始源而言，现实主义的意义不可抹杀，但问题的关键不在于英国现实主义传统的悠久根源，而在于现实主义与自然主义的主体性差别在哪里，确切地说，就是不能简单地以英国现实主义作为评价英国自然主义的唯一标准或绝对标准。恰恰相反的是，以往我们时常以现实主义为标准来评价自然主义，自然主义的不足被无限地放大，进而否定自然主义。

可以设想一下，若反其道而行之，用自然主义的标准来评价现实主义，很有可能就认为现实主义的真实性不够、缺乏充分的科学性维度，因为不能达到客观性，进而否认现实主义，不是没有可能。因而，若不在二者的审美关系和艺术本质中寻找各自的美学个性，而仅仅在历史的先后顺序中评定高下，就会顾此失彼，缺乏历史的客观和公正。在特定的历史情形下，将自然主义与现实主义进行捆绑和混用或许有一定的必要性，但作为术语来说还是要有所区别，因为对自然主义产生诸多误解的根源在于以讹传讹。按照比较文学的思路来看，至少应该将二者放置在同一个层面上，或者在一定的标准范畴内去比较，这样才具有可比性，在某种程度上也可以突破"现实主义至上论"的紧箍咒。

值得深入思考的问题是，欧洲现实主义或自然主义在英国是否有对等物？虽不能简单否认左拉和吉辛、毛姆和莫泊桑之间的联系，但这种联系之间的性质到底是什么？英国现实主义和自然主义之间的交集点在哪里？它们之间的区别到底有多大？就文学传统而言，英国自然主义和现实主义一脉相承，在文本形态方面，英国自然主义与现实主义往往交织在一起。至于英国现实主义与英国自然主义的差别，从英国作家所受自然主义影响而呈现出的思想主题、艺术修辞方面就可看出，具体差别在前面一章已经详细论述，在此不再赘述。

至于英国现实主义和英国自然主义的差别到底有多大，这取决于作家的创作差异和审美标准。然而，在大多时候，人们忽略了或者放弃辨析英国现实主义与英国自然主义的区别，而是有意无意地遮蔽它们之间的差异。这是因为，一些观点简单地认为自然主义不过是现实主义的升级版本，或者偏激地认为自然主义是对现实主义客观写实的一种极端发展，甚至断言二者相同无异，由此就会遮蔽英国自然主义与现实主义之间内在的历史联系，因而有学者才将英国具有自然主义倾向的作家作品直接列入19世纪末20世纪初的现实主义行列中。鉴于此，若要准确地认识英国自然主义与英国现实主义的变化和不同，需要做到以下三个方面：首先，对自然主义与现实主义在文本建构方面的异同进行区分。其次，探究英国自然主义的名称与实质。最后，确定英国自然主义的范围，辨析英国自然主义影响的差异性。

第二是文学史的机械书写与逻辑割裂。参考国内出版的英国文学史及相关著述，关于英国自然主义的文学史书写主要存在以下两种情形。

一是诸多（英国）文学史几乎没有专门论述英国自然主义的章节，基本将其归入19世纪现实主义中。如蒋承勇等著的《英国小说史》将英国自然主义的代表吉辛、莫尔与萨克雷、狄更斯归类在一起。即使对英国自然主义有所书写，也是介绍性的泛泛而谈居多，详细的渊源分析和表述较少。如侯维瑞主编的《英国文学通史》概括指出，"十九世纪后期作家中，乔治·吉辛和乔治·摩尔的作品带有浓厚的自然主义成分，托马斯·哈代是具有最强烈的自然主义色彩的作家。本世纪初的作家中，贝内特在对人生的观念和创作方法上表现出自然主义倾向，但毛姆更接近法国自然主义的传统"①。但简短的定性表述，难以管窥丰富的信息。

二是大多数文学史在提到英国自然主义时，整体评价不高。如陈惇主编的《比较世界文学史纲》在谈到英国自然主义时写道："左拉的大部分作品在1885年至1900年间介绍到英国，自然主义因此传播到英国，但是英国并没有因此而出现一场自然主义运动。80年代至90年代出现了一些自然主义小说……但这些作品影响并不很大，很快被人忘记。"②王守仁、方杰主编的《英国文学简史》认为，"自然主义在英国并没有形成什么气候，不仅作者寥寥，而和者可数"③。一些断代性的英国文学研究甚至对自然主义忽略不计，如牛庸懋、蒋连杰主编的《十九世纪英国文学》对于自然主义只字不提。

检视文学史，对英国自然主义的书写之所以出现上述情况，大概有以下几个方面的原因。

一是由于自然主义在英国并非文学主流，只是一种文学创作倾向，且比起英国现实主义经典作家的影响力来说，自然主义略显逊色，容易被人忽视。如阿诺德·贝内特的小说理论其实已经涉及了自然主义，但至今问津者不多。这样一来文学史的书写便没有前期的研究可作为参照，英国作家与自然主义的影响关系有意识地被忽略，更遑论文学史书写了。

二是自然主义在英国几乎没有专门系统的理论建树，在创作上可圈可点的成就较少，并且受到英国道德文化等因素的影响，自然主义在英国存在的诸多史实被有意无意地遮蔽和弱化，再加上社会政治、意识形态等原因，人们不愿对英国自然主义进行过度的宣扬，因而文学史书写大多简略带过，甚至忽略不计。当然，这与大部分

---

① 侯维瑞主编：《英国文学通史》，上海外语教育出版社1999年版，第583页。
② 陈惇主编：《比较世界文学史纲》（中），江西教育出版社2004年版，第372页。
③ 王守仁、方杰主编：《英国文学简史》，上海外语教育出版社2006年版，第131页。

英国文学史是"简史"或者"通史"有关，追求全面或者追求文学脉络的粗线条勾勒有关。

三是英国自然主义的文学史书写缺乏相对固定统一的标准。除了自然主义的真实性、客观性、科学性的原则外，难以厘定自然主义的具体类型标准，并且标准多种多样不好判定，简化为之便成了明智之举。特别是将自然主义简单地等同于现实主义，混淆了其中的差异性，反正都是写实的文学，要么机械地一刀切将其笼统归纳，要么简略提及而没有进行深入论述，因而文学史中涉及英国自然主义的专章专节很少。

四是概因前面所述原因，一些研究一味地强调自然主义在英国传播时与英国现实主义产生的碰撞冲突，而没有看到二者在互动中发生的观念扬弃和价值传承。更重要的是，忽视了英国自然主义的本土始源与法国影响之间的文化共振和文学同构现象。于是，本来连续且具有内在联系的文学历史就被描述成了支离破碎的断片。考察现有的多部英国文学史，19世纪现实主义与浪漫主义、浪漫主义与自然主义、现代主义与自然主义等绵延完整的文学脉络几乎都存在对片段化史实进行简单拼接的不足。如此一来，英国自然主义在文学史中的整体性和有机性长期被人为地割裂开来，尤其忽略了其传承中的差异、发展中的反叛，也就难以关注到自然主义在英国现实主义、现代主义文学中的并存和衍变。

二　英国自然主义的文学史重构

在文学史的兴衰交替中，自然主义作为19世纪中后期欧美文学中具有"开风气"与"革命性"意义的文学思潮，其产生的影响广泛而深远。自然主义在英国产生的影响虽不及德国、意大利等国，但自然主义对英国文学的变革和转型产生的影响不容忽视。不相对应的却是，文学史对英国自然主义的书写尚存不尽如人意之处。归根结底，这种现状与人们对自然主义在英国传播和影响的探究不足有很大的关系。

对于英国文学的发展而言，一方面，不管英国作家在哪个方面与自然主义有联系，或者受到自然主义哪些方面的影响，英国作家的自然主义创作对维多利亚时代后期英国文学不断向前发展所起到的推进作用不可否认，即使是很小的影响或作用亦不可忽略。反过来，英国作家所受的自然主义影响也体现着英国现实主义文学的发展变迁。另一方面，就创作实践来说，英国作家所受的自然主义影响，在很大程度上并非全方位地跟风模仿，而是从法国自然主义中选取某点或某些方面来作为自身发展的原料。在英国接受自然主义的历史场域中，英国文学受自然主义影响的重心问题，并不是狭隘地评估英国是否对自然主义的理解有误，而是要揭示自然主义在英国文学中的存在形态，辨别自然主义对英国文学发展的具体影响。进一步来说，考察自然主义在英国文学的历史形态，最终应该在差异性视野中，聚焦于以他人为镜像进行的自我审视上，进而达到史实呈现和文学史重构的目的。相反，若不顾历史事实，消极地忽略英国作家作品与自然主义的关系，或忽视英国作家的自然主义创作中"本土意蕴"和"外来影响"的内在关系，或人为地割裂英国自然主义与前后相继的历史联系，既不符合英国文学发展的史实，也不利于深入把握英国自然主义的传承变迁。

从文学史的角度书写英国自然主义的历史虽非易事，但为了更加客观地描述英国的自然主义文学，有必要做到以下四个方面：一是明确自然主义的内涵及其动态变化，在文学史实的交织纠缠中，厘定自然主义小说的国别差异性和相似性，避免自然主义的主观化倾向，分辨它们之间的渗透融合、对立排斥、滋生延展。二是抛弃模糊笼统的"写实"标准，在内容、叙事等方面确定共同认可的自然主义判定标准，积极探究英国作家作品与自然主义之间"接受""独创"的关系，突出英国作家创作的个性和走向，以此彰显"同源而出""异态呈现"的影响形态和美学轨迹。三是明确影响的有效边界，辨析影响的类别。如辨析英国文学涉及的是自然主义时代背景和文学语境的宏观影响，还是与自然主义作家交往接触和事实记载的微观影响，抑或英国作家作品与自然主义具有实证事实联系的先天影响，或缺乏实际证据仅由读者审美接受而产生的后天影响。四是当今的英国自然主义的文学史书写应当具有世界性的视野和世界文学的观念，将英国自然主义放置在世界自然主义的发展变迁中进行考察和评判，以此呈现文学史发展的纵横脉络。

深入剖析文学变迁的逻辑联系，对19世纪中后期以来凸显于英国文学表层的现实主义审美关系的多元价值整合，以及对20世纪之交英国现代主义内倾性趋势与自然主义深层逻辑的发掘，乃是正确认识和书写英国自然主义比较恰当的文学史路径。总之，若以自然主义赖以生存的文化为基点，沿着英国自然主义的本土始源、影响接受和批评历史，以更加客观、公允的态度，将英国自然主义置于世界自然主义文学的发展系统中，重新审视英国自然主义的特色或将会有新的收获，对英国自然主义的认识也将会更加深入。

结　　语

　　维多利亚时代晚期自然主义在英国的传播虽非一帆风顺，但对英国文学产生的影响不应忽视。英国批评界对自然主义从否定和贬斥，到抗议、攻击，再到认可、肯定的态度转变，表面看反映了批评者所持文学观念的倾向性变化，深层则凸显了自然主义在英国文学场中的占位博弈。英国一些机构和部门对自然主义在文化安全、意识形态、流通消费层面的合力抵制，在阻遏自然主义传播进程的同时，实际上也制约了英国文学对新的艺术形式的吸收。自然主义虽未改变英国文学场的格局秩序，但其介入英国文学场产生的折射效应，却点燃了英国文学革新的星星之火，促进了英国文学创作观念的转变、审美趣味的转换、形态范式的转型。

　　自然主义虽然对英国文学产生了很大的影响，但英国自然主义的生成并非只是法国自然主义影响的结果，而是由英国本土萌发的自然主义因子与法国自然主义的影响同构而成的。探究自然主义对英国作家产生的影响，就要追溯英国作家所受自然主义"影响"的发生起源，在事实材料和审美价值的互参互鉴中，充分辨析影响的存在形态，探索英国作家作品的自然主义倾向形成的渊源，考察英国作家作品与自然主义诗学观念和文本实践方面的契合点，追问英国作家作品对自然主义的拓新创造，从而使影响研究达到逻辑性、合理性、有序性的目标，以增强英国文学与自然主义影响关系研究的可信度和说服力。

　　自然主义对英国文学产生的具体影响，表现在英国一些作家在创作中对自然主义的接受、借鉴和创造。英国作家作品中自然主义倾向存在的关系渊源、理论观念与自然主义诗学之间的相似契合点、创作实践与自然主义文本之间的相似性关联，是探究英国作家作品是否受到自然主义影响的主要方面。通过对吉辛、莫尔、贝内特、毛姆对自然主义接受的事实考证，及其创作所呈现的自然主义元素来看，这些作家的创作与自然主义之间存在明显的影响关系，一些作品与左拉、龚古尔兄弟、莫泊桑的自然主义作品具有类似的地方，明显地带有法国自然主义的痕迹，呈现出自然主义的风格。对于哈代和劳伦斯，若仅仅依据自然主义小说理论或特征，或在他们作品中机械地寻找例证，抑或根据他们的作品与自然主义小说之间的些许相似，进而就得出他们受到自然主义影响的断定或结论，实际上是站不住脚的。

维多利亚时代晚期自然主义之所以会对英国作家产生较大的影响，细究其因，大抵有四个方面：一是自然主义代表着当时欧洲一种富有革新精神的文学范式，其所产生的时代影响力和世界性声誉，很容易对其他国家（包括英国）的文学产生冲击。自然主义在英国传播中引起的强烈反应就是其传播效果的体现。二是由维多利亚时代晚期英国文学的发展状态所致。英国现实主义在经历了狄更斯、哈代等人的创作高峰之后，面临着变革转型，但内在动力不足，此时自然主义的传播恰恰使得英国一些作家学习借鉴自然主义成了权宜之举。三是由欧洲文学的发展趋势所致，即随着世纪末各国文学交流的加强，欧洲各国文学之间出现了合流现象，维多利亚时代晚期的英国小说创作亦不例外。尤其是到了世纪之交，英国一些作家在某种程度上受时代所驱动，有意或无意地学习模仿外国文学的创作方法，自然主义便成了一种选择。由此可见，来自自然主义的影响与欧洲文化圈内文学流播的历史选择密切相关，若将英国自然主义仅仅视为现实主义的简单延伸，并有意忽略或刻意避免使用"自然主义"一词，显然会抹杀英国自然主义中存在的外来影响。

当然，英国自然主义所受的外来影响，离不开英国作家的主体性建构。如果将英国自然主义仅仅视为模仿的结果，其实会掩盖英国文学内含的艺术创新与民族精神。若将这种模仿借鉴夸大且超过一定限度的话，又会将民族本土所产看作外来之物。事实证明，英国作家的自然主义创作并非完全受外来影响所致，而是基于本土历史，在共同的文化语境下，或有意无意地受其熏陶影响，或将本土自然主义因素对法国自然主义进行整合，创造出一些难以用外来影响进行归属的新形式，受之于影响又异于影响而独具特色。确切地说，英国自然主义是由本土始源和外来影响即"内外"同构的产物。

然而，文学之间的影响通常并非单向孤立，而是呈现出交互交融的情形。从文学史角度考察英国作家的自然主义影响问题，还须注意以下四个方面：一是在形态表现上，自然主义因子在英国本土虽已萌生，但未借法国自然主义的东风而得以形成气候，因而无论自然主义在英国引起的反应多么强烈，它对英国作家的影响主要体现为一种创作方法上的倾向，且如一股潜流融入英国文学的发展变迁之中。二是在存在方式上，自然主义在英国不像在法国是一个陈述性的术语，而是一个评价性的术语，即关键的问题不是英国有没有自然主义的问题，而是英国作家作品在多大程度上体现了自然主义的风格和倾向，进一步说是如何描述自然主义在英国文学中的分量、形态以及特色，即如何辨析英国文学中的自然主义哪些是本土发生的、哪些又是外来影响的问题。三是在作品体裁上，小说是大多数国家自然主义文学的表现形式，自然主义对英国作家的影响也主要体现在小说方面。当时英国图书市场上所谓的自然主义小说，许多只是打着自然主义的名号吸引读者眼球、赚取商业利润而已，真正可以归入自然主义小说的数量实乃相当有限。四是在判定基点上，由于自然主义在英国传播受阻的同时，也压制了英国本土自然主义的积极呈现，英国本土自然主义便成了隐性之存在。在大多数情况下依然沿用现实主义之名，甚至是有意为之，以现实主义作为掩护使自然主义能被接受。但不可否认的是，包含自然主义因子与受到自然主义影响并非一回事，有效区别"影响"与"相似"才是关键。

　　与法国自然主义相比，英国具有自然主义倾向的作家在创作实践中并非全盘地照搬法国的自然主义理论，而是更多地依赖自己的生活体验和人生经历，突破了自然主义理论的条条框框和思想束缚，在人物形象、主题意义、修辞艺术等方面体现出不同的书写特点。在文本叙述层面呈现出隐含作者与真实作者的背离、人的生物性与社会性相统一的美学向度。在主题层面则呈现出悲观主义、理想主义的审美倾向。在诗学范式上呈现出基于个体体验的自传性、自然主义创作手法与其他艺术手法相融合的形态特征。这些美学倾向和诗学特征既体现了英国作家对自然主义的接受和借鉴，也体现了英国作家运用自然主义方法对社会现实、个体精神、价值追求等方面的拓新创造，在某种程度上符合文学多样性的发展规律。这些表明，无论一个英国作家的创作是否受到过自然主义的影响，或者是否与自然主义文学具有相似点，作家的创作一般是多元而复合的，往往是新旧艺术手法、自身艺术感悟等因素的多重体现，既体现了英国作家对自然主义的艺术选择，也体现了文学观念及其影响的多元性。

　　与自然主义在德国、意大利等国传播并产生的深远影响相比，自然主义在英国虽未形成一股文学思潮，但英国自然主义作为世界自然主义文学的有机组成部分，在行文品格、叙事方式、主题呈现、美学观念方面呈现出与法国自然主义交相辉映的气象。站在文学史的立场上，法国自然主义架起了现实主义与现代主义的桥梁，但英国自然主义与现实主义、现代主义文学却被人为地割裂了，尤其分离了其中的传承延续，剥离了其间的对立创新，这并非它们之间不存在历史的传承关系，亦非文学发展出现了历时性的断裂所致。重要的原因在于，人们对自然主义在英国的传播与接受、影响与实践等方面存在学理上的认知误区。因此，要客观地评价自然主义在英国文学史上的地位，就要以文学史实为主，在跨文化的历史语境中，重估自然主义在英国传播对英国作家产生影响的史实价值与时代意义，理性地审视自然主义"影响"在英国文学发展中的承传衍化，以更加客观、公允的态度，重构英国文学中自然主义影响的历史图景，由此达到对英国自然主义认识深化的目的。

回望历史，维多利亚时代晚期自然主义在英国的传播虽已成为过去，但英国自然主义作为由本土始源与外来影响而建构的文学现象，代表着英国文学文化发展历史上动态的一环，对其认知阐释有起点而没有终点。在新的历史时期，我们若能改变求同的思维定式，以求异的思维方式来看待自然主义对英国作家的影响，就能更好地理解自然主义在英国文化语境中发生的审美转变与价值差异。特别在当今全球化的语境下，只有深入认识到彼此文化间的异质性，才能更好地理解彼此之间的差异，不同国家的文化文学交流才能减少误读，做到真正的互证、互识、互补，从而实现真正的对话交流，达到文化共享的目的。

参考文献

一 中文文献

（一）著作（含译著）

［苏联］阿尼克斯特：《英国文学史纲》，戴镏龄等译，人民文学出版社1959年版。

［英］安德鲁·桑德斯：《牛津简明英国文学史》（下），谷启楠等译，人民文学出版社2000年版。

［德］奥尔巴赫：《摹仿论：西方文学中所描绘的现实》，吴麟绶等译，百花文艺出版社2002年版。

包亚明主编：《文化资本与社会炼金术——布尔迪厄访谈录》，上海人民出版社1997年版。

［英］彼得·福克纳：《现代主义》，付礼军译，昆仑出版社1983年版。

［丹］勃兰兑斯：《十九世纪文学主流·英国的自然主义》，徐式谷等译，人民文学出版社2009年版。

曹顺庆、王超等：《比较文学变异学》，商务印书馆2021年版。

常耀信：《英国文学大花园》，湖北教育出版社2007年版。

常耀信主编：《英国文学通史》（第二卷），南开大学出版社2011年版。

程代熙主编：《左拉文学书简》，吴岳添译，安徽文艺出版社1995年版。

陈焘宇编选：《哈代创作论集》，中国社会科学出版社1992年版。

陈惇主编：《比较世界文学史纲》（中），江西教育出版社2004年版。

陈思和：《中国文学中的世界性因素》，复旦大学出版社2011年版。

［英］达米安·格兰特：《现实主义》，周发祥译，昆仑出版社1989年版。

［日］大冢幸男：《比较文学原理》，陈秋峰等译，陕西人民出版社1985年版。

［美］戴维·罗伯兹：《英国史：1688年至今》，鲁光桓译，中山大学出版社1990年版。

［法］丹纳：《艺术哲学》，傅雷译，人民文学出版社1996年版。

邓楠：《莫泊桑小说研究》，中国文联出版社1999年版。

［英］多米尼克·斯特里纳蒂：《通俗文化理论导论》，阎嘉译，商务印书馆2003年版。

方成：《美国自然主义文学传统的文化建构与价值传承》，上海外语教育出版社2007年版。

方范俊：《影响研究》，北京大学出版社2018年版。

干永昌等编选：《比较文学译文集》，上海译文出版社1985年版。

高建为：《自然主义诗学及其在世界各国的传播和影响》，江西教育出版社2004年版。

［法］龚古尔兄弟：《热曼尼·拉瑟顿》，董纯、杨汝生译，人民文学出版社1986年版。

［法］龚古尔兄弟：《爱海沉帆三女性》，湖南人民出版社1986年版。

［德］汉斯·罗伯特·尧斯：《接受美学和接受理论》，周宁、金元浦译，辽宁出版社1987年版。

［法］亨利·密特朗：《现实主义幻象：从巴尔扎克到阿拉贡》，孙婷婷译，外语教学与研究出版社2020年版。

［法］亨利·特罗亚：《正义作家左拉》，胡尧步译，世界知识出版社1999年版。

［法］亨利·特罗亚：《不朽作家福楼拜》，罗新璋译，世界知识出版社 2001 年版。

［美］亨利·詹姆斯：《小说的艺术——亨利·詹姆斯文论选》，朱雯等译，上海译文出版社 2001 年版。

侯维瑞、李维屏：《英国小说史》（上、下），译林出版社 2005 年版。

侯维瑞主编：《英国文学通史》，上海外语教育出版社 2006 年版。

蒋炳贤编选：《劳伦斯评论集》，上海文艺出版社 1995 年版。

蒋承勇等：《欧美自然主义文学的现代阐释》，复旦大学出版社 2002 年版。

蒋承勇等：《英国小说发展史》，浙江大学出版社 2006 年版。

吴笛总主编，蒋承勇等著：《外国文学经典生成与传播研究》（第五卷·近代卷下），北京大学出版社 2019 年版。

蒋承勇：《经典重估与西方文学研究方法创新》，中国社会科学出版社 2021 年版。

［英］劳伦斯：《劳伦斯书信选》，刘宪之、乔长森译，北方文艺出版社 1988 年版。

［英］劳伦斯：《劳伦斯文艺随笔》，黑马译，漓江出版社 1995 年版。

［英］劳伦斯：《劳伦斯论文艺》，黑马译，团结出版社 2009 年版。

［英］劳伦斯：《恋爱中的女人》，黑马译，中央编译出版社 2010 年版。

［英］劳伦斯：《查泰莱夫人的情人》，黑马译，中央编译出版社 2010 年版。

［英］劳伦斯：《儿子与情人》，黑马译，中央编译出版社 2010 年版。

［美］勒内·韦勒克、奥斯汀·沃伦：《文学理论》，刘象愚等译，生活·读书·新知三联书店 1984 年版。

李保均：《相似论的文学实证及研究》，四川大学出版社 2016 年版。

李公昭主编：《20 世纪英国文学导论》，西安交通大学出版社 2001

年版。

李建军：《文学的态度》，作家出版社 2011 年版。

李维屏：《英国小说艺术史》，上海外语教育出版社 2003 年版。

李维屏：《英国小说人物史》，上海外语教育出版社 2008 年版。

李维屏、张定铨等：《英国文学思想史》，上海外语教育出版社 2012 年版。

柳鸣九编：《未来主义、超现实主义、魔幻现实主义》，中国社会科学出版社 1987 年版。

柳鸣九主编：《自然主义》，中国社会科学出版社 1988 年版。

柳鸣九：《自然主义大师左拉》，上海文艺出版社 1989 年版。

柳鸣九编：《意识流》，中国社会科学出版社 1989 年版。

刘文荣：《19 世纪英国小说史》，中国社会科学出版社 2002 年版。

卢康华、孙景尧：《比较文学导论》，黑龙江人民出版社 1984 年版。

［匈］卢卡契：《卢卡契文学论文集》（二），中国社会科学院外国文学研究所编，中国社会科学出版社 1985 年版。

［英］罗宾·毛姆：《盛誉下的孤独者——毛姆传》，李作君、王瑞霞译，春风文艺出版社 1988 年版。

［英］马·布雷德伯里、［英］詹·麦克法兰编：《现代主义》，胡家峦等译，上海外语教育出版社 1992 年版。

［法］马克·贝尔纳：《左拉》，郭太初译，上海译文出版社 1992 年版。

马克飞、林名根：《一个跨世纪的灵魂——哈代创作述评》，海南出版社 1993 年版。

［美］M. H. 艾布拉姆斯：《镜与灯》，郦稚牛等译，北京大学出版社 1989 年版。

茅盾：《西洋文学通论》，复旦大学出版社 2004 年版。

［英］毛姆：《克雷杜克夫人》，唐荫荪、王纪卿译，花城出版社 1983 年版。

［英］毛姆：《兰贝斯的丽莎》，俞亢咏译，上海译文出版社 1997

年版。

［英］毛姆：《月亮和六便士》，傅惟慈译，上海译文出版社 2009 年版。

［英］毛姆：《人生的枷锁》，张柏然等译，上海译文出版社 2011 年版。

［英］毛姆：《毛姆读书随笔》，刘文荣译，上海三联书店 2011 年版。

［英］毛姆：《总结》，孙戈译，译林出版社 2012 年版。

［英］毛姆：《刀锋》，周煦良译，上海译文出版社 2014 年版。

［英］毛姆：《毛姆自传》，赵习群译，中国书籍出版社 2017 年版。

［捷］米兰·昆德拉：《小说的艺术》，董强译，上海译文出版社 2004 年版。

［德］梅林：《梅林论文学》，张玉书等译，人民文学出版社 1982 年版。

［法］米歇尔·莱蒙：《法国现代小说史》，徐知免、杨剑译，上海译文出版社 1995 年版。

［法］莫泊桑：《漂亮朋友》，王振孙译，上海译文出版社 1993 年版。

［法］莫泊桑：《温泉》，王振孙、韩沪麟译，上海译文出版社 2008 年版。

［法］莫泊桑：《一生》，周国强译，花城出版社 2014 年版。

聂珍钊：《英国文学的伦理学批评》，华中师范大学出版社 2007 年版。

聂珍钊、马旋编：《哈代研究文集》，译林出版社 2014 年版。

聂珍钊、刘富丽：《哈代学术史研究》，译林出版社 2014 年版。

牛庸懋、蒋连杰主编：《十九世纪英国文学》，黄河文艺出版社 1986 年版。

［英］乔·艾略特：《小说的艺术》，张玲等译，社会科学文献出版社 1999 年版。

乔继堂主编:《伍尔芙随笔全集》(一),王义国等译,中国社会科学出版社2001年版。

[英]乔治·吉辛:《新寒士街》,文心译,浙江文艺出版社1986年版。

[英]乔治·摩尔:《我的死了的生活的回忆》,孙宜学译,广西师范大学出版社2001年版。

[英]乔治·摩尔:《十九世纪绘画艺术》,孙宜学译,中国人民大学出版社2003年版。

[英]乔治·摩尔:《一个青年的自白》,孙宜学译,江苏教育出版社2005年版。

[英]乔治·莫尔:《伊丝特·沃特斯》,张介明译,华夏出版社2007年版。

[英]乔治·吉辛:《亨利·赖克罗夫特的私人文件》,李霁野译,上海人民出版社2007年版。

[法]让·贝西埃等:《诗学史》(下册),史忠义译,百花文艺出版社2002年版。

[英]赛琳娜·黑斯廷斯:《毛姆传》,赵文伟译,安徽文艺出版社2015年版。

谭立德编选:《法国作家、批评家论左拉》,安徽文艺出版社1994年版。

唐伟胜、刘贞:《什么是自然主义文学》,上海外语教育出版社2022年版。

[英]特里·伊格尔顿:《马克思主义与文学批评》,文宝译,人民文学出版社1980年版。

[英]托马斯·哈代:《苔丝》,孙法理译,译林出版社1993年版。

[英]托马斯·哈代:《无名的裘德》,张谷若译,人民文学出版社2018年版。

[英]托马斯·哈代:《卡斯特桥市长》,张玲、张扬译,人民文学出版社2019年版。

［英］托马斯·哈代：《远离尘嚣》，傅绚宁译，人民文学出版社2019年版。

王守仁、方杰主编：《英国文学简史》，上海外语教育出版社2006年版。

王元春、钱中文主编：《英国作家论文学》，汪培基等译，生活·读书·新知三联书店1985年版。

［美］威廉·科尔曼：《19世纪的生物学和人学》，严晴燕译，复旦大学出版社2000年版。

［英］威廉·萨姆塞特·毛姆：《书与你》，方瑜译，花城出版社1983年版。

文美惠主编：《英国小说研究1875—1914：超越传统的新起点》，中国社会科学出版社1995年版。

［德］沃尔夫冈·伊塞尔：《阅读活动——审美反应理论》，周宁、金元浦译，中国社会科学出版社1991年版。

［英］伍尔夫：《论小说与小说家》，瞿世镜译，上海译文出版社2000年版。

吴笛：《哈代新论》，浙江大学出版社2009年版。

吴昊：《文学语境意义生成机制研究》，中国社会科学出版社2021年版。

吴岳添：《法国文学散论》，东方出版社2002年版。

吴岳添：《左拉学术史研究》，译林出版社2014年版。

辛苒：《龚古尔兄弟小说研究（1851—1870）》，中国社会科学出版社2016年版。

杨乃乔主编：《比较文学概论》（第四版），北京大学出版社2014年版。

杨四平：《跨文化的对话与想象：现代中国文学海外传播与接受》，东方出版中心2014年版。

殷企平、高奋、童燕萍：《英国小说批评史》，上海外语教育出版社2001年版。

殷企平：《"文化辩护书"：19世纪英国文化批评》，上海外语教育出版社2013年版。

殷企平等：《文化观念成熟时期的英国文学典籍研究》，上海外语教育出版社2020年版。

应璎：《现代化进程中的作家生存危机：乔治·吉辛作品研究》，中国社会科学出版社2019年版。

曾繁亭：《文学自然主义研究》，中国社会科学出版社2008年版。

曾繁亭：《19世纪西方文学思潮研究：自然主义》（第三卷），北京大学出版社2022年版。

赵沛林：《世界文学史论》，现代教育出版社2010年版。

张中载：《托马斯·哈代——思想和创作》，外语教学与研究出版社1987年版。

郑祥琥：《文学进化论新探》，知识产权出版社2019年版。

朱虹：《英国小说的黄金时代：1813—1873》，中国社会科学出版社1997年版。

朱雯等编选：《文学中的自然主义》，上海文艺出版社1992年版。

［法］左拉：《金钱》，金满城译，人民文学出版社1980年版。

［法］左拉：《娜娜》，郑永慧译，人民文学出版社1986年版。

［法］左拉：《欲的追逐》，金铿然、骆雪娟译，浙江文艺出版社1987年版。

［法］左拉：《小酒店》，王了一译，人民文学出版社1990年版。

［法］左拉：《萌芽》，黎柯译，人民文学出版社1982年版。

［法］左拉：《帕斯加尔医生》，汪阳译，上海译文出版社1996年版。

［法］左拉：《肉体的恶魔》，吉庆莲译，花城出版社1997年版。

［法］左拉：《拥护马奈》，谢强、马月译，山东画报出版社2005年版。

［法］左拉：《泰雷兹·拉甘》，韩沪麟译，百花洲文艺出版社2009年版。

（二）论文

曹顺庆、张帅东：《比较文学学科重要话语：比较文学阐释学》，《清华大学学报》2022 年第 1 期。

陈开举：《文化语境、释义障碍与阐释效度》，《中国社会科学》2023 年第 2 期。

陈思和：《20 世纪中外文学关系研究中的"世界性因素"的几点思考》，《中国比较文学》2001 年第 1 期。

陈秋红：《"毛姆问题"的当代思考》，《东方论坛》1995 年第 4 期。

丁礼明：《劳伦斯小说疾病话语的隐喻解读》，《西安外国语大学学报》2019 年第 2 期。

杜隽：《自然主义在 D. H. 劳伦斯小说中的流变》，《湖州师范学院学报》2004 年第 3 期。

高建为：《试论自然主义小说与其读者的审美差距》，《北京师范大学学报》1991 年第 4 期。

高建为：《从自然主义在英国的读者反应看文化适应问题》，《四川大学学报》2008 年第 3 期。

耿波、李佳倩：《"毛姆式人物"、情欲观看与毛姆的情欲写作》，《杭州师范大学学报》2020 年第 3 期。

高晓玲：《诗性真理：转型焦虑在 19 世纪英国文学中的表征》，《外国文学研究》2018 年第 4 期。

何畅：《阅读趣味背后的中产阶级文化建构——从乔治·吉辛的〈女王 50 周年大庆〉谈起》，《外国文学研究》2015 年第 4 期。

胡亚敏：《论自由间接引语》，《外国文学研究》1989 年第 1 期。

黄晋凯：《巴尔扎克文学思想探析》，《外国文学评论》2000 年第 4 期。

蒋承勇：《十九世纪现实主义"写实"传统及其当代价值》，《中国社会科学》2019 年第 2 期。

蒋承勇：《英国小说演变的多角度考察——从十八世纪到当代》，《东吴学术》2019 年第 5 期。

蒋承勇、曾繁亭：《"屏"之"显现"——自然主义与西方现代文学本体论的重构》，《外国文学》2019年第1期。

蒋承勇、曾繁亭：《"实验"观念与"先锋"姿态——从"实验小说"到"现代主义"》，《外国文学研究》2018年第1期。

柯汉林：《丑的哲学思考》，《文艺研究》1994年第3期。

牟春：《图像带来的双重视觉发现——从左拉的〈杰作〉谈起》，《中南大学学报》2020年第4期。

赖彧煌：《"真实"作为美学命题在小说和绘画中的同构性与辩证法——以左拉和马奈为中心的一段问题史》，《文化诗学》2015年第1辑。

李莉：《性格 环境 命运——从〈卡斯特桥市长〉管窥哈代与自然主义》，《聊城大学学报》2006年第3期。

李怡：《李劼人：旧趣味通达新生活——重审关于"中国左拉"的判断》，《文学评论》2023年第3期。

李勇：《苹果的苹果性——D. H. 劳伦斯笔下的塞尚及其对跨媒介研究的启示》，《浙江社会科学》2021年第11期。

李庆本：《跨文化阐释与中国文学走出去》，《浙江社会科学》2022年第1期。

李维屏：《论现代英国小说人物的危机与转型》，《外国语》2005年第5期。

李维屏：《劳伦斯的现代主义视野》，《外国文学研究》2008年第4期。

李维屏：《论英国文学中的命运共同体表征与跨学科研究》，《外国文学研究》2020年第3期。

刘舒文、赵沛林：《英国近代自然主义文学的肇始形态》，《外国问题研究》2012年第1期。

刘小晨、刘介民：《影响是两个精神神秘的接触——影响研究的复归与转向》，《广东外语外贸大学学报》2015年第6期。

刘月洁：《光影与视角：哈代〈绿荫下〉的文学印象主义》，《外国文学》2023 年第 4 期。

南帆：《文学类型：巩固与瓦解》，《中国社会科学》2009 年第 4 期。

聂珍钊：《哈代的小说创作与达尔文主义》，《外国文学评论》2002 年第 2 期。

牛宏宝：《"跨文化历史语境"与"影响研究"的方法论规定》，《江汉论坛》2004 年第 7 期。

秦烨：《劳伦斯的绘画创作与小说叙事》，《中国比较文学》2012 年第 4 期。

阮炜：《温和的法国型写实主义者阿诺德·贝内特》，《深圳大学学报》1994 年第 3 期。

申丹：《再论隐含作者》，《江西社会科学》2009 年第 2 期。

申利锋：《二十世纪八十年代以来的我国毛姆研究》，《外国文学研究》2001 年第 4 期。

申利锋：《毛姆小说创作的自然主义倾向的缘起》，《湖北第二师范学院学报》2010 年第 4 期。

申利锋：《论毛姆小说的自然主义特征》，《湖北大学学报》2013 年第 5 期。

盛宁：《"写实"还是"虚构"？——试论英美小说观念演变中的几个问题》，《当代外国文学》1992 年第 1 期。

宋德伟：《贝内特的男权话语矛盾》，《河南大学学报》2007 年第 5 期。

唐丽伟：《典型的自然主义者托马斯·哈代》，《岱宗学刊》2005 年第 2 期。

汪火焰、田传茂：《镜子与影子——略论福楼拜和他的〈包法利夫人〉》，《外国文学研究》2001 年第 1 期。

汪民安：《性与民主》，《读书》2000 年第 10 期。

王钦峰：《福楼拜"非个人化"原则的哲学基础》，《外国文学研究》2005 年第 1 期。

王希翀：《哈代小说中自然音响书写的隐性叙事功能》，《湖北大学学报》2022 年第 4 期。

王晓路：《史实呈现与历史关系的重建——以十七世纪英国文学史研究为例》，《外国文学评论》2018 年第 3 期。

王向远：《大胆假设，细致分析——比较文学"影响研究"新解》，《北京社会科学》2003 年第 2 期。

王雅华：《西方文学中现实主义的含义及其嬗变》，《国外文学》2018 年第 1 期。

吴康茹：《从左拉研究到"左拉学"：当代"左拉学"建构之学术源流考——以〈自然主义手册〉（1955—1987）为例》，《首都师范大学学报》2021 年第 10 期。

吴庆军：《英国文学叙事中的民族认同建构》，《上海大学学报》2021 年第 2 期。

项晓敏：《论欧美现代派文学中的自然主义倾向》，《杭州师范学院学报》2002 年第 5 期。

项晓敏：《西方现代主义文学与自然主义》，《汉语言文学研究》2013 年第 4 期。

谢桃坊：《左拉实验小说第一部的意义——论〈卢贡家族的家运〉》，《文史杂志》2019 年第 1 期。

许庆红：《人的困境与人性的悲哀——论英美文学自然主义的共同主题》，《安徽教育学院学报》2002 年第 4 期。

薛鸿时：《论吉辛的〈文苑外史〉》，《外国文学评论》1993 年第 3 期。

薛鸿时：《论吉辛的政治小说〈民众〉》，《外国文学评论》1995 年第 3 期。

颜学军：《哈代与悲观主义》，《国外文学》2004 年第 3 期。

姚文放：《文学传统重建的现实价值本位》，《中国社会科学》2007 年第 6 期。

姚在祥：《评乔治·吉辛的〈新寒士街〉》，《杭州大学学报》1988 年第 2 期。

曾繁亭:《"真实感"——重新解读左拉的自然主义文论》,《外国文学评论》2009 年第 4 期。

曾繁亭:《生物进化论与文学自然主义》,《社会科学战线》2022 年第 5 期。

曾繁亭、蒋承勇:《自然主义的文学史谱系考辨》,《文艺研究》2018 年第 3 期。

张建佳、蒋家国:《论劳伦斯小说的性伦理》,《外国文学研究》2006 年第 1 期。

张介明:《现代视野中的乔治·莫尔——解读〈埃斯特·沃特斯〉》,《外国文学研究》2007 年第 4 期。

张玲:《晶体美之所在——哈代小说数面观》,《外国文学评论》1995 年第 2 期。

张一鸣:《19 世纪遗传学对哈代小说创作的影响》,《中南民族大学学报》2018 年第 2 期。

张一鸣:《哈代小说创作中的地理基因问题》,《世界文学评论》2012 年第 1 期。

张玉莲:《与动物同处于生物链条上的人——哈代"维塞克斯小说"中的生物决定论》,《四川外国语学院学报》2007 年第 4 期。

张哲俊:《比较文学的实证研究时代过去了吗?》,《中国比较文学》2000 年第 4 期。

张中载:《新中国六十年哈代小说研究之考察分析》,《外国文学》2011 年第 3 期。

赵小晶:《毛姆小说的立体网状空间结构及其叙事功能》,《江西社会科学》2021 年第 2 期。

二 英文文献

(一) 著作

A. C. Ward, *Gissing*, London: Langmans, Green & Co. Ltd., 1959.

Aimee L. Mckenzie ed., *The George Sand-Gustave Flaubert Letters*, London: Duckworth & Co. , 1922.

Alma W. Byrd, *The First Generation Reception of the Novels of Emile Zola in Britain and America*, Lewiston, New York: Edwin Mellen Press Ltd. , 2006.

Andre Lefevere, *Translation History Culture: A Source Book*, London and New York: Routledge, 1992.

Angelique Richardson, "Heredity" in *Thomas Hardy in Context*, Cambridge: Cambridge University Press, 2013.

Annette T. Rubinstein, *American Literature: Root and Flower*, Beijing: Foreign Language Teaching and Research Press, 1988.

Anonymous. *Pernicious Literature, Debate in The House of Commons. Trial and Conviction for Sale of Zola's Novels. With Opinions of The Press*, London: The national Vigilance Association, 2012.

Anthony Beal, *Introduction to Selected Literary Criticism*, London: William Heinemann Ltd. , 1955.

Anthony Curtis & John Whitehead eds. , *Maugham: the Critical Heritage*, London: Routledge & Kegan Paul Ltd. , 1987.

Arnold Bennett, *The Author's Craft*, London: Hodder & Stoughton, 1914.

Arnold Bennett, *Anna of the Five Towns*, London: Penguin books, 1936.

Arnold Bennett, *Novelists on the Novel*, Miriam Allott, ed. London: Routledge & Kegan Paul, 1965.

Arnold Bennett, *The Man Form the North*, Bloomington: Indiana University Press, 1973.

Arnold Bennett, *The Old Wives' Tale*, London: Random House, 1999.

Arthur Symons, *The Symbolist Movement in Literature*, New York: E. P. Dutton & Co. , 1919.

Brian Nelson ed. , *Naturalism in the European Novel*, Oxford: Berg Publishers, Inc., 1992.

Cao Shunqing, *The Variation Theory of Comparative Literature*, New York: Springer-Verlag Berlin Heidelberg, 2014.

C. Hugh Holman, *A Handbook to Literature*, New York: The Odyssey Press, 1972.

Colin Milton, *Lawrence and Nietzsche: a Study in Influence*, Aberdeen: Aberdeen University Press, 1987.

Dale Kramer ed., *The Cambridge Companion to Thomas Hardy*, Cambridge: Cambridge University Press. 1999.

David Gervais, *Flaubert and Henry James: a study in contrasts*, London: Macmillan, 1978.

Dennis Dworkin, *Cultural Marxism in Postwar Britain: History, the New Left, and the Origins of Cultural Studies*, Durham, NC: Duke University Press, 1997.

Dianna Trilling, *The Portable D. H. Lawrence*, London: Penguin Books Ltd., 1947.

Edgar Johnson ed., *The Heart of Charles Dickens*, New York: Columbia University Press, 1952.

Eileen Horne, *Zola and the Victorians*, London: MacLehose Press, 2015.

Elaine Showalter, *A Literature of Their Own: British Women Novelists from Bronte to Lessing*, Beijing: Foreign Language Teaching and Research Press, 2004.

F B. Pinion, *Hardy the Writer*, New York: St. Martin's Press, 1990.

F. Emily Hardy, *The Life of Thomas Hardy 1840–1928*, London: Macmillan & Co. Ltd., 1962.

Francesco Crocco, *Literature and the Growth of British Nationalism*, Jefferson: McFarland & Company, Inc., 2014.

Gary Day, *Literary Criticism: A New History*, Edinburgh: Edinburgh University Press, 2008.

George Gissing, *Unclassed*, London: Edward Arnold Press, 1946.

George Gissing, *New Grub Street*, Hertfordshire: Wordsworth Editions Ltd. , 1996.

George H. Ford, *Dickens and His Readers*, Princeton: Princeton University Press, 1955.

George J. Becker ed. , *Documents of Modern Literary Realism*, Princeton: Princeton University Press, 1963.

Georges Lafourcade, *Arnold Bennett: A Study*, London: Frederick Muller, 1939.

George Moore, *Confessions of a Young Man*, Susan Dick, ed. , Montreal & London: McGill-Queen's UP, 1972.

Geroge Saintsbury, *The Present State of the French Novel. Essay on French Novels*, London: Percival and Co. , 1891.

G. K. Chesterton, *Appreciations and Criticisms of the works of Charles Dickens*, Michigan: Kennikat PressIne. , 1966.

G. Kitson Clark, *The Making of Victorian England*, London: Methuen & Co. Ltd. , 1962.

Graham King, *Garden of Zola: Emile Zola and his novels for English readers*, London: Barrie & Jenkins, 1978.

Guinevere L. Griest, *Mudie's Circulating Library and the Victorian Novel*, Bloomington: Indiana University Press, 1970.

Harold Orel ed. , *Thomas Hardy's Personal Writings*, London: Macmillan Press Ltd. , 1996.

Haun Saussy ed. , *Comparative Literature in an Age of Globalization*, Baltimore, Md: Johns Hopkins University Press, 2006.

Henry James, *French Poets and Novelists*, London: Macmillan, 1878.

Henry James, *Partial Portraits*, London: Macmillan and CO. Lit. , 1911.

Henry James, *Selected Literary Critcism*, M. Shapira, ed. Harmondsworth: Penguin, 1968.

Henry James, *The Critical Muse: Selected literary Criticism*, London: Penguin Books, 1987.

Henry James, *Letters, Fictions, Lives: Henry James and William Dean Howells*, Michael Anesco, ed. New York: Oxford University Press, 1997.

Henry James, *Notes on Novelists with Some Other Notes*, Montana: Kessinger Publishing, 2010.

Hilary Fraser, *Beauty and Belief Aesthetics and Religion in Victorian Literature*, New York: Cambridge University Press, 1986.

Ira B. Nadel & William E. Fredeman ed., *Dictionary of Literary Biography: Victorian Novelists after 1885*, Detroit Michigan: Gale Research Company, 1983.

James Eli Adams, *A History of Victoriam Literature*, Oxford: Wiley-Blackwell, 2009.

James G. Hepburn, *The Art of Arnold Bennett*, Bloomington: Indiana University Press, 1963.

James G. Hepburn, *Arnold Bennett: The critical heritage*, London: Routledge & Kegan Paul, 1981.

James Raven, *Judging New Wealth: Popular Publishing and Responses to Commerce in England*, Oxford: Clarendon Press, 1992.

Jean-Pierre Michaux, *George Gissing: Critical Essays*, London: Vision and Barnes & Noble, 1981.

Jefferry Meyer, *Somerset Maugham: A Life*, New York: Library of Congress, 2004.

John Alcorn, *The nature Novel from Hardy to Lawrence*, London: The Macmillan Press Ltd., 1977.

John Halperin, *Gissing: A Life in Books*, Oxford: Oxford University

Press, 1982.

John Lucas, *Arnold Bennett: A Study of His Fiction*, London: Methuen, 1974.

John Richetti ed., *The Colunbia History of the British Novel*, Beijing: Foreign Language Teaching and Research Press, 2005.

John Sutherland ed., *The Stanford Companion to Victorian Fiction*, Stanford: Standford UP, 1989.

J. S. Mill, *On Liberty*, New York: John B. Alden, 1885.

J. S. Mill, *Autobiography*, London: Penguin Books, 1989.

K. Graham, *English Criticism of the Novel 1865 – 1990*, Oxford: Clarendon Press, 1965.

Lance St. John Butler, *Studying Thomas Hardy*, Essex: Longman Group Ltd., 1986.

Lennart A. Biork, *The Literary Notebooks of Thomas Hardy*, Vol. 1, London: Macmillan, 1985.

Leon Chai, *Aestheticism: the Religion of Art in Post-romantic Literature*, New York: Columbia University Press, 1990.

Lettice Cooper, *George Eliot*, Essex: Longman Group, 1951.

Lilian R. Furst & Peter N. Skrine, *Naturalism*, London: Methuen & Co. Ltd., 1978.

Lewis D. Moore, *The Fiction of George Gissing: A Critical Analysis*, London: McFarland & Co., 2008.

Margaret Drabble, *Arnold Bennett*, New York: Alfred A. Knopf, 1974.

Margaret Stonyk, *Nineteenth-Century English Literature*, London: Macmillan, 1983.

Merryn Williams, *A Preface to Hardy*, Beijing: Peking University Press, 2005.

Michel Foucault, *The Archaeology of Knowledge*, London: Tavistock Publications, 1972.

Miohael Millgate, *The Life and Work of Thomas Hardy*, London: Macmillan, 1984.

Morgan Kenneth, *The Oxford History of Britain*, Oxford: Oxford University Press, 2007.

Nancy Armstrong, *Fiction in the Age of Photography: The Legacy of British Realism*, Cambridge, MA: Harvard UP, 1999.

Newman Flower ed., *The journals of Arnold Bennett 1896 – 1910*, Vol. 1, London: Cassell and Company Ltd., 1933.

Patrick Brantlinger, *The Reading Lesson: The Threat of Mass Literacy in Nineteenth Century British Fiction*, Bloomington: Indiana University Press, 1998.

Philip Davis, The *Victorians*, Beijing: Foreign Language Teaching and Research Press, 2007.

Philip Rice & Patricia Waugh ed., *Modern Literary Theroy: A Reader*, London: Hodder Arnold, 1989.

Richard Chase, *The American Novel and its Tradition*, London: Gordian Press, 1957.

Richard Hoggart, *Introduction*, *Lady Chatterley's Lover*, London: Penguin Books Ltd., 1961.

Richard Lchan, *Realism and Naturalism: The Novel in the Age of Transition*, Londn: The University of Wisconsin Press, 2005.

Richard L. Purdy & Michael Millgate eds., *The Collected Letters of Thomas Hardy*, Vol. 3, Oxford: Clarendon Press, 1982.

Richard Stang, *The Theory of the Novel in England 1850 – 1870*, New York: E. P. Dutton & Co., INC., 1984.

Rosemary Sumner, *Thomas Hardy: Psychological Novelist*, London, Basingstoke: Macmillan, 1981.

Ruth Newton & Naomi Lebowitz, *Dickens, Manzoni, Zola and James: The Impossible Romance*, Columbia: University of Missouri Press,

1990.

Simon Joyce, *Modernism and Naturalism in British and Irish Fiction, 1880 – 1930*, Cambridge: Cambridge University Press, 2015.

Tess Cosslett, *The "Scientific Movement" and Victorian Literature*, Brighton: Harvester Press, 1982.

Thomas Hardy, *The Letters of Thomas Hardy*, Waterville: Colby College Press, 1954.

Walter Allen, *The English Novel*, New York: E. P. Dutton & Co. Inc. , 1954.

Walter F. Wright, *The Shaping of the Dynasts: A Study in Thomas Hardy*, Lincoln: University of Nebraska Press, 1967.

William Savage Johnson ed. , *Selections from the Prose Works of Matthew Arnold*, Cambridge: Riverside Press, 2004.

Winthrop H. Root, *German Criticism of Zola*, New York: Columbia University Press, 1931.

W. Somerset Maugham, *The summing Up*, London: Pan Books Ltd. , 1976.

Wylie Sypher, *Loss of the Self in Modern Literature and Art*, Westport, Connecticut: Greenwood Press, 1979.

（二）论文

Anonymous, "Modern French Romance", *The Dublin Review*, Vol. 9, No. 18, 1940.

Anonymous, "Recent French Literature", *The Foreign Quarterly Review*, Vol. 4, No. 18, 1832.

Anthony Cummins, "Émile Zola's Cheap English Dress: The Vizetelly Translations, Late-Victorian Print Culture, and the Crisis of Literary Value", *The Review of English Studies*, Vol. 60, No. 243, 2009.

Benjamin T. Spencer, "The New Realism and a National Literature", *PMLA*, LVI, 1941.

Charles Burkhart, "George Moore and His Critics 1880 – 1920", *English

Literature in Transition, Vol. 20, No. 4, 1977.

Charles R. Anderson, "James and Zola: the Question of Naturalism", *Periodicals Archive Online*, Vol. 57, No. 3, 1983.

Clarence R. Decker, "Zola's literary Reputation in England", *PMLA*, Vol. 49, No. 4, 1934.

C. Heywood, "Flaubert, Miss Braddon, and George Moore", *Comparative Literature*, Vol. 12, No. 2, 1960.

Constance D. Harsh, "Gissing's the Unclassed and the Perils of Naturalism", *ELH*, Vol. 59, No. 4, 1992.

David Baguley, "Event and Structure: The Plot of Zola's L'Assommoir", *PMLA*, Vol. 90, No. 5, 1975.

David H. Jackson, "Treasure Island as a Late-Victorian Adults' Novel", *The Victorian Newsletter*, Vol. 72, 1987.

Emily Crawford, "Emile Zola", *Contemporary Review*, Vol. 55, 1889.

Eward Rod, "The Place of Emile Zola in Literature", *Contemporary Review*, Vol. 82, 1902.

Francis Gribble, "The Art of Emile Zola", *Fortnightly Review*, Vol. 72, 1902.

George W. Meyer, "The Original Social Purpose of the Naturalism Novel", *Sewanee Review*, Vol. 50, 1942.

Gerg Myers, "Nineteenth-Century Popularization of Thermodynamics and the Rhetoric of Social Prophecy", *Victorian Studies*, Vol. 29, No. 1, 1985.

Gleadell W. H., "Zola And His book", *Westerninster Review*, Vol. 140, 1893.

Ingham Patrcia, "Hardy and the Wonders of Geology", *The Review of English Studies*, Vol. 31, 1980.

James M. Smith, "Does Art Follow Life or Does Life Follow Art?", *Studies in Philology*, Vol. 53, No. 4, 1956.

J. M. Coetzee, "Germinal; or Master and Man, Thérèse Raquin, The rush for the Spoil", *Westminster Review*, Vol. 125, 1886.

Lawrence Thornton, "Conrad, Flaubert, and Marlow: Possession and Exorcism", *Comparative*, Vol. 34, No. 2, 1982.

Lehan D. Richard, "Literary Naturalism and Its Transformations: The Western, American Neo-realism, Noir, and Postmodern Reformation", *Studies in American Naturalism*, Vol. 7, No. 2, 2012.

L. Marillier, "Social Psychology In Contemporary French Fiction——Emile Zola and J. H. Rosny", *Fortnightly Review*, Vol. 76, 1901.

Marc Egnal, "Re-Visioning American Literary Naturalism", *Canadian Review of American Studies*, Vol. 48, No. 2, 2018.

Mary Ward, "RecentFiction in England and France", *Macmillan's Magazine*, Vol. 50, 1884.

MaxwellGeismar, "Naturalism Yesterday and Today", *The English Journal, National Council of Teachers of English*, Vol. 43, No. 1, 1954.

Michael Collie, "Gissing's Revision of New Grub Street", *The Yearbook of English Studies*, No. 4, 1974.

Milton Chaikin, "George Moore's A Mummer's Wife and Zola", *Revue de Littérature Comparée*, Vol. 31, 1957.

Monique Jegou, "La Réception Des Érivains Naturalistes En Angleterre", *Les Cahiers naturalistes*, Numéro 80, 2006.

Norman L. Kleeblatt, "MERDE! The Caricatural Attack against Emile Zola", *Art Journal*, Vol. 52, No. 3, 1993.

Pascale Casanova, "Literature as a World", *New Left Review*, Vol. 31, 2005.

Peck John, "New Grub Street: Some Suggestions for an Approach through Form", *The Gissing Newsletter*, Vol. 14, No. 3, 1978.

Preston Dargn, "Studies in Balzac", *Modern Philology*, Vol. 16, No. 7, 1918.

Robert J. Niess, "George Moore and Emile Zola Again", *Symposium*, Vol. 20, No. 1, 1966.

Robert M. Figg, "Naturalism as a Literary Form", *Georgia Review*, Vol. 18, 1964.

Robert Selig, " 'The Valley of the Shadow of Books': Alienation in Gissing's New Grub Street", *Nineteenth Century Fiction*, XXV, 1970.

Roger S. Loomis, "A Defense of Naturalism", *International Journal of Ethics*, Vol. 29, No. 2, 1919.

Schultz H. Wilson, "L'Assommoir", *The Gentlemen's Magazine*, Vol. 245, 1989.

Thomas Sergeant Perry, "Zola's Last Novel", *Atlantic Monthly*, Vol. 45, 1880.

Troy J. Bassett, "Circulating Morals: George Moore's Attack on Late-Victorian Literary Censorship", *Pacific Coast Philology*, Vol. 40, No. 2, 2005.

V. Paget, "Moral Teaching of Zola", *Contemporary Review*, Vol. 63, 1893.

William C. Frierson, "The English Controversy over Realism in Fiction 1885–1895", *PMLA*, Vol. 43, No. 2, 1928.

William C. Frierson, "George Moore Compromised with the Victorians", *Trollopian*, Vol. 1, No. 4, 1947.

S. Lilly, "The New Naturalism", *Fortnightly Review*, Vol. 44, 1885.